JOGOS DE HERANÇA

JOGOS DE HERANÇA 1

ELA NÃO TINHA NADA

JOGOS DE HERANÇA

ELES TINHAM TUDO

QUE OS JOGOS COMECEM

JOGOS DE HERANÇA

JOGOS DE HERANÇA 1

JENNIFER LYNN BARNES

Tradução

Isadora Sinay

Título original: *The Inheritance Games*

Editora responsável **Veronica Gonzalez**
Assistente editorial **Lara Berruezo**
Preparação de texto **Fernanda Marão**
Diagramação **Ilustrarte Design e Produção Editorial**
Projeto gráfico original **Laboratório Secreto**
Revisão **Samuel Lima**
Ilustração de capa **Katt Phatt**
Design de capa original **Karina Granda**
Capa © 2022 **Hachette Book Group, Inc.**

Texto fixado conforme as regras do Acordo Ortográfico da Língua Portuguesa (Decreto Legislativo nº 54, de 1995)

CIP-BRASIL. CATALOGAÇÃO NA PUBLICAÇÃO
SINDICATO NACIONAL DOS EDITORES DE LIVROS, RJ

B241j

Barnes, Jennifer Lynn
Jogos de herança / Jennifer Lynn Barnes ; tradução Isadora Sinay. - 1. ed. - Rio de Janeiro : Globo Alt, 2021.
432 p. ; 21 cm.

Tradução de: The inheritance games
ISBN 978-65-88131-19-0

1. Romance americano. I. Sinay, Isadora. II. Título.

21-69569 CDD: 813
CDU: 82-31(73)

Meri Gleice Rodrigues de Souza - Bibliotecária - CRB-7/6439

1ª edição, 2021– 15ª reimpressão, 2025

Direitos de edição em língua portuguesa para o Brasil
adquiridos por Editora Globo S.A.
R. Marquês de Pombal, 25
20.230-240 – Rio de Janeiro – RJ – Brasil
www.globolivros.com.br

Para Samuel

Capítulo 1

Quando eu era criança, minha mãe estava sempre inventando jogos. O Jogo do Quieto. O Jogo do Quem Consegue Fazer o Biscoito Durar Mais. O Jogo do Marshmallow, um eterno favorito, que consistia em comer marshmallows enquanto vestíamos grossos casacos de segunda mão e assim não precisávamos ligar o aquecedor. O Jogo da Lanterna era o que jogávamos quando faltava luz. Nós nunca andávamos quando saíamos para qualquer lugar – nós sempre corríamos. O chão quase sempre era feito de lava. A principal função dos travesseiros era a construção de fortes.

Nosso jogo mais prolongado se chamava Eu Tenho um Segredo, porque minha mãe dizia que todo mundo devia ter pelo menos um segredo. Em alguns dias ela acertava o meu. Em outros, não. Nós o jogamos toda semana, até os meus quinze anos, quando um dos segredos dela a levou para o hospital.

No momento seguinte, ela já não estava mais aqui.

— Sua vez, princesa. — Uma voz grave me trouxe de volta para o presente. — Eu não tenho o dia todo.

— Não sou uma princesa — respondi, deslizando um dos meus cavalos. — Sua vez, *ancião*.

Harry fechou a cara. Na verdade, eu não sabia o quão velho ele era e não tinha ideia de como ele se tornou um sem-teto e passou a morar no parque em que jogávamos xadrez todo dia de manhã. O que eu sabia era que ele era um adversário formidável.

— Você é terrível — ele resmungou, espiando o tabuleiro.

Três movimentos depois, eu o tinha encurralado:

— Xeque-mate. Você sabe o que isso quer dizer, Harry.

Ele me olhou feio.

— Preciso aceitar que você pague o meu café da manhã.

Eram esses os termos da nossa aposta contínua. Quando eu ganhava, ele não podia rejeitar a refeição grátis.

Em minha defesa, eu só me vangloriei um pouco.

— É bom demais ser a rainha.

Cheguei na escola em cima da hora. Eu tinha esse hábito de sempre estar na corda bamba e ficar no limite das coisas. Com as minhas notas isso não era diferente. Qual era o mínimo de esforço que eu podia fazer e ainda tirar um A? Não que eu fosse preguiçosa. Eu era pragmática. Pegar um turno extra no trabalho valia somar 92 pontos em vez de 98, e ainda garantir o A.

Eu estava escrevendo o rascunho de um trabalho da aula de inglês durante a aula de espanhol quando fui chamada na diretoria. Meninas como eu deveriam ser invisíveis. Nós não éramos convidadas para reuniões com o diretor. Nós causávamos tanto problema quanto podíamos causar, o que no meu caso era nenhum.

— Avery — o diretor Altman me cumprimentou de uma forma que não poderia ser chamada de calorosa. — Sente-se.

Eu me sentei.

Ele entrelaçou as mãos sobre a escrivaninha entre nós.

— Eu imagino que você saiba por que está aqui.

A menos que isso fosse por causa do jogo de pôquer que eu organizava no estacionamento toda semana para poder pagar os cafés da manhã de Harry – e às vezes os meus –, eu não tinha ideia do que havia feito para chamar atenção da diretoria.

— Desculpa — respondi, tentando soar submissa o suficiente —, mas não sei.

O diretor Altman deixou minha resposta no ar por um momento e então me apresentou a um calhamaço de papéis grampeados.

— Esta é a prova de Física que você fez ontem.

— O.k. — eu disse.

Essa não era a resposta que ele estava esperando, mas era tudo que eu podia dizer. Pela primeira vez na vida, eu tinha realmente estudado. Eu não podia imaginar que tivesse ido mal o suficiente para precisar de alguma intervenção.

— O sr. Yates corrigiu as provas, Avery. Você foi a única que alcançou a nota máxima.

— Ótimo — eu disse, em um esforço deliberado para me impedir de dizer "o.k." de novo.

— Nada ótimo, mocinha. O sr. Yates cria intencionalmente provas que desafiam as habilidades de seus alunos. Nunca, em vinte anos, um aluno fez os 100 pontos. Entende qual é o problema?

Eu não consegui segurar minha resposta impulsiva.

— Um professor que aplica provas nas quais a maior parte dos alunos não consegue passar?

O sr. Altman apertou os olhos.

— Você é uma boa aluna, Avery. Muito boa, dadas as circunstâncias. Mas você não tem exatamente um histórico de ser fora da curva.

Ele tinha razão, então por que eu sentia que tinha levado um soco no estômago?

— Eu não deixo de ter simpatia pela sua situação — o diretor Altman continuou —, mas eu preciso que você seja honesta comigo. — Ele me olhou bem nos olhos: — Você sabia que o sr. Yates mantém cópias de todas as provas na nuvem?

— Ele achava que eu tinha colado. Ele estava sentado ali, me encarando diretamente, e eu nunca havia me sentido mais invisível. — Eu quero te ajudar, Avery. Você tem ido muito bem, considerando o que a vida lhe deu. Eu detestaria ver qualquer plano que você possa ter para seu futuro ser prejudicado.

— Qualquer plano que eu *possa* ter? — repeti. Se eu tivesse um sobrenome diferente, se eu tivesse um pai dentista e uma mãe dona de casa, ele não agiria como se o futuro fosse algo no qual eu apenas *poderia* pensar. — Eu estou no penúltimo ano — eu revidei, cerrando os dentes. — Eu vou me formar no ano que vem com crédito suficiente para pelo menos dois semestres da faculdade. Minhas notas devem tornar possível uma bolsa de estudos na UConn, que tem um dos melhores programas de Ciências Atuariais do país.

O sr. Altman franziu a testa.

— Ciências Atuariais?

— Análise estatística de risco. — Era o mais perto que eu podia chegar de uma dupla graduação em pôquer e matemática. Além disso, era uma das graduações com mais empregabilidade do planeta.

— Você é fã de riscos calculados, srta. Grambs?

Tipo colar? Eu não podia me dar ao luxo de ficar com mais raiva. Em vez disso, me vi jogando xadrez. Marquei os movimentos na minha mente. Meninas como eu não podem perder a cabeça.

— Eu não colei — respondi, com calma. — Eu estudei.

Arranjei tempo para estudar durante outras aulas, entre turnos do trabalho, fiquei acordada até mais tarde do que deveria. Saber que o sr. Yates era famoso pelas provas impossíveis me fez querer redefinir o que era *possível*. Pela primeira vez, em vez de ficar só no limite da nota boa, fiquei com vontade de ver o quão longe eu poderia ir.

E *isso* foi o que eu ganhei pelo meu esforço, porque meninas como eu não devem tirar dez em provas impossíveis.

— Eu faço a prova de novo — falei, tentando não soar furiosa ou, pior, magoada. — Eu vou tirar a mesma nota outra vez.

— E o que você diria se eu contar que o sr. Yates preparou uma nova prova? Todas as questões são novas, e tão difíceis quanto as da primeira.

Eu sequer hesitei.

— Eu faço.

— Isso pode ser amanhã, no terceiro tempo, mas eu preciso avisar que vai ser muito melhor pra você se...

— *Agora.*

O sr. Altman me encarou.

— Desculpe?

Esqueça parecer submissa. Esqueça ser invisível.

— Eu quero fazer a nova prova aqui, na sua sala, agora mesmo.

Capítulo 2

— Dia difícil? — Libby perguntou.

Minha irmã era sete anos mais velha que eu e uma pessoa bastante cordial – para o seu próprio bem, ou o meu.

— Estou bem — respondi. Contar da minha visita à sala de Altman só a preocuparia e, até que o sr. Yates corrigisse minha segunda prova, não havia nada a ser feito. — Recebi boas gorjetas hoje à noite.

— Quão boas? — O estilo de Libby ficava em algum lugar entre o punk e o gótico, mas em termos de personalidade ela era o tipo de eterna otimista que acreditava ser possível uma gorjeta de cem dólares aparecer como mágica em um buraco onde a maior parte dos pratos custa $6,99.

Eu enfiei um punhado de notas amassadas na mão dela.

— Boas o suficiente pra ajudar a pagar o aluguel.

Libby tentou me devolver o dinheiro, mas eu saí do alcance antes que ela conseguisse.

— Eu vou jogar esse dinheiro em cima de você — ela me avisou com firmeza.

Eu dei de ombros.

— Eu simplesmente desviaria.

— Você é impossível. — Libby guardou o dinheiro de má vontade, fez surgir uma bandeja com um muffin do nada e me olhou feio. — Então *aceite* o muffin pra compensar.

— Sim, senhora.

Fui pegá-lo da mão estendida dela, mas então olhei para trás de seu ombro, para o balcão da cozinha, e notei que ela tinha preparado muito mais do que muffins. Ela também tinha feito cupcakes. Senti meu estômago afundar.

— Ah, não, Lib.

— Não é o que você está pensando — ela justificou.

Libby fazia cupcakes quando queria pedir desculpas. Quando se sentia culpada. Quando queria dizer "por favor, não fique brava comigo".

— Não é o que eu estou pensando? — murmurei. — Ele não vai voltar?

— Vai ser diferente dessa vez — Libby prometeu. — E os cupcakes são de chocolate!

Meu favorito.

— *Nunca* vai ser diferente — falei, mas, se eu fosse capaz de fazê-la acreditar nisso, ela já teria acreditado.

Bem naquele momento, o namorado vai-e-vem de Libby – e que gostava de socar paredes e se elogiar muito por não socar Libby – entrou casualmente. Ele pegou um cupcake do balcão e me encarou demoradamente.

— Ei, chave de cadeia.

— Drake... — Libby contestou.

— Estou brincando — ele sorriu. — Você sabe que estou brincando, Libby, meu amor. Você e sua irmã só precisam aprender a não levar tudo a sério.

Acabou de chegar e já está colocando a culpa de tudo na gente.

— Isso não é saudável — eu disse a Libby. Ele não queria que ela me acolhesse e ele nunca parou de puni-la por isso.

— Esse apartamento não é seu — Drake respondeu.

— Avery é minha irmã — Libby insistiu.

— Meia-irmã — Drake corrigiu, e então sorriu de novo: — *Brincadeirinha*.

Ele não estava brincando, mas também não estava errado. Libby e eu tínhamos em comum um pai ausente e mães diferentes. Quando éramos menores, só nos víamos uma ou duas vezes no ano. Ninguém esperava que ela assumisse minha guarda dois anos atrás. Ela era jovem. Ela mal dava conta de si mesma. Mas ela era *Libby*. Amar as pessoas era sua especialidade.

— Se Drake vai ficar aqui — murmurei só para ela —, então eu não fico.

Libby pegou um cupcake e o aninhou na sua mão.

— Estou fazendo o melhor que posso, Avery.

Ela era o tipo que só pensava em agradar as pessoas. Drake gostava de a colocar no meio de nossas discussões. Ele me usava para feri-la.

Eu não podia ficar ali esperando o dia em que ele não ia mais socar somente as paredes.

— Se você precisar de mim — eu disse a Libby —, estou morando no meu carro.

Capítulo 3

Meu Pontiac velho estava caindo aos pedaços, mas pelo menos o aquecedor funcionava. Quase sempre. Estacionei nos fundos do restaurante, onde ninguém me veria. Libby me mandou uma mensagem, mas eu não consegui me forçar a responder e fiquei só encarando o celular. A tela estava rachada. Meu plano de dados era praticamente nulo, então eu não podia entrar na internet, mas eu tinha mensagens de texto ilimitadas.

Além de Libby, havia exatamente só mais uma pessoa na minha vida para quem valia a pena escrever. Eu mandei uma mensagem curta e simples para Max: *você-sabe-quem voltou.*

Nenhuma resposta. Os pais de Max adoravam instituir a "hora sem celular" e confiscavam o dela com frequência. Eles também eram famosos por monitorar as mensagens e foi por isso que eu não escrevi o nome de Drake e não digitei uma única palavra a respeito de onde eu passaria a noite. Nem a família Liu nem minha assistente social precisavam saber que eu não estava onde deveria estar.

Baixando o celular, olhei para minha mochila no banco do carona, mas decidi que o resto da lição de casa podia esperar até de manhã. Inclinei o banco para trás e fechei os olhos. Não consegui dormir, então enfiei a mão no porta-luvas e peguei a única coisa de valor que minha mãe havia me deixado: uma pilha de cartões-postais. Dezenas deles. Dezenas de lugares aonde planejamos ir juntas.

Havaí, Nova Zelândia, Machu Picchu. Olhando para cada uma das fotos, eu me imaginei em qualquer lugar que não aqui. Tóquio. Bali. Grécia. Não sei quanto tempo passei perdida com esses pensamentos até que o celular tocou. Eu o peguei e vi a resposta de Max para minha mensagem a respeito de Drake.

Aquele falha da pata. E então, um momento depois: *Você está bem?*

Max tinha se mudado no verão depois do nono ano. A maior parte da nossa comunicação era por escrito e ela se recusava a escrever palavrões, caso seus pais vissem suas mensagens.

Então ela era criativa.

Estou bem, escrevi de volta e esse foi todo o incentivo que ela precisava para despejar toda sua fúria por mim.

Aquele esgoto do capacho pode ir direto para a pata que piou e comer um saco de corra!!!

Um segundo depois, meu telefone tocou.

— Você está mesmo bem? — Max perguntou quando atendi.

Olhei para os cartões-postais no meu colo e minha garganta apertou. Eu ia sobreviver ao ensino médio. Eu ia me inscrever para todas as bolsas de estudos que pudesse. Eu ia ter um diploma que ia me abrir portas, me permitir trabalhar remotamente e pagar bem.

Eu ia viajar o mundo.

Eu soltei uma expiração longa e exausta, e então respondi à pergunta de Max.

— Você me conhece, Maxine. Eu sempre dou a volta por cima.

Capítulo 4

No dia seguinte, paguei o preço por ter dormido no carro. Todo o meu corpo doía e eu precisei tomar um banho depois da aula de educação física porque o papel toalha do banheiro do restaurante não fazia milagres. Eu não tive tempo de secar meu cabelo, então cheguei na aula seguinte com o cabelo pingando. Não era minha melhor aparência, mas eu tinha estudado com as mesmas pessoas a vida inteira. Eu era como o papel de parede.

Ninguém reparava em mim.

— *Romeu e Julieta* está cheio de provérbios, aqueles bocados de sabedoria concisa que são uma afirmação de como o mundo e a natureza humana funcionam. — Minha professora de inglês era jovem e empolgada e eu suspeitei profundamente de que ela tinha tomado café demais. — Mas vamos sair um pouco de Shakespeare. Quem pode me dar um exemplo de um provérbio cotidiano?

Cavalo dado não se olha os dentes, pensei, enquanto minha cabeça latejava e gotas de água escorriam pelas minhas costas. *Quem não tem cão caça com gato; a ocasião faz o ladrão.*

A porta da sala se abriu. Uma auxiliar esperou que a professora olhasse para ela, e então anunciou alto suficiente para que toda a classe ouvisse:

— Avery Grambs, compareça à diretoria.

Eu imaginei que isso queria dizer que minha prova estava corrigida.

Eu não era ingênua de esperar um pedido de desculpas, mas eu também não esperava que o sr. Altman estivesse me aguardando na antessala, muito menos sorrindo como se tivesse acabado de receber uma visita do Papa.

— Avery!

Um alarme soou no fundo da minha mente, porque ninguém nunca ficava feliz assim de me ver.

— Por aqui. — Ele abriu a porta da sua sala e eu notei um rabo de cavalo azul neon familiar lá dentro.

— Libby? — Ela estava usando um uniforme estampado de caveirinhas e nenhuma maquiagem, duas indicações de que ela tinha ido até a escola direto do trabalho. No meio de um turno. Auxiliares de enfermagem que trabalham em casas de repouso não têm permissão para simplesmente ir embora no meio de um turno.

A menos que algo estivesse muito errado.

— O papai… — Eu não consegui completar a pergunta.

— Seu pai está bem.

A voz que deu essa declaração não pertencia a Libby ou ao diretor Altman. Eu virei a cabeça e olhei para trás da minha irmã. A cadeira do diretor estava ocupada por um cara não muito mais velho que eu.

O que está acontecendo?

Ele estava usando um terno e parecia o tipo de pessoa que deveria ter um séquito o seguindo.

— Pelo menos até ontem — ele continuou dizendo, com a voz baixa, grave, controlada e precisa —, Ricky Grambs estava vivo, bem e desmaiado em segurança em um quarto de hotel em Michigan, a uma hora de Detroit.

Tentei não olhar para ele, mas falhei.

Cabelo claro. Olhos pálidos. Traços como pedra entalhada.

— Como você sabe disso? — exigi. *Eu* não sabia onde o inútil do meu pai estava. Como ele sabia?

O garoto de terno não respondeu à pergunta. Em vez disso, ele arqueou uma sobrancelha:

— Diretor Altman? Pode nos dar um momento?

O diretor abriu a boca, imagino que para protestar por ser tirado de sua própria sala, mas a sobrancelha do menino se ergueu ainda mais:

— Eu acredito que tínhamos um acordo.

Altman pigarreou e respondeu:

— Claro.

E, simples assim, ele se virou e saiu pela porta. Ela se fechou atrás dele e eu voltei a encarar descaradamente o menino que o tinha expulsado.

— Você me perguntou como eu sei onde seu pai está. — Os olhos dele eram da mesma cor do seu terno: cinzentos, quase prateados. — Seria melhor, por enquanto, que você só presumisse que eu sei de tudo.

A voz dele teria sido agradável de ouvir se não fossem as palavras.

— Um cara que *acha* que sabe de tudo — resmunguei. — Que novidade.

— Uma garota de língua afiada — ele devolveu, focando os olhos cinzentos nos meus, enquanto os cantos da boca se viravam para cima.

— Quem é você? — perguntei. — E o que você quer? — *de mim,* algo dentro de mim acrescentou. *O que você quer de mim?*

— Tudo que eu quero é passar uma mensagem. — Por motivos que eu não conseguia bem definir, meu coração começou a bater mais rápido. — Uma mensagem que se mostrou difícil de ser comunicada pelos meios tradicionais.

— Talvez seja culpa minha — Libby disse mansamente ao meu lado.

— O que pode ser sua culpa? — Eu me virei para encará-la, grata por uma desculpa para tirar Olhos Cinzentos do meu campo de visão e lutando contra a vontade de olhar para ele mais uma vez.

— A primeira coisa que você tem que saber — Libby disse, da forma mais sincera que qualquer pessoa em um uniforme de caveirinhas já disse alguma coisa — é que eu *não tinha ideia* de que as cartas eram reais.

— Que cartas?

Pelo jeito, eu era a única pessoa na sala que não sabia o que estava acontecendo e eu não conseguia não sentir que isso era uma desvantagem, como estar parada num trilho de trem sem saber de qual direção o trem está vindo.

— As cartas registradas — o menino de terno disse, sua voz me envolvendo — que os advogados do meu avô têm mandado pra sua casa já faz três semanas.

— Eu achei que era um golpe — Libby me disse.

— Eu te garanto que não é — o garoto respondeu, com a voz sedosa.

Eu não era tonta de confiar em garantias dadas por caras bonitos.

— Deixe-me recomeçar. — Ele entrelaçou as mãos sobre a escrivaninha entre nós, o dedão da sua mão direita circulando de leve as abotoaduras no seu pulso esquerdo. — Meu nome é Grayson Hawthorne. Eu estou aqui em nome de McNamara, Ortega e Jones, um escritório de advocacia de Dallas que representa o espólio do meu avô. — Os olhos pálidos de Grayson encontraram os meus. — Meu avô morreu no início do mês. — Ele fez uma pausa significativa. — Seu nome era Tobias Hawthorne. — Grayson estudou minha reação ou, mais precisamente, a falta de uma. — Esse nome significa alguma coisa para você?

A sensação de estar parada numa linha de trem voltou.

— Não — eu disse. — Deveria?

— Meu avô era um homem muito rico, srta. Grambs. E parece que, além da nossa família e das pessoas que trabalharam com ele por anos, você foi citada em seu testamento.

Eu ouvi as palavras, mas não conseguia processá-las.

— Seu *o quê?*

— Seu testamento — Grayson repetiu, um leve sorriso nos lábios. — Eu não sei exatamente o que ele deixou para você, mas sua presença na leitura do testamento foi exigida. Nós estamos adiando isso há semanas.

Eu era uma pessoa inteligente, mas Grayson Hawthorne podia estar muito bem falando sueco.

— Por que seu avô deixaria alguma coisa pra mim?

Grayson se levantou.

— É a pergunta de um milhão de dólares, não é? — Ele saiu de trás da mesa e de repente eu sabia *exatamente* de qual direção estava vindo o trem.

Dele.

— Eu tomei a liberdade de organizar a viagem pra você.

Isso não era um convite. Era uma *convocação.*

— O que te faz pensar… — eu comecei a dizer, mas Libby me cortou.

— Ótimo! — ela disse, me lançando uma bela olhada.

Grayson sorriu com desdém.

— Eu vou deixar vocês duas sozinhas por um momento. — Os olhos dele fitaram os meus por tempo suficiente para me deixar desconfortável e, então, sem dizer uma palavra, ele saiu da sala.

Libby e eu ficamos em silêncio por cinco segundos inteiros depois que ele saiu.

— Não me entenda mal — ela finalmente sussurrou —, mas acho que talvez ele seja Deus.

Eu desdenhei.

— Certamente ele pensa que é. — Era mais fácil ignorar o efeito que ele tinha em mim agora que ele não estava mais lá. Que tipo de pessoa tinha uma autoconfiança tão absoluta? Estava lá em todos os aspectos da sua postura e nas palavras que escolhia, em cada interação. Poder era um fato da vida tão óbvio quanto a gravidade para esse cara. O mundo se dobrava diante da vontade de Grayson Hawthorne. O que o dinheiro não podia comprar aqueles olhos provavelmente conseguiam.

— Comece do começo — pedi. — E não se esqueça de nada.

Ela brincou com as pontas escuras do seu rabo de cavalo azul.

— Algumas semanas atrás, nós começamos a receber umas cartas, endereçadas a você, aos meus cuidados. Elas diziam que você havia herdado um dinheiro, davam um número para ligarmos. Eu achei que fosse um golpe. Tipo aqueles e-mails que dizem ser de um príncipe estrangeiro.

— Por que esse Tobias Hawthorne, um homem que eu nunca conheci, nunca nem ouvi falar, me colocou no testamento dele?

— Não sei dizer, mas *isso* — ela apontou com a cabeça na direção da porta pela qual Grayson havia saído — não é um golpe. Você *viu* como ele agiu com o diretor Altman? Qual você acha que é o combinado deles? Uma propina… ou uma ameaça?

As duas coisas. Engolindo essa resposta, peguei meu celular e o conectei ao wi-fi da escola. Depois de procurar por Tobias Hawthorne, nós duas estávamos lendo uma manchete: FAMOSO FILANTROPO MORRE AOS 78 ANOS.

— Você sabe o que *filantropo* significa? — Libby me perguntou, séria. — Significa *rico.*

— Significa alguém que doa pra caridade — eu corrigi.

— Então… *rico.* — Libby me encarou. — E se *você* for a caridade? Eles não teriam mandado o neto desse cara atrás de você se ele só tivesse te deixado umas centenas de dólares. Devem ser milhares. Você poderia viajar, Avery, ou usar para a faculdade, ou comprar um carro melhor.

Eu podia sentir meu coração acelerando de novo.

— Por que um estranho deixaria qualquer coisa pra mim? — insisti, resistindo ao impulso de sonhar, mesmo que só por um segundo, porque, se eu começasse, não tinha certeza de que conseguiria parar.

— E se ele conhecia a sua mãe? — Libby sugeriu. — Eu não sei, mas eu sei que você precisa ir à leitura do testamento.

— Eu não posso ir — eu disse a ela. — Nem você. — Nós duas faltaríamos ao trabalho. Eu perderia algumas aulas.

Mas, por outro lado... no mínimo, uma viagem levaria Libby para longe de Drake, pelo menos por um tempo.

E, se isso for real... Já estava ficando difícil *não* pensar nas possibilidades.

— Vão cobrir meus turnos pelos próximos dois dias — Libby me informou. — Eu fiz alguns telefonemas, os seus turnos também já estão cobertos. — Ela pegou a minha mão. — Vamos lá, Ave. Não vai ser bom fazer uma viagem, só nós duas?

Ela apertou a minha mão. Depois de um momento, eu apertei a dela de volta.

— Onde exatamente vão ler esse testamento?

— Texas! — Libby sorriu. — E eles não só compraram as nossas passagens. Eles compraram passagens de *primeira classe.*

Capítulo 5

Eu nunca tinha voado de avião. A três mil metros de altitude, eu podia me imaginar indo além do Texas: Paris. Bali. Machu Picchu. Esses lugares tinham sido sonhos para *algum dia*.

Mas agora...

Ao meu lado, Libby estava no paraíso, tomando seu drinque de cortesia.

— Hora da foto! — ela declarou. — Chega mais perto e mostra o *bagulho*.

Do outro lado do corredor, uma mulher olhou para Libby com desaprovação. Eu não sabia se ela desaprovava o cabelo, a jaqueta camuflada que ela estava usando, sua gargantilha com *spikes*, a selfie que ela estava tentando tirar ou o volume no qual ela disse *bagulho*.

Com minha expressão mais altiva, eu me inclinei na direção da minha irmã e mostrei meu "bagulho": uma porção de castanhas que eu tinha ganhado quando entrei no avião.

Libby encostou a cabeça no meu ombro e tirou a foto. Ela virou o celular para me mostrar.

— Eu te mando quando chegarmos. — O sorriso no rosto dela estremeceu, só por um segundo. — Mas não é pra postar, está bom?

Drake não sabe onde você está, sabe? Eu engoli o impulso de lembrar a ela que ela podia ter uma vida. Eu não queria discutir.

— Não vou postar. — Não era um grande sacrifício da minha parte. Eu tinha perfis nas redes sociais, mas em geral eu só os usava para mandar DMs para Max.

E, falando nisso... peguei meu celular. Ele estava em modo avião, o que significava nada de mensagens, mas a primeira classe tinha wi-fi gratuito. Eu mandei um rápido resumo do que havia acontecido para Max e depois passei o resto do voo obcecada lendo sobre Tobias Hawthorne.

Ele tinha ganhado dinheiro com petróleo e então diversificado. Eu já esperava, pelo modo como Grayson havia contado que seu avô era um homem "rico" e porque o jornal usou a palavra *filantropo*, que ele fosse algum tipo de milionário.

Eu estava errada.

Tobias Hawthorne não era só "rico" ou "bem de vida". Não havia nenhum eufemismo para o que Tobias Hawthorne era, exceto podre de rico. Bilhões: com um b e plural. Ele era a nona pessoa mais rica dos Estados Unidos e o homem mais rico do Texas.

Quarenta e seis ponto dois bilhões de dólares. Era isso que ele valia. Os números sequer soavam reais. Então parei de me perguntar por que um homem que eu nunca conheci tinha me deixado algo em seu testamento – e comecei a me perguntar quanto.

Max respondeu a mensagem pouco antes de aterrissarmos: *Você está me zoando, pata?*

Sorri.

Não. Eu realmente estou num avião indo para o Texas neste momento. Me preparando pra aterrissar.

A única resposta de Max foi: *Pata Lerda.*

Uma mulher de cabelo escuro vestindo um terninho todo branco encontrou com Libby e eu no segundo em que saímos da área de desembarque.

— Srta. Grambs. — Ela acenou com a cabeça para mim e então voltou-se para Libby e acrescentou um segundo cumprimento. — Srta. Grambs. — Ela se virou, esperando que a seguíssemos. Para minha tristeza, nós duas fizemos isso. — Eu sou Alisa Ortega — ela disse —, da McNamara, Ortega e Jones. — Outra pausa, então ela me olhou de viés. — Você é uma jovem muito difícil de encontrar.

Eu dei de ombros.

— Eu moro no meu carro.

— Ela não *mora* no carro — Libby disse rapidamente. — Diga a ela que não mora.

— Ficamos muito felizes que você pôde vir.

Alisa Ortega, da McNamara, Ortega e Jones, não esperou que eu lhe dissesse coisa alguma e eu tive a impressão de que minha parte nessa conversa não era necessária.

— Enquanto estiverem no Texas, considerem-se convidadas da família Hawthorne. Eu serei seu contato com o escritório. Qualquer coisa de que precisarem enquanto estiverem aqui, falem comigo.

Advogados não cobram por hora?, pensei. *O quanto essa carona estava custando para a família Hawthorne?*

Eu nem considerei a possibilidade de essa mulher não ser uma advogada. Ela parecia ter vinte e tantos anos. Falar com ela me dava a mesma sensação de falar com Grayson Hawthorne. Ela era *alguém.*

— *Tem* alguma coisa que eu possa fazer por você? — Alisa Ortega perguntou, andando na direção das portas automáticas sem diminuir em nada o ritmo da caminhada, mesmo quando pareceu que a porta não ia se abrir a tempo.

Eu esperei até ter certeza de que ela não ia dar de cara no vidro e respondi:

— Que tal alguma informação?

— Você precisa ser mais específica.

— Você sabe o que diz o testamento? — perguntei.

— Não sei — ela respondeu, apontando para um sedã preto esperando perto da calçada. Ela abriu a porta de trás para mim.

Entrei no carro e Libby me seguiu. Alisa se sentou no banco do carona. O banco do motorista já estava ocupado. Eu tentei ver o motorista, mas não consegui distinguir muito do seu rosto.

— Logo você vai descobrir o que diz o testamento — Alisa respondeu, as palavras claras e sérias como aquele terno branco que nem o diabo parecia poder sujar. — Todos nós descobriremos. A leitura está marcada para assim que você chegar à Casa Hawthorne.

Não a *casa dos Hawthorne*, mas a *Casa Hawthorne,* como se fosse tipo uma mansão inglesa, com nome e tudo.

— É lá que vamos ficar? — Libby perguntou. — Na Casa Hawthorne?

Nossas passagens de volta estavam marcadas para o dia seguinte. Tínhamos levado roupas para uma noite.

— Vocês poderão escolher os quartos que quiserem — Alisa nos garantiu. — O sr. Hawthorne comprou o terreno no qual a Casa foi construída mais de cinquenta anos atrás e passou cada um desses anos aumentando a maravilha arquitetônica que ele construiu ali. Eu perdi a conta do total de quartos, mas são mais de trinta. A Casa Hawthorne é... singular.

Esse foi o máximo de informação que conseguimos tirar dela. Eu arrisquei.

— Eu imagino que o sr. Hawthorne também era *singular*?

— Bom palpite — Alisa disse. Ela olhou de volta para mim. — O sr. Hawthorne gostava de bons palpites.

Um sentimento macabro passou por mim naquele momento, quase como uma premonição. *Será por isso que ele me escolheu?*

— Quão bem você o conhecia? — Libby perguntou.

— Meu pai é advogado de Tobias Hawthorne desde antes de eu nascer. — Alisa Ortega não estava ostentando poder agora. A voz dela era suave. — Eu passei bastante tempo na Casa Hawthorne quando era pequena.

Ele não era só um cliente para ela.

— Você tem alguma ideia de por que eu estou aqui? — perguntei. — Por que ele teria deixado qualquer coisa pra mim?

— Você é do tipo que quer salvar o mundo? — Alisa me perguntou, como se essa fosse uma pergunta perfeitamente normal.

— Sou? — arrisquei.

— Teve sua vida arruinada por alguém com o sobrenome Hawthorne? — Alisa continuou.

Eu a encarei, então consegui responder com mais confiança dessa vez.

— Não.

Alisa sorriu, mas o sorriso não chegou aos seus olhos.

— Sorte sua.

Capítulo 6

A Casa Hawthorne ficava em uma colina. Imensa. Ampla. Parecia um castelo – mais apropriada para a realeza que para uma casa de campo. Havia meia dúzia de carros parados na frente e uma motocicleta velha que devia ser desmontada e ter as partes vendidas.

Alisa olhou a moto.

— Parece que Nash está em casa.

— Nash? — Libby perguntou.

— O neto Hawthorne mais velho — Alisa respondeu, tirando os olhos da motocicleta e olhando para o castelo. — São quatro no total.

Quatro netos. Eu não consegui impedir minha mente de lembrar do Hawthorne que eu já tinha conhecido. *Grayson.* O terno sob medida. Os olhos cinzentos quase prateados. A arrogância na forma como ele me disse para considerar que ele sabia de tudo.

Alisa me lançou um olhar compreensivo.

— Um conselho de quem sabe do que está falando... nunca perca a cabeça por um Hawthorne.

— Não se preocupe — respondi, tão irritada com a presunção dela quanto com o fato de que ela conseguiu ler meus pensamentos só de olhar para mim. — Eu mantenho minha cabeça sempre no lugar.

O hall era maior que algumas casas, tinha fácil uns 90m^2, como se a pessoa que o construiu tivesse se preocupado em planejar uma entrada que também pudesse ser usada como salão de baile. Arcos de pedra ladeavam o hall e o teto era totalmente ornamentado, com elaborados entalhes de madeira. Olhar para cima me deixou sem fôlego.

— Vocês chegaram. — Uma voz familiar chamou minha atenção de volta para a terra. — E bem na hora. Suponho que o voo de vocês tenha sido tranquilo.

Grayson Hawthorne estava usando um terno diferente hoje. Esse era preto – assim como sua camisa e gravata.

— *Você* — Alisa o cumprimentou com um olhar gélido.

— Devo imaginar que você ainda não me perdoou por interferir no seu trabalho? — Grayson perguntou.

— Você tem dezenove anos — Alisa respondeu. — Você morreria se agisse de acordo com sua idade?

— Talvez — Grayson abriu um sorriso reluzente. — E de nada.

Eu levei um segundo para entender que por *interferir* Grayson quis dizer ter ido me buscar.

— Senhoritas — ele disse, se dirigindo a Libby e eu. — Posso guardar os casacos de vocês?

— Vou ficar com o meu — respondi, me sentindo do contra e considerando que uma camada a mais entre mim e o resto do mundo não seria ruim.

— E o seu? — Grayson perguntou a Libby.

Ainda boquiaberta com o hall, Libby tirou seu casaco e entregou a ele. Grayson passou por um dos arcos. Do outro lado havia um corredor. Pequenos painéis quadrados contornavam a parede. Grayson pôs a mão em um painel e empurrou. Ele girou a mão noventa graus, apertou o painel seguinte e então, em um movimento rápido demais para que eu entendesse, apertou pelo menos mais dois. Eu ouvi um som de *pop* e uma porta apareceu, se destacando do resto da parede ao abrir-se.

— Que raios... — eu comecei a dizer.

Grayson enfiou a mão e pegou um cabide.

— O armário de casacos.

Isso não era uma explicação. Era uma classificação, como se aquele fosse um armário de casacos qualquer de uma casa velha qualquer.

Alisa entendeu que aquilo era uma indicação para nos deixar aos bons cuidados de Grayson e eu tentei pensar em algo para dizer que não fosse só ficar ali com a boca aberta como um peixe. Grayson foi fechar o armário, mas um som vindo do fundo o impediu.

Primeiro eu ouvi um rangido e depois um estrondo. Houve um farfalhar atrás dos casacos, e então uma figura entre as sombras abriu caminho por eles e saiu para a luz. Um menino, talvez da minha idade, talvez um pouco mais novo. Ele estava vestindo um terno, mas sua semelhança com Grayson ia só até aí. O terno do menino estava amassado como se ele tivesse tirado um cochilo – ou vinte – vestido com ele. O paletó não estava abotoado. A gravata em volta do seu pescoço não tinha nó. Ele era alto, o rosto era como o de um bebê e o cabelo cacheado era desgrenhado e escuro. Seus olhos eram castanho-claros, e sua pele era marrom.

— Estou atrasado? — ele perguntou a Grayson.

— Posso sugerir que você faça essa pergunta ao seu relógio?

— Jameson já chegou? — O menino de cabelo escuro reformulou a pergunta.

Grayson endureceu.

— Não.

O outro menino sorriu.

— Então não estou atrasado! — Ele olhou por trás de Grayson, para Libby e eu. — E essas devem ser nossas convidadas! Que falta de educação do Grayson não nos apresentar.

Um músculo no maxilar de Grayson se contraiu.

— Avery Grambs — ele disse com formalidade — e a irmã dela, Libby. Senhoritas, esse é meu irmão Alexander. — Por um momento, pareceu que Grayson ia deixar por isso mesmo, mas então arqueou a sobrancelha. — Xander é o bebê da família.

— Eu sou o neto bonito — Xander corrigiu. — Eu sei o que vocês estão pensando. Esse chato ao meu lado preenche bem um terno Armani. Mas, pergunto a vocês, ele pode fazer o universo acelerar de zero a cem com seu sorriso, como uma jovem Mary Tyler Moore encarnada no corpo de um James Dean multiétnico? — Xander parecia só ter um modo de falar: rápido. — Não!— Ele respondeu à própria pergunta. — Não, ele não pode.

Xander finalmente parou de falar por tempo suficiente para que outra pessoa falasse.

— Prazer em te conhecer — Libby conseguiu soltar.

— Você passa muito tempo no armário de casacos? — perguntei.

Xander limpou as mãos nas calças.

— Passagem secreta — ele disse, agora tentando limpar as calças com as mãos. — Esse lugar é cheio delas.

Capítulo 7

Meus dedos estavam coçando para puxar meu celular e começar a tirar fotos, mas resisti. Já Libby não tinha esse tipo de escrúpulo.

— *Mademoiselle*... — Xander deu um passo para o lado para bloquear uma das fotos de Libby. — Uma pergunta: o que você acha de montanhas-russas?

Eu achei que os olhos de Libby iam saltar para fora das órbitas, de verdade.

— Esse lugar tem uma montanha-russa?

Xander sorriu.

— Não exatamente. — No segundo seguinte, o "bebê" da família Hawthorne, que tinha lá seus um metro e oitenta de altura, estava conduzindo minha irmã pelo hall.

Fiquei confusa. *Como pode uma casa "não ter exatamente" uma montanha-russa?* Ao meu lado, Grayson deu uma risadinha sarcástica. Percebi que ele olhava para mim e fiz uma careta inquisidora:

— Que foi?

— Nada — ele respondeu, apesar de a tensão de seus lábios sugerir outra coisa. — É só que… você tem um rosto muito expressivo.

Não era verdade. Libby estava sempre dizendo que eu era difícil de ler. Minha *poker face* bancava o café da manhã de Harry fazia meses. Eu não era expressiva.

Não havia nada de notável no meu rosto.

— Eu peço desculpas por Xander — Grayson comentou. — Ele tende a não adotar hábitos ultrapassados como pensar antes de falar e ficar sentado por mais de três segundos. — Ele baixou os olhos. — Ele é o melhor de nós, até nos seus piores dias.

— A srta. Ortega disse que vocês são em quatro. — Eu não consegui me segurar. Eu queria saber mais sobre essa família. Sobre *ele*. — Quatro netos, quero dizer.

— Eu tenho três irmãos — Grayson me disse. — Mesma mãe, pais diferentes. Nossa tia Zara não tem filhos. — Ele olhou para trás de mim. — E, falando nos meus parentes, eu acho que deveria me desculpar de novo, por antecipação.

— Gray, querido!

Uma mulher corria em nossa direção, um furacão de movimento e tecido. Quando sua saia esvoaçante enfim se assentou ao seu redor, eu tentei estimar a idade dela. Mais do que trinta, menos do que cinquenta. Para além disso, eu não sabia dizer.

— Eles estão nos esperando no salão principal — ela disse a Grayson. — Ou estarão, em breve. Onde está seu irmão?

— Seja específica, mãe.

A mulher revirou os olhos.

— Não me venha com esse "mãe", Grayson Hawthorne. — Ela se virou para mim. — Parece que ele nasceu usando esse terno — ela disse isso com o ar de quem estava me contando um grande segredo —, mas Gray era um pestinha. Um verdadeiro espírito livre. Era impossível mantê-lo vestido até ele ter uns quatro anos. Francamente, eu nem tentava. — Ela parou e me avaliou sem se preocupar em esconder o que estava fazendo. — Você deve ser Ava.

— Avery — Grayson corrigiu. Se ele sentia alguma vergonha de seu suposto passado como nudista infantil, não demonstrou. — O nome dela é Avery, mãe.

A mulher suspirou, mas também sorriu, como se fosse impossível para ela olhar seu filho e não se sentir profundamente deliciada por sua presença.

— Eu sempre jurei que meus filhos me chamariam pelo meu primeiro nome — ela me disse. — Eu os criei como iguais, sabe? Na verdade, eu sempre imaginei que teria meninas. Quatro meninos depois... — Ela deu de ombros da forma mais elegante do mundo.

Objetivamente, a mãe de Grayson era um exagero. Mas, subjetivamente? Ela era irresistível.

— Você se importa de me dizer, querida, quando é seu aniversário?

A pergunta me pegou de surpresa. Eu tinha uma boca. Ela funcionava perfeitamente bem. Mas eu não conseguia acompanhá-la e responder. Ela colocou uma mão no meu rosto.

— Escorpião? Ou capricórnio? Não é pisciana, claramente...

— Mãe — Grayson disse, e então se corrigiu. — *Skye.*

Eu levei um segundo para perceber que esse devia ser o nome dela e que ele o usou para agradá-la e tentar interromper a investigação astrológica.

— Grayson é um bom menino — Skye me disse. — Bom demais. — Então ela me deu uma piscadela. — Ainda vamos conversar.

— Eu duvido que a srta. Grambs planeje passar tempo suficiente para uma conversa em torno da lareira ou uma leitura de tarô. — Uma segunda mulher, da idade de Skye ou um pouco mais velha, se meteu na conversa. Se Skye era feita de tecidos esvoaçantes e informação demais, essa mulher era toda saia lápis e pérolas.

— Sou Zara Hawthorne-Calligaris. — Ela me examinou, a expressão no seu rosto tão austera quanto seu nome. — Você se importa se eu perguntar... de onde você conhecia meu pai?

Um silêncio caiu sobre o hall cavernoso. Eu engoli em seco.

— Eu não conhecia.

Eu consegui sentir Grayson, do meu lado, me encarando de novo. Depois de uma pequena eternidade, Zara me deu um sorriso tenso.

— Bom, nós agradecemos sua presença. Essas últimas semanas têm sido desafiadoras, como você com certeza pode imaginar.

Essas últimas semanas, completei em pensamento, *quando ninguém conseguia me encontrar.*

— Zara? — Um homem com o cabelo penteado para trás nos interrompeu, passando um braço pela cintura dela. — O sr. Ortega gostaria de dar uma palavrinha. — O homem, que eu entendi ser o marido de Zara, sequer me notou.

Skye compensou a indiferença dele – e como.

— Minha irmã "dá palavrinhas" com as pessoas — ela comentou. — Eu tenho conversas. Conversas adoráveis. Sendo bem sincera, foi assim que acabei com quatro filhos. Conversas maravilhosas e *íntimas* com quatro homens fascinantes...

— Eu te *pago* pra parar agora — Grayson disse com uma expressão de sofrimento no rosto.

Skye deu um tapinha na bochecha do filho.

— Propina. Ameaças. Suborno. Você não poderia ser mais Hawthorne se tentasse, querido. — Ela me deu um sorriso compreensivo. — É por isso que o chamamos de "legítimo herdeiro".

Havia algo na voz de Skye, algo na expressão de Grayson quando sua mãe usou a expressão *legítimo herdeiro,* que me fez pensar que eu havia subestimado violentamente o quanto a família Hawthorne queria ler esse testamento.

Eles também não sabem o que há no testamento. De repente me senti entrando em uma arena sem ter ideia de quais eram as regras do jogo.

— Agora — Skye disse, passando um braço em volta de mim e um em volta de Grayson —, por que não vamos para o salão principal?

Capítulo 8

O salão principal tinha dois terços do tamanho do hall. Logo de cara, dava para ver uma enorme lareira de pedra com gárgulas entalhadas nas laterais. Sim, gárgulas.

Grayson pôs Libby e eu em poltronas de espaldar alto e então pediu licença e foi para a frente da sala, onde três senhores de terno estavam de pé conversando com Zara e seu marido.

Os advogados.

Depois de alguns minutos, Alisa se juntou a eles e eu analisei os outros ocupantes da sala. Um casal branco, mais velho, uns sessenta anos pelo menos. Um homem negro, de uns quarenta anos, com um porte militar, de pé com as costas para a parede e mantendo uma clara linha de visão das duas saídas. Xander, com quem claramente era outro irmão Hawthorne ao seu lado. Esse era mais velho – vinte e poucos. Ele precisava de um corte de cabelo e tinha combinado seu terno com botas de caubói que, assim como a moto lá fora, já tinham visto dias melhores.

Nash, deduzi, lembrando do nome que Alisa havia informado.

Finalmente, uma mulher idosa se juntou à brigada. Nash ofereceu-lhe o braço, mas ela pegou o de Xander. Ele a conduziu diretamente até Libby e eu.

— Essa é a Nan — ele nos disse. — A mulher. A lenda.

— Volta para o seu canto. — Ela soltou o braço dele. — Eu sou a bisavó dessa peste. — Nan se acomodou, não sem dificuldades, no lugar vago ao meu lado. — Mais velha que o diabo e muito pior.

— Ela é uma fofa — Xander me garantiu, animado. — E eu sou o favorito dela.

— Você *não é* meu favorito — Nan resmungou.

— Eu sou o favorito de todo mundo! — Xander sorriu.

— Parecido demais com aquele seu avô incorrigível. — Nan grunhiu. Ela fechou os olhos e eu vi as mãos dela tremerem de leve. — Homem horrível. — Havia carinho em suas palavras.

— O sr. Hawthorne era seu filho? — Libby perguntou gentilmente. Ela trabalhava com idosos e era uma boa ouvinte.

Nan aproveitou a oportunidade para desdenhar de novo.

— Genro.

— Ele também era o favorito dela — Xander explicou. Havia algo de mordaz em como ele disse isso. Não estávamos em um funeral. Eles deviam ter enterrado o homem semanas atrás, mas eu reconheci o luto, podia senti-lo – podia quase *cheirá-lo.*

— Você está bem, Ave? — Libby perguntou. Lembrei de Grayson me dizendo o quanto meu rosto era expressivo.

Melhor pensar em Grayson Hawthorne do que em funerais e luto.

— Estou bem — respondi. Mas não estava. Mesmo depois de dois anos, a saudade da minha mãe podia me atingir como um tsunami. — Só vou lá fora rapidinho — eu disse, forçando um sorriso. — Preciso de ar.

O marido de Zara me interceptou no caminho.

— Aonde você está indo? Já vamos começar. — Ele segurou meu ombro com a mão.

Eu me desvencilhei. Não me importava com quem eram essas pessoas. Ninguém punha as mãos em mim.

— Disseram que são quatro netos Hawthorne — eu disse, com a voz gelada. — Pelas minhas contas, ainda falta um. Eu volto em um minuto. Você nem vai notar que saí.

Acabei em um quintal nos fundos em vez de chegar à frente da casa – se é que é possível chamar aquilo de quintal. O gramado era imaculado. Havia uma fonte. Esculturas. Uma estufa. E, se espalhando até onde eu conseguia ver, *terra*. Parte dela arborizada. Parte exposta. Era fácil imaginar, parada ali e olhando ao longe, que uma pessoa que saísse caminhando na direção do horizonte nunca voltaria.

— Se *sim* é *não* e *uma vez* é *nunca*, então quantos lados tem um triângulo? — A pergunta veio de cima. Eu ergui os olhos e vi um garoto sentado na beira da varanda acima de mim, precariamente equilibrado na grade de ferro. *E bêbado.*

— Você vai cair — eu disse a ele.

Ele deu um sorrisinho de desdém.

— Convite interessante.

— Não é um convite — respondi.

Ele me deu um sorriso descontraído.

— Não precisa se envergonhar de convidar um Hawthorne para o que quer que seja. — Ele tinha o cabelo mais escuro que o de Grayson e mais claro que o de Xander. E estava sem camisa.

Sempre uma boa ideia, no meio do inverno, considerei, ácida, mas eu não consegui evitar que meu olhar desviasse de seu rosto. Seu torso era esbelto, seu abdômen, definido. Ele tinha uma cicatriz longa e fina que ia da clavícula ao quadril.

— Você deve ser a Garota Misteriosa — ele disse.

— Sou Avery — eu corrigi. Eu tinha ido até lá para escapar dos Hawthorne e seu luto. Não havia nem sinal de preocupação no rosto desse garoto, como se a vida fosse uma grande piada. Como se ele não estivesse sofrendo como as pessoas lá dentro.

— Como você quiser, G. M. — ele respondeu. — Posso te chamar de G. M., Garota Misteriosa?

Eu cruzei os braços.

— Não.

Ele passou as pernas pela grade e se levantou, cambaleando, e eu tive uma revelação que me deu calafrios. *Ele está sofrendo e está em um lugar muito alto.* Quando minha mãe morreu, eu não tinha me permitido ceder para a autodestruição. Mas isso não quer dizer que eu não tenha sentido vontade.

Ele passou o peso para um dos pés e esticou o outro.

— Não! — Antes que eu pudesse dizer qualquer outra coisa, o garoto se virou e agarrou a grade com as mãos, se segurando na vertical, deixando os pés flutuando no ar. Eu vi os músculos de suas costas tensionarem, marcados entre suas escápulas, quando ele se abaixou e soltou a grade.

Ele caiu bem ao meu lado.

— Você não devia estar aqui fora, G. M.

Não era *eu* quem estava sem camisa saltando de varandas.

— Nem você.

Eu me perguntei se ele estava percebendo o quanto meu coração estava acelerado. Eu me perguntei se o dele estava sequer batendo.

— Se eu faço o que devo com a mesma frequência que falo o que não devo — os lábios dele se torceram —, então o que isso me torna?

Jameson Hawthorne, eu pensei. De perto, eu consegui identificar a cor dos seus olhos: um verde escuro e inescrutável.

— O que isso me torna? — ele repetiu com intensidade.

Eu parei de olhar para os olhos dele. E para seu abdômen. E seu cabelo absurdamente cheio de gel.

— Um bêbado — eu disse, e então, porque eu consegui sentir que uma resposta irritante estava a caminho, eu acrescentei mais duas palavras. — É dois.

— O quê? — Jameson Hawthorne disse.

— A resposta pra sua primeira charada — respondi. — Se *sim é não* e *uma vez* é *nunca*, então o número de lados de um triângulo é... *dois.* — Eu alonguei minha resposta, mas sem me dar ao trabalho de explicar como havia chegado a ela.

— *Touché*, G. M. — Jameson passou por mim, roçando seu braço nu levemente no meu ao dizer isso. — *Touché*.

Capítulo 9

Eu fiquei do lado de fora mais alguns minutos. Nada nesse dia parecia real. E no dia seguinte eu estaria de volta a Connecticut com algum dinheiro, se tivesse sorte, e uma história para contar. E provavelmente nunca mais veria nenhum dos Hawthorne.

Eu nunca mais teria uma vista como aquela.

Quando voltei para o salão principal, Jameson Hawthorne havia milagrosamente encontrado uma camisa – e um paletó. Ele sorriu para mim e fez uma pequena saudação. Ao seu lado, Grayson ficou tenso e contraiu o maxilar.

— Agora que estamos todos aqui — um dos advogados disse —, vamos começar.

Os três advogados se posicionaram em triângulo. O que havia falado tinha o cabelo escuro, pele marrom e a expressão confiante de Alisa. Eu supus que ele era o Ortega em McNamara, Ortega e Jones. Os outros dois – provavelmente Jones e McNamara – estavam um de cada lado dele.

Desde quando é preciso quatro advogados para ler um testamento?, pensei.

— Vocês estão aqui — o sr. Ortega disse, projetando sua voz por todos os cantos da sala — para ouvir as últimas vontades e o testamento de Tobias Tattersall Hawthorne. Segundo as instruções do sr. Hawthorne, meus colegas distribuirão as cartas que ele deixou para cada um de vocês.

Os outros homens começaram a andar em volta da sala, entregando envelopes para cada um.

— Vocês podem abrir essas cartas quando a leitura do testamento for concluída.

Eu recebi um envelope. Meu nome inteiro estava escrito em letra de mão na frente. Ao meu lado, Libby ergueu os olhos para o advogado, mas ele passou por ela e seguiu entregando envelopes para os outros ocupantes da sala.

— O sr. Hawthorne estipulou que os seguintes indivíduos precisavam estar presentes na leitura do testamento: Skye Hawthorne, Zara Hawthorne-Calligaris, Nash Hawthorne, Grayson Hawthorne, Jameson Hawthorne, Alexander Hawthorne e a srta. Avery Kylie Grambs, de New Castle, Connecticut.

Eu me sentia tão exposta como se tivesse acabado de perceber que estava sem roupas.

— Já que todos estão aqui — o sr. Ortega prosseguiu —, nós podemos começar.

Libby deslizou a mão para segurar a minha.

— Eu, Tobias Tattersall Hawthorne — o sr. Ortega leu —, estando são de corpo e mente, decreto que minhas posses mundanas, incluindo todos os bens monetários e físicos, sejam distribuídos da seguinte forma. Para Andrew e Lottie Laughlin, pelos anos de serviço leal, eu deixo a soma de cem mil dólares para cada, com posse vitalícia e livre de aluguel do Chalé Wayback, localizado no limite oeste da minha propriedade no Texas.

O casal mais velho que eu tinha notado antes se abraçou. Tudo que eu consegui pensar foi: CEM MIL DÓLARES. A presença dos Laughlin não era obrigatória para a leitura do testamento e eles tinham acabado de ganhar cem mil dólares. Cada um!

Eu precisei de muito esforço para me lembrar de como se respirava.

— Para John Oren, chefe da minha equipe de segurança, e que salvou minha vida mais vezes e das mais diversas formas do que eu poderia contar, eu deixo o conteúdo da minha caixa de ferramentas, atualmente no escritório de McNamara, Ortega e Jones, além da soma de trezentos mil dólares.

Tobias Hawthorne conhecia essas pessoas, eu disse para mim mesma, o coração aos saltos. *Elas trabalhavam para ele. Elas eram* importantes *para ele. Eu não sou nada.*

— Para minha sogra, Pearl O'Day, eu deixo uma pensão de cem mil dólares por ano, além de um fundo para despesas médicas detalhado no apêndice. Todas as joias que pertenceram à minha finada esposa, Alice O'Day Hawthorne, devem ser entregues à sua mãe para que sejam distribuídas como ela achar adequado.

Nan replicou, mal-humorada:

— Não comecem a ter ideias — ela ordenou à sala em geral. — Eu vou viver mais que todos vocês.

O sr. Ortega sorriu, mas então seu sorriso estremeceu. — Para... — Ele fez uma pausa, e então recomeçou: — Para minhas filhas, Zara Hawthorne-Calligaris e Skye Hawthorne, eu deixo fundos necessários para pagar todas as dívidas adquiridas até o dia e hora da minha morte. — O sr. Ortega fez outra pausa e seus lábios se comprimiram. Os outros dois advogados olharam bem para a frente, evitando olhar diretamente para qualquer membro da família Hawthorne.

— Além disso, para Skye eu deixo minha bússola, para que ela sempre encontre o verdadeiro norte, e para Zara, deixo minha aliança de casamento, para que ela ame tão completa e consistentemente quanto eu amei a mãe dela.

Outra pausa, mais desconfortável que a anterior.

— Prossiga — o marido de Zara disse.

— Para cada uma das minhas filhas — o sr. Ortega leu lentamente —, além do que já foi discriminado, eu deixo uma herança única de cinquenta mil dólares.

Cinquenta mil dólares? Eu mal tinha processado essas palavras e o marido de Zara as repetiu, em voz alta, cheio de raiva. *Tobias Hawthorne deixou para as filhas menos do que para sua equipe de segurança.*

De repente, a referência de Skye a Grayson como o *herdeiro legítimo* ganhou todo um novo significado.

— Isso é culpa sua — Zara acusou, se dirigindo para Skye. Ela não ergueu a voz, mas soava fatal do mesmo jeito.

— Minha? — Skye respondeu, indignada.

— Papai nunca mais foi o mesmo depois que Toby morreu — Zara continuou.

— Desapareceu — Skye corrigiu.

— Meu Deus, ouça o que você está dizendo! — Zara perdeu o controle do seu tom de voz. — Você entrou na cabeça dele, não foi, Skye? Fez um drama e o convenceu a nos ignorar e deixar tudo para os seus...

— *Filhos* — a voz de Skye era límpida. — A palavra que você está buscando é *filhos.*

— A palavra que ela está buscando é *bastardos.* — Nash Hawthorne tinha o sotaque texano mais forte da sala. — Não é como se não tivéssemos ouvido isso antes.

— Se eu tivesse tido um filho... — a voz de Zara falhou.

— Mas você não teve — Skye deixou que a irmã absorvesse essas palavras. — Teve, Zara?

— *Chega!* — o marido de Zara interrompeu. — Nós vamos resolver isso.

— Eu temo que não exista nada a ser resolvido — o sr. Ortega disse, encerrando a briga. — Vocês vão descobrir que o testamento é inquebrantável, e desencoraja fortemente qualquer um que queira contestá-lo.

Eu entendi isso mais ou menos como *calem a boca e sentem-se.*

— Agora, se eu puder continuar... — O sr. Ortega voltou os olhos para o testamento em suas mãos. — Para os meus netos, Nash Westbrook Hawthorne, Grayson Davenport Hawthorne, Jameson Winchester Hawthorne e Alexander Blackwood Hawthorne, eu deixo...

— Tudo — Zara murmurou amargamente.

O sr. Ortega falou por cima dela.

— Duzentos e cinquenta mil dólares para cada, pagáveis em seus aniversários de vinte e cinco anos e que até lá devem ser administrados por Alisa Ortega, curadora.

— O quê? — Alisa soou chocada. — Quer dizer... *mas que...?*

— Que merda — Nash disse a ela, com um tom divertido. — A frase que você está buscando, querida, é: *que merda é essa?*

Tobias Hawthorne não tinha deixado tudo para os netos. Dado o tamanho da sua fortuna, ele havia deixado para eles uma esmola.

— O que está acontecendo aqui? — Grayson perguntou, cada palavra mortal e precisa.

Tobias Hawthorne não deixou tudo para os netos. Ele não deixou tudo para as filhas. Meu cérebro congelou bem ali. Meus ouvidos chiavam.

— Por favor, todos vocês. — O sr. Ortega ergueu uma mão. — Deixem-me terminar.

Quarenta e seis ponto dois bilhões de dólares, eu pensei, meu coração atacando minhas costelas e minha boca parecendo uma lixa. *Tobias Hawthorne valia quarenta e seis ponto dois bilhões de dólares e ele deixou para seus netos um milhão de dólares, ao todo. Cem mil no total para suas filhas. Mais meio milhão para seus empregados, uma pensão anual para Nan...*

A equação matemática não fazia sentido. Não *podia* fazer sentido.

Um por um, os outros ocupantes da sala se viraram para mim.

— O restante das minhas posses — o sr. Ortega leu —, incluindo todas as propriedades, bens financeiros e posses mundanas que não foram até aqui especificadas, eu deixo para Avery Kylie Grambs.

Capítulo 10

Isso não está acontecendo.

Isso não pode estar acontecendo.

Eu estou sonhando.

Eu estou alucinando.

— Ele deixou tudo pra *ela?* — A voz de Skye soou aguda o suficiente para me despertar do estupor. — Por quê? — A mulher que havia cismado com meu signo astrológico e me brindado com histórias sobre seus filhos e amantes havia desaparecido. Essa Skye parecia capaz de matar alguém. Literalmente.

— Quem raios é ela? — A voz de Zara era estridente e clara como um sino.

— Deve haver algum erro. — Grayson falou como uma pessoa acostumada a lidar com erros. *Propina, ameaça, suborno,* eu pensei. O que o "herdeiro legítimo" faria comigo? *Isso não está acontecendo,* eu sentia isso a cada batida do meu coração, cada inspiração, cada expiração. *Isso não pode estar acontecendo.*

— Ele está certo. — Minhas palavras saíram como um sussurro, perdidas entre as vozes que se erguiam à minha volta. Eu tentei falar novamente, mais alto. — Grayson está certo. — As cabeças começaram a se virar na minha direção. — Deve haver algum erro. — Minha voz era áspera. Eu sentia que tinha acabado de pular de um avião. Como se estivesse em queda livre esperando meu paraquedas abrir.

Isso não é real. Não pode ser.

— *Avery.* — Libby me cutucou nas costelas, claramente sugerindo que eu deveria calar a boca e parar de falar em *erros*.

Mas não tinha como. Devia haver algum tipo de confusão. Um homem desconhecido tinha acabado de me deixar uma fortuna de bilhões de dólares. Coisas assim não acontecem, ponto.

— Viu? — Skye se agarrou ao que eu havia dito. — Até Ava concorda que isso é ridículo.

Dessa vez eu tinha uma boa certeza de que ela havia errado meu nome de propósito. *O restante das minhas posses, incluindo todas as propriedades, bens financeiros e posses mundanas que não foram até aqui especificadas, eu deixo para Avery Kylie Grambs.* Agora Skye Hawthorne sabia meu nome.

Todos eles sabiam.

— Eu lhes garanto, não há nenhum erro. — O sr. Ortega me olhou nos olhos, então voltou sua atenção para os outros. — E eu garanto ao resto de vocês que a última vontade e o testamento de Tobias Hawthorne são completamente inquebrantáveis. Como a maioria dos detalhes restantes são do interesse apenas de Avery, vamos parar com o drama. Mas deixe-me tornar uma coisa muito clara. Segundo os termos do testamento, qualquer herdeiro que contestar a herança de Avery abrirá mão completamente de sua parte.

A herança de Avery. Eu me sentia tonta, quase enjoada. Era como se alguém tivesse estalado os dedos e reescrito as leis da física, como se o coeficiente de gravidade tivesse mudado e meu corpo não estivesse capacitado para lidar com isso. O mundo estava girando fora do eixo.

— Nenhum testamento é tão incontestável — o marido de Zara disse, sua voz ácida. — Não quando essa quantia de dinheiro está em jogo.

— Você está falando — Nash Hawthorne exclamou — como alguém que não conhecia muito bem o velho.

— Armadilhas atrás de armadilhas — Jameson murmurou. — E charadas atrás de charadas. — Eu conseguia sentir seus olhos verde-escuros me observando.

— Eu acho que você devia ir embora — Grayson me disse, ríspido. Não era um pedido. Era uma ordem.

— Tecnicamente... — Alisa Ortega soava como se tivesse engolido arsênico. — A casa é dela.

Claramente ela não sabia o que havia no testamento. Ela tinha sido mantida no escuro, assim como o restante da família. *Como Tobias Hawthorne pôde pegá-los de surpresa assim? Que tipo de pessoa faz isso com sua própria família?*

— Eu não entendo — eu disse alto, tonta e anestesiada, porque nada disso fazia nenhum sentido.

— Minha filha está correta. — O sr. Ortega manteve seu tom neutro. — Você é dona de tudo, srta. Grambs. Não só da fortuna, mas de todas as propriedades do sr. Hawthorne, incluindo a Casa Hawthorne. Segundo os termos da sua herança, que eu ficarei feliz de repassar com você, os atuais inquilinos podem permanecer, a menos, ou até, que eles deem a você motivo para removê-los. — Ele deixou que essas palavras pairassem no ar. — Sob nenhuma circunstância — ele continuou com gravidade, suas palavras prenhes de ameaça — esses inquilinos podem tentar remover você.

A sala ficou de repente silenciosa e imóvel. *Eles vão me matar. Alguém nessa sala vai me matar de verdade.* O homem que eu havia identificado como militar marchou para se colocar entre mim e a família de Tobias Hawthorne. Ele não disse nada, cruzou os braços e me manteve atrás dele, e o resto em seu campo de visão.

— Oren! — Zara repreendeu, chocada. — Você trabalha pra essa família.

— Eu trabalhava para o sr. Hawthorne. — John Oren fez uma pausa e ergueu um pedaço de papel. Eu precisei de um momento para entender que era a carta que havia sido deixada para ele. — O último pedido dele foi que eu continuasse a trabalhar para a srta. Avery Grambs. — Ele olhou para mim. — Segurança. Você vai precisar.

— E não só pra te proteger de nós! — Xander acrescentou à minha esquerda.

— Dê um passo pra trás, por favor — Oren ordenou.

Xander ergueu as mãos.

— Paz — ele declarou. — Eu faço previsões tenebrosas, mas venho em paz!

— Xan está certo — Jameson sorriu, como se tudo isso fosse um jogo. — O mundo inteiro vai querer um pedaço seu, Garota Misteriosa. Essa é a *história do século.*

História do século. Meu cérebro voltou a funcionar porque agora havia todos os indícios de que isso não era uma piada. Eu não estava alucinando. Eu não estava sonhando.

Eu era uma herdeira.

Capítulo 11

Saí correndo. Quando notei, eu já estava do lado de fora. A porta da frente da Casa Hawthorne bateu atrás de mim. O ar fresco bateu no meu rosto. Eu tinha quase certeza de que estava respirando, mas meu corpo todo parecia distante e anestesiado. Era assim a sensação de choque?

— Avery! — Libby saiu correndo da casa atrás de mim. — Você está bem? — Ela me estudou, preocupada. — E, além disso: você está doida? Quando alguém te dá dinheiro, você não tenta devolver!

— *Você* tenta — eu aleguei, o ruído no meu cérebro tão alto que eu não conseguia me ouvir pensar. — Toda vez que eu tento te dar minhas gorjetas.

— Não estamos falando de gorjeta! — O cabelo azul de Libby estava escapando de seu rabo de cavalo. — Estamos falando de *milhões.*

Bilhões. Eu corrigi silenciosamente, mas minha boca simplesmente se recusava a dizer essa palavra.

— Ave. — Libby apoiou uma mão no meu ombro. — Pense no que isso significa. Você nunca mais vai precisar se preocupar com dinheiro. Vai poder comprar o que quiser, fazer o que quiser. Sabe os cartões-postais da sua mãe que você guardou? — Ela se inclinou para a frente, encostando a testa na minha. — Você pode ir pra qualquer lugar. Pense nas possibilidades.

Eu pensei, embora parecesse uma piada cruel, como se o universo estivesse me enganando para desejar as coisas que garotas como eu nunca deveriam...

A gigantesca porta da frente da Casa Hawthorne se abriu com tudo. Eu dei um salto e Nash Hawthorne saiu. Mesmo usando um terno, ele ainda parecia um perfeito caubói, pronto para encontrar seu rival sob o sol do meio-dia.

Eu me preparei. *Bilhões.* Guerras aconteceram por muito menos.

— Relaxe, garota. — O sotaque texano de Nash era forte e agradável, como uísque. — Eu não quero o dinheiro. Nunca quis. Até onde eu sei, isso é o universo se divertindo um pouco com uma gente que provavelmente merece.

O mais velho dos irmãos Hawthorne transferiu o olhar de mim para Libby. Ele era alto, musculoso e bronzeado. Ela era pequena e magrinha, sua pele clara contrastava com o batom escuro e o cabelo azul neon. Os dois nem pareciam pertencer ao mesmo planeta, mas, ainda assim, ali estava ele, dando um longo sorriso para ela.

— Cuide-se, querida — Nash disse para minha irmã. Ele caminhou para sua moto, colocou o capacete e, um momento depois, já tinha sumido.

Libby ficou encarando a motocicleta.

— Retiro o que disse sobre Grayson. Talvez *ele* seja Deus.

Nesse momento nós tínhamos problemas maiores do que discutir qual dos irmãos Hawthorne era o mais divino.

— Não podemos ficar aqui, Libby. Eu duvido que o resto da família seja indiferente ao testamento igual a Nash. Nós precisamos sair daqui.

— Eu vou com vocês — uma voz grave disse. Eu me virei. John Oren estava na porta da frente. Eu não o ouvi abrindo.

— Eu não preciso de segurança — eu disse a ele. — Eu só preciso sair daqui.

— Você vai precisar de segurança pelo resto da vida. — Ele foi tão direto que eu nem consegui começar a discutir. — Mas olhe pelo lado bom... — Ele apontou com a cabeça para o carro que tinha nos trazido do aeroporto. — Eu também dirijo.

Eu pedi a Oren que nos levasse para um hotel de estrada. Em vez disso, ele nos levou para o hotel mais chique que eu já tinha visto e ele deve ter escolhido o caminho mais comprido, porque Alisa Ortega estava nos esperando na recepção.

— Eu tive tempo para ler o testamento completo. — Aparentemente essa era a versão dela de *oi*. — E trouxe uma cópia para você. Sugiro irmos até os quartos de vocês para discutir os detalhes.

— Nossos quartos? — repeti. Os porteiros usavam smokings. Havia *seis* candelabros no lobby. Ali perto uma mulher estava tocando uma harpa de um metro e meio de altura. — Nós não podemos pagar por quartos nesse lugar.

Alisa me deu um olhar que era quase de pena.

— Ah, querida — ela disse, mas então recuperou seu profissionalismo. — Você é a dona desse hotel.

— Eu... *o quê*? — Libby e eu estávamos recebendo aqueles olhares de "quem deixou a ralé entrar?" dos outros hóspedes, eu não poderia ser *dona* desse hotel.

— Além disso — Alisa continuou —, o testamento está sendo autenticado. Deve levar algum tempo até o dinheiro e as propriedades serem liberados, mas enquanto isso a McNamara, Ortega e Jones vai pagar a conta de tudo que você precisar.

Libby franziu a testa.

— Isso é uma coisa que escritórios de advocacia fazem?

— Você provavelmente já deve ter concluído que o sr. Hawthorne era um dos nossos clientes mais importantes — Alisa disse com delicadeza. — Seria mais preciso dizer que ele era nosso *único* cliente. E agora...

— Agora — eu disse, compreendendo a coisas — esse cliente sou eu.

Eu levei quase uma hora para ler, reler e rerreler o testamento. Tobias Hawthorne só havia colocado uma condição para minha herança.

— Você deve viver na Casa Hawthorne por um ano, começando em até três dias. — Alisa já tinha mencionado esse ponto pelo menos duas vezes, mas eu não conseguia fazer meu cérebro aceitá-lo.

— A única coisa que me separa de uma herança de bilhões de dólares é que eu *preciso* me mudar pra uma mansão.

— Correto.

— Uma mansão onde várias das pessoas que esperavam herdar esse dinheiro ainda moram. E eu não posso expulsá-los.

— Exceto por circunstâncias extraordinárias, correto também. Se serve de consolo, é uma casa bem grande.

— E se eu me recusar? — perguntei. — Ou se a família Hawthorne mandar me matar?

— Ninguém vai mandar matar você — Alisa disse calmamente.

— Eu sei que você cresceu com essa gente e tudo mais — Libby disse a Alisa, tentando ser diplomática —, mas eles vão com certeza, cem por cento, dar uma de Lizzie Borden pra cima da minha irmã.

— Eu realmente preferia não ser assassinada com um machado — enfatizei.

— Análise de risco: baixa — Oren murmurou. — Pelo menos em se tratando de machados.

Precisei de um segundo para perceber que era uma piada.

— Estou falando sério!

— Acredite em mim — ele respondeu. — Eu sei. Mas eu também conheço a família Hawthorne. Os meninos nunca machucariam uma mulher e as mulheres vão atrás de você no tribunal, nada de machados.

— Além disso — Alisa acrescentou —, no estado do Texas, se um herdeiro morrer enquanto um testamento está sendo autenticado, a herança não volta para o patrimônio do falecido, ela se torna parte do patrimônio do *herdeiro.*

Eu tenho um patrimônio?, pensei, anestesiada.

— E se eu me recusar a ir morar com eles? — eu perguntei de novo, um enorme caroço na minha garganta.

— Ela não vai recusar. — Libby lançou um olhar de laser na minha direção.

— Se você não se mudar para a Casa Hawthorne em até três dias — Alisa me disse —, sua parte da herança será doada pra caridade.

— Não vai para a família de Tobias Hawthorne? — perguntei.

— Não. — A máscara de neutralidade de Alisa caiu de leve. Ela conhecia os Hawthorne havia anos. Ela podia estar trabalhando para mim agora, mas ela não devia estar feliz com isso.

Ou estava?

— Seu pai escreveu o testamento, certo? — perguntei, tentando entender a situação insana em que eu estava.

— Em reunião com os outros sócios do escritório — Alisa confirmou.

— Ele te contou... — Eu tentei encontrar uma forma melhor de dizer o que eu queria dizer, então desisti. — Ele te disse o *porquê* de tudo isso?

Por que Tobias Hawthorne havia deserdado a família? Por que deixar tudo para *mim*?

— Eu não acho que meu pai saiba a razão — Alisa disse. Ela me espiou, a máscara de neutralidade caindo mais uma vez. — Você sabe?

Capítulo 12

— ***Pata que partiu.*** — Max tomou ar. — *Baralho, pata que partiu.* — Ela baixou a voz até um sussurro e soltou um palavrão de verdade. Já era mais de meia-noite para mim e duas horas mais cedo para ela. Eu meio que esperava que a sra. Liu fosse surgir e confiscar o celular dela, mas nada aconteceu.

— Como? — Max quis saber. — Por quê?

Eu olhei para a carta no meu colo. Tobias Hawthorne tinha me deixado uma explicação, mas nas horas que se passaram desde que o testamento foi lido, eu ainda não tinha conseguido abrir o envelope. Eu estava sozinha, no escuro, sentada na varanda da cobertura de um *hotel do qual eu era dona,* usando um roupão felpudo que ia até o chão e que provavelmente custava mais do que meu carro – eu estava petrificada.

— Talvez — Max disse, pensativa — você tenha sido trocada na maternidade. — Max via muita televisão e tinha o que provavelmente podia ser diagnosticado como vício em livros. — Talvez sua mãe tenha salvado a vida dele muitos anos atrás. Talvez ele deva toda a fortuna que tinha ao seu bisavô. *Talvez você tenha sido escolhida por um algoritmo computacional avançado que vai desenvolver inteligência artificial qualquer dia desses!*

— Maxine — desdenhei. De alguma forma isso foi o suficiente para me permitir dizer em voz alta as palavras em que eu estava tentando nem pensar. — Talvez meu pai não seja meu pai de verdade.

Essa era a explicação mais racional, não era? Talvez Tobias Hawthorne *não tivesse* deserdado a família em favor de uma estranha. Talvez eu *fosse* da família.

Eu tenho um segredo... Eu imaginei a minha mãe. Quantas vezes eu a tinha ouvido dizer exatamente essas palavras?

— Você está bem? — Max perguntou no outro lado da linha.

Olhei novamente para o envelope com meu nome escrito em letra cursiva. Engoli em seco.

— Tobias Hawthorne me deixou uma carta.

— E você ainda não abriu? — Max disse. — Avery, *macete*...

— Maxine! — Mesmo do outro lado do telefone, eu conseguia ouvir a mãe de Max ao fundo.

— *Macete*, mamãe. Eu disse *macete*. Tipo, um macete para você entender... — Houve uma pequena pausa, e então: — Avery? Eu preciso ir.

Os músculos do meu estômago se apertaram.

— Falamos em breve?

— Muito em breve — Max prometeu. — E, enquanto isso: Abra. A. Carta.

Ela desligou. Eu desliguei. Coloquei meu dedão na aba do envelope, mas uma batida à porta me salvou de seguir adiante.

Dentro da suíte, eu encontrei Oren posicionado em frente à porta.

— Quem é? — perguntei.

— Grayson Hawthorne — Oren respondeu. Eu encarei a porta e Oren explicou. — Se meus homens o considerassem uma ameaça, ele nunca teria conseguido chegar ao nosso andar. Eu confio em Grayson. Mas, se você não quiser vê-lo...

— Não — eu disse. *O que eu estou fazendo?* Era tarde e eu duvidava que a realeza americana gostasse da ideia de ser destronada. Mas havia algo na forma como Grayson me olhava, desde a primeira vez que nos vimos...

— Pode abrir — eu disse a Oren. Ele abriu e deu um passo para trás.

— Você não vai me convidar pra entrar? — Grayson não era mais o *herdeiro,* mas era impossível desconfiar disso pelo tom de voz dele.

— Você não devia estar aqui — eu disse a ele, fechando melhor o roupão.

— Eu passei a última hora dizendo a mesma coisa para mim mesmo e, ainda assim, aqui estou eu. — Seus olhos eram duas piscinas cor de chumbo, seu cabelo estava desarrumado, como se eu não fosse a única sem conseguir dormir. Ele tinha perdido tudo.

— Grayson... — eu disse.

— Eu não sei como você fez isso. — Ele me cortou, sua voz perigosa e suave. — Eu não sei o que você tinha com o meu avô ou que tipo de golpe você deu aqui.

— Eu não...

— Eu estou falando, srta. Grambs. — Ele espalmou a mão na porta. Eu estava errada sobre os olhos dele. Não eram piscinas. Eram geleiras. — Não tenho ideia de como você conseguiu isso, mas eu vou descobrir. Eu vejo você agora. Eu sei o que você é e do que você é capaz, e não existe *nada* que eu não faria para proteger minha família. Qualquer que seja o jogo aqui, não importa quanto dure esse golpe… eu vou descobrir a verdade e Deus te ajude quando isso acontecer.

Oren entrou no meu campo de visão, mas eu não esperei que ele agisse. Empurrei a porta com força suficiente para fazer Grayson recuar e então a bati. Com o coração acelerado, esperei que ele batesse de novo, que ele gritasse do outro lado da porta. *Nada.* Lentamente, abaixei a cabeça e meus olhos novamente foram atraídos pelo envelope nas minhas mãos como metal por um ímã.

Com uma última olhada para Oren, eu me recolhi para o meu quarto. *Abra. A. Carta.* Dessa vez, foi o que eu fiz, e tirei um cartão do envelope. O corpo da mensagem só tinha duas palavras. Eu encarei a página e li a saudação, a mensagem e a assinatura várias e várias vezes.

Querida Avery,
Sinto muito.
T. T. H.

Capítulo 13

Sinto muito? Sinto muito o quê? A pergunta ainda estava ressoando na minha mente na manhã seguinte. Pela primeira vez na vida, eu tinha dormido até tarde. Eu encontrei Oren e Alisa na cozinha da nossa suíte conversando em voz baixa.

Baixa demais para que eu ouvisse.

— Avery. — Oren me viu primeiro. Eu me perguntei se ele tinha contado a Alisa sobre Grayson. — Tem alguns protocolos de segurança que eu queria revisar com você.

Tipo não abrir portas para Grayson Hawthorne?

— Você agora é um alvo — Alisa me disse com todas as letras.

Considerando que ela tinha insistido em dizer que os Hawthorne não eram uma ameaça, eu precisei perguntar:

— Um alvo de quem?

— *Paparazzi*, claro. O escritório está segurando a história por enquanto, mas isso não vai durar muito e temos outras preocupações.

— Sequestro. — Oren não pôs nenhuma ênfase particular nessa palavra. — Perseguição. As pessoas farão ameaças;

elas sempre fazem. Você é jovem e mulher e isso vai tornar tudo pior. Com a permissão da sua irmã, eu vou organizar uma equipe para ela também, assim que ela voltar.

Sequestro. Perseguição. Ameaças. Eu nem conseguia compreender essas palavras.

— Onde está Libby? — perguntei, já que ele tinha dito "ela voltar".

— Em um avião — Alisa respondeu. — Mais especificamente, no seu avião.

— Eu tenho um avião? — Eu *nunca* ia me acostumar com isso.

— Você tem vários — Alisa me disse. — E um helicóptero, eu creio, mas isso não vem ao caso. Sua irmã foi buscar suas coisas e as dela. Considerando o prazo para que você se mude para a Casa Hawthorne, e o que está em jogo, nós pensamos que seria melhor que você ficasse aqui. Na verdade, nós gostaríamos que você se mudasse esta noite.

— No segundo que essa notícia vazar — Oren disse com seriedade —, você sairá na capa de todos os jornais. Você vai ser a história principal em todos os canais, o maior assunto das redes sociais. Para algumas pessoas, você será Cinderela. Para outras, Maria Antonieta.

Algumas pessoas iam querer ser eu. Algumas iam me odiar com as profundezas de suas almas. Pela primeira vez, eu notei a arma no quadril de Oren.

— É melhor que você fique aqui — Oren disse, em um tom controlado. — Sua irmã deve estar de volta esta noite.

Durante o resto da manhã, Alisa e eu jogamos o que eu mentalmente chamei de Jogo de Revirar a Vida da Avery Em Um

Segundo. Saí do meu emprego. Alisa cuidou de me tirar da escola.

— E meu carro? — perguntei.

— Oren vai dirigir pra você no futuro próximo, mas nós podemos trazer seu carro, se você quiser — Alisa ofereceu. — Ou você pode escolher um carro novo para uso pessoal.

Pela forma como ela disso isso, dava para pensar que ela estava falando de comprar chiclete no supermercado.

— Você prefere sedã ou SUV? — ela perguntou, segurando o telefone de uma forma que sugeria que ela era perfeitamente capaz de encomendar o carro clicando em apenas um botão. — Alguma cor de preferência?

— Você precisa me dar licença um segundo — eu disse a ela. Eu me enfiei de volta no meu quarto. A cama tinha uma pilha ridiculamente alta de travesseiros. Eu subi na cama e me deixei cair sobre a montanha de almofadas, então peguei meu celular.

Mensagens, ligações, DMs para Max, todas tiveram o mesmo resultado: nada. Ela *definitivamente* estava com o celular confiscado – e possivelmente seu notebook, o que significava que ela não podia me aconselhar sobre qual é a resposta apropriada quando sua advogada começa a falar de pedir um carro como se fosse um *baralho* de uma pizza.

Isso é irreal. Menos de 24 horas antes, eu estava dormindo em um estacionamento. O mais perto que eu chegava de esbanjar era o eventual sanduíche de café da manhã.

Sanduíche de café da manhã. Harry. Eu me sentei na cama.

— Alisa? — chamei. — E se eu não quiser um carro novo, se eu quiser gastar esse dinheiro em outra coisa… eu posso?

* * *

Bancar um lugar para que Harry ficasse – e fazê-lo aceitar – não seria fácil, mas Alisa me disse para considerar isso resolvido. Esse era o mundo no qual eu vivia agora. Eu só precisava dizer e as coisas eram *resolvidas.*

Isso não ia durar. Não podia. Mais cedo ou mais tarde alguém ia descobrir que isso é algum tipo de confusão. *Então é melhor aproveitar enquanto dura.*

Esse foi o primeiro pensamento que tive quando fomos buscar Libby. Quando minha irmã saiu do *meu* jatinho particular, eu me perguntei se Alisa podia fazê-la entrar na Sorbonne, ou comprar uma lojinha de cupcakes para ela, ou...

— *Libby.* — Todos os pensamentos na minha cabeça congelaram no momento em que eu vi o rosto dela. Seu olho direito estava roxo, inchado e quase não abria.

Libby engoliu em seco, mas não desviou o olhar.

— Se você disser "eu avisei", eu vou fazer cupcakes de caramelo todo dia e fazer você se sentir tão culpada que vai querer comer todos.

— Tem algum problema sobre o qual eu deveria saber? — Alisa perguntou a Libby, sua voz enganosamente calma enquanto ela observava o hematoma.

— Avery odeia caramelo — Libby disse, como se esse fosse o problema.

— Alisa — eu grunhi —, seu escritório tem um assassino de aluguel à disposição?

— Não. — Alisa manteve seu tom perfeitamente profissional. — Mas eu sou bem engenhosa. Tenho alguns contatos.

— Eu realmente não consigo saber se vocês estão brincando — Libby disse, e então se virou para mim. — Eu não quero falar sobre isso. E estou bem.

— Mas…

— *Eu estou bem.*

Eu consegui ficar de boca fechada e voltamos para o hotel. O plano era terminar alguns últimos arranjos e ir imediatamente para a Casa Hawthorne.

As coisas não aconteceram segundo o plano.

— Temos um problema. — Oren não parecia muito preocupado, mas Alisa imediatamente soltou o celular. Oren apontou a varanda com a cabeça. Alisa saiu, olhou para baixo e xingou.

Eu passei por Oren e saí para a varanda e vi o que estava acontecendo. Lá embaixo, em frente à entrada do hotel, os seguranças estavam lutando com o que parecia ser uma multidão furiosa. Foi só quando um flash disparou que eu entendi o que era a multidão.

Paparazzi.

E naquele segundo todas as câmeras apontaram para a varanda. Para mim.

Capítulo 14

— **Eu achei que** você tivesse dito que seu escritório tinha cuidado disso.

Oren olhou feio para Alisa. Ela fechou a cara, fez três ligações, uma em seguida da outra, duas delas em espanhol, e então voltou a olhar para meu chefe de segurança.

— O vazamento não veio da gente. — Seus olhos fuzilaram Libby. — Foi o seu namorado.

A resposta de Libby foi pouco mais que um sussurro.

— Meu ex.

— Me desculpem. — Libby já tinha pedido desculpas pelo menos uma dúzia de vezes. Ela havia contado tudo a Drake, sobre o testamento, as condições da minha herança, onde estávamos ficando. *Tudo*. Eu a conhecia bem o suficiente para saber por que ela fez isso. Ele devia estar bravo por ela ter sumido. Ela tentou acalmá-lo. E, no momento em que ela contou sobre o dinheiro, ele deve ter exigido vir junto.

Ele teria começado a fazer planos para gastar o dinheiro dos Hawthorne. E Libby, Deus a abençoe, deve ter dito a ele que o dinheiro não era deles, não era *dele*.

Ele bateu nela. Ela terminou com ele. Ele foi falar com a imprensa. E agora os *paparazzi* estavam ali. Uma horda caiu em cima de nós quando Oren me levou para fora do hotel por uma porta lateral.

— Lá está ela! — uma voz gritou.

— Avery!

— Avery, aqui!

— Avery, como é ser a adolescente mais rica dos Estados Unidos?

— Como é ser a bilionária mais jovem do mundo?

— De onde você conhecia Tobias Hawthorne?

— É verdade que você é a filha ilegítima de Tobias Hawthorne?

Eu fui enfiada em um SUV. A porta se fechou, abafando o rugido das perguntas dos repórteres. Bem no meio do nosso caminho, eu recebi uma mensagem – e não era de Max. Era de um número desconhecido.

Eu abri e vi um *print* de uma manchete. *Avery Grambs: Quem é a herdeira de Hawthorne?*

Uma mensagem curta acompanhava a imagem.

Ei, Garota Misteriosa. Você é oficialmente famosa.

Havia mais *paparazzi* parados em frente aos portões da Casa Hawthorne, mas, quando passamos por eles, o resto do mundo sumiu. Não havia nenhuma festa de boas-vindas. Nada de Jameson. Nada de Grayson. Nada de nenhum Hawthorne. Eu tentei abrir a enorme porta da frente – trancada. Alisa desapareceu nos fundos da casa. Quando ela finalmente reapareceu, ela tinha uma expressão sofrida no rosto. Ela me deu um grande envelope.

— Legalmente — ela disse —, a família Hawthorne precisa lhe dar as chaves. Na prática... — Ela apertou os olhos. — A família Hawthorne é um pé no saco.

— Esse é um termo legal? — Oren perguntou secamente.

Eu abri o envelope e descobri que de fato a família Hawthorne havia me dado chaves – algo em torno de uma centena delas.

— Alguma ideia de qual dessas abre a porta da frente? — perguntei. Não eram chaves normais. Eram enormes e ornamentadas. Todas elas pareciam antiguidades e cada uma era distinta – designs diferentes, metais diferentes, tamanhos e comprimentos diferentes.

— Você vai descobrir — alguém disse.

Ergui o olhar e me vi encarando um interfone.

— Pare de joguinhos, Jameson — Alisa ordenou. — Isso não é tão engraçadinho quanto vocês todos acham.

Nenhuma resposta.

— Jameson? — Alisa tentou de novo.

Silêncio, e então:

— Eu tenho fé em você, G. M.

O interfone cortou e Alisa soltou uma expiração longa e frustrada.

— Deus me salve dos Hawthorne.

— G. M.? — Libby perguntou, aturdida.

— Garota Misteriosa — esclareci. — Pelo que eu entendi, isso é o que Jameson Hawthorne acha que é um apelido. — Eu voltei minha atenção para as chaves na minha mão. A solução óbvia era experimentar todas. Supondo que uma dessas chaves abria a porta da frente, uma hora eu daria sorte. Mas sorte não parecia suficiente. Eu já era a menina mais sortuda do mundo.

Uma parte de mim queria merecer isso.

Eu passei pelas chaves, examinando seus desenhos e formas. *Uma maçã. Uma cobra. Um padrão ondeado, parecido com água.* Chaves para cada letra do alfabeto, em uma caligrafia rebuscada e antiga. Chaves com números e chaves com formas, uma com uma sereia e quatro chaves diferentes com olhos.

— Bem? — Alisa disse abruptamente. — Você quer que eu faça uma ligação?

— Não. — Minha atenção foi das chaves para a porta. O desenho dela era simples, geométrico – não combinava com nenhuma das chaves que eu tinha visto até agora. *Isso seria fácil demais,* eu pensei. *Simples demais.* Um segundo depois, um pensamento paralelo se formou. *Não é simples o suficiente.*

Eu tinha aprendido isso jogando xadrez: quanto mais complicada uma estratégia parecesse, menos provável era que o oponente buscasse respostas simples. Se você consegue manter alguém de olho no seu cavalo, então você pode capturá-lo com um peão. *Olhe além dos detalhes. Além das complicações.* Eu reajustei meu foco da base das chaves para a parte que realmente entrava na fechadura. Embora as chaves tivessem tamanhos diferentes no geral, a parte que ia na fechadura tinha um tamanho semelhante em todas.

Não só um tamanho similar, eu percebi, olhando duas chaves lado a lado. O padrão – o mecanismo que virava a fechadura – era idêntico entre as duas. Eu passei para uma terceira chave. *Mesma coisa.* Eu comecei a examiná-las, comparando cada chave com a próxima, uma por uma. *Igual. Igual. Igual.*

Não havia uma centena de chaves na argola. Quanto mais rápido eu passava por elas, mais certeza eu tinha. Havia apenas duas – dezenas de cópias da chave errada, disfarçadas para parecerem diferentes umas das outras, e então...

— Essa. — Eu finalmente cheguei a uma chave com um padrão diferente das outras. O interfone chiou, mas, se Jameson ainda estava do outro lado, ele não disse uma palavra. Coloquei a chave na fechadura e a adrenalina correu pelas minhas veias quando ela girou.

Eureca.

— Como você sabia qual chave usar? — Libby me perguntou.

A resposta veio pelo interfone.

— Às vezes — Jameson Hawthorne disse, soando estranhamente contemplativo —, as coisas que parecem muito diferentes na superfície são, na verdade, exatamente iguais no fundo.

Capítulo 15

— Bem-vinda ao lar, Avery. — Alisa entrou no hall e se virou para me olhar. Eu tinha parado de respirar, só por um instante, quando entrei pela porta. Era como entrar no palácio de Buckingham ou no castelo de Hogwarts e alguém te dizer que era *seu*.

— Descendo o corredor — Alisa disse —, temos um teatro, uma sala de música, uma estufa, o solário... — Eu sequer sabia o que *eram* metade dessas salas. — Você já conhece o salão principal, é claro — Alisa continuou. — A sala de jantar fica mais para a frente, depois a cozinha, a cozinha do chef...

— Tem um chef? — deixei escapar.

— Um *sushiman*, um chef italiano, um taiwanês, um vegetariano e chefs confeiteiros de prontidão. — A voz que disse essas palavras era masculina. Eu me virei e vi o casal mais velho da leitura do testamento parado na entrada do salão principal. *Os Laughlin,* lembrei. — Mas minha mulher cuida das refeições do dia a dia — o sr. Laughlin continuou num resmungo.

— O sr. Hawthorne era um homem muito reservado. — A sra. Laughlin me olhou. — Ele se virava com a minha comida na maior parte dos dias porque ele não gostava de ter mais estranhos na Casa do que o necessário.

Eu não tinha nenhuma dúvida de que ela estava falando *casa* com C maiúsculo – e menos ainda de que ela me considerava uma *estranha*.

— Há dezenas de funcionários à disposição — Alisa explicou. — Todos eles recebem um salário de expediente integral, mas trabalham sob demanda.

— Se algo precisa ser feito, tem alguém para fazer — o sr. Laughlin disse —, e eu cuido para que seja feito da forma mais discreta possível. Na maior parte das vezes, você nem vai saber que estiveram aqui.

— Mas eu vou — Oren declarou. — O movimento de entrada e saída da propriedade é monitorado com rigidez e ninguém passa pelos portões sem ter seus antecedentes checados. Equipes de construção, as equipes de faxina e jardinagem, todo massagista, chef, cabeleireiro ou *sommelier*, todos eles precisam ser liberados pela minha equipe.

Sommelier. Cabeleireiro. Chef. Massagista. Meu cérebro ficou passando a lista. Era atordoante.

— A academia fica no fim desse corredor — Alisa disse, voltando ao seu papel de guia. — Temos quadras de basquete e squash, uma parede de escalada, um boliche...

— *Um boliche?* — eu repeti.

— Só quatro pistas — Alisa confirmou, como se fosse perfeitamente razoável ter um *pequeno* boliche em casa.

Eu ainda estava tentando formular uma resposta apropriada quando a porta da frente se abriu atrás de mim. No dia anterior, Nash Hawthorne tinha dado a impressão de ser alguém que estava fora da Casa – mas ali estava ele.

— *Caubói motoqueiro* — Libby sussurrou no meu ouvido.

Ao meu lado, Alisa ficou tensa.

— Se tudo estiver em ordem aqui, é melhor eu passar no escritório. — Ela enfiou a mão no bolso do terninho e me deu meu novo celular. — Eu salvei meu número, o do sr. Laughlin e o de Oren. Se precisar de qualquer coisa, ligue.

Ela saiu sem dizer uma única palavra para Nash, e ele a observou sair.

— Tome cuidado com essa aí — a sra. Laughlin aconselhou o mais velho dos irmãos Hawthorne quando a porta se fechou. — Nem o inferno tem a fúria de uma mulher rejeitada.

Isso esclareceu algo para mim. *Alisa e Nash.* Minha advogada tinha me aconselhado a não perder a cabeça por um Hawthorne e, quando ela perguntou se um deles já tinha estragado minha vida e eu disse não, sua resposta havia sido *sorte a sua.*

— Não se convençam de que Li-Li está dormindo com o inimigo — Nash disse à sra. Laughlin. — Avery não é inimiga de ninguém. Não existem inimigos aqui. Era isso que ele queria.

Ele. Tobias Hawthorne. Mesmo morto, toma conta de tudo.

— Nada disso é culpa de Avery — Libby, que estava ao meu lado, disse. — Ela é só uma menina.

Nash voltou sua atenção para minha irmã e eu consegui senti-la tentando desaparecer. Nash reparou no olho roxo:

— O que aconteceu? — ele murmurou.

— Estou bem — Libby disse, erguendo o queixo.

— Estou vendo — Nash respondeu baixinho. — Mas, se você quiser, pode me dizer um nome. Eu cuidaria disso.

Percebi o efeito que essas palavras tiveram em Libby. Ela não estava acostumada a ter alguém além de mim no seu time.

— Libby — Oren chamou a atenção dela. — Se você tiver um momento, eu gostaria de apresentá-la a Hector, que vai cuidar da sua equipe. Avery, eu posso garantir pessoalmente que Nash não vai assassiná-la com um machado ou permitir que você seja assassinada com um machado enquanto eu estiver fora.

Nash riu disso e eu olhei feio para Oren. Ele não precisava dizer o quanto eu desconfiava deles! Quando Libby seguiu Oren para as profundezas da casa, tomei consciência da forma como o mais velho dos irmãos Hawthorne a observava.

— Deixe Libby em paz — eu disse a Nash.

— Você é protetora — Nash comentou — e parece jogar sujo. Se tem uma coisa que eu respeito são essas duas características juntas.

Ouvimos um estrondo e então um baque ao longe.

— Esse — Nash refletiu — deve ser o motivo de eu estar aqui neste momento em vez de estar vivendo uma agradável existência nômade.

Outro baque.

Nash revirou os olhos.

— Isso vai ser divertido. — Ele começou a andar na direção de um corredor próximo. Ele olhou por cima do ombro. — É bom você vir junto, menina. Você sabe o que dizem sobre batismos de fogo.

Capítulo 16

Nash tinha pernas longas, então o andar natural dele exigia que eu corresse para acompanhar. Olhei para dentro de todos os cômodos pelos quais passávamos, mas era tudo um grande borrão de arte, arquitetura e luz natural. No fim de um longo corredor, Nash abriu uma porta. Eu me preparei para ver evidências de uma luta. Em vez disso, eu vi Grayson e Jameson em lados opostos de uma biblioteca que me deixou sem fôlego.

O cômodo era circular. Estantes se erguiam por quatro ou cinco metros e cada uma delas estava completamente cheia de livros encadernados com capa dura. As estantes eram feitas de uma madeira sólida e forte. Espalhadas pelo cômodo, quatro escadas de ferro fundido espiralavam para as prateleiras mais altas, como os pontos de uma bússola. No centro da biblioteca, havia um enorme tronco de árvore com pelo menos uns três metros de diâmetro. Mesmo de longe, consegui ver os anéis que marcavam a idade da árvore.

Precisei de um momento para perceber que ela devia ser usada como escrivaninha.

Eu poderia ficar aqui para sempre, pensei. *Eu poderia ficar nessa sala para sempre e nunca mais sair.*

— Então — Nash disse, examinando casualmente os irmãos. — Qual bunda eu preciso chutar primeiro?

Grayson ergueu os olhos do livro que estava segurando.

— Precisamos mesmo sempre sair na porrada?

— Parece que temos um voluntário para o primeiro round — Nash disse, e então lançou um olhar inquisitivo pare Jameson, que estava apoiado em uma das escadas de ferro. — Tenho um segundo da sua atenção?

Jameson desdenhou.

— Não conseguiu ficar longe disso, conseguiu, irmão?

— E deixar a Avery sozinha com vocês, paspalhos? — Até Nash mencionar meu nome, nenhum dos dois parecia ter notado minha presença atrás dele, mas eu senti minha invisibilidade sumir naquele exato momento.

— Eu não me preocuparia muito com a srta. Grambs — Grayson disse, seus olhos cinzentos aguçados. — Ela claramente é capaz de cuidar de si mesma.

Tradução: eu sou uma golpista gananciosa e desalmada e ele consegue ver por trás da minha máscara.

— Não dê atenção ao Gray — Jameson disse, preguiçosamente. — Nenhum de nós dá.

— Jamie — Nash disse. — Quieto.

Jameson o ignorou.

— Grayson está treinando para as Olimpíadas da Chatice e nós realmente achamos que ele pode chegar lá se conseguir enfiar essa vara um pouco mais fundo no...

Cupido, pensei, inspirada por Max.

— Chega — Nash grunhiu.

— Perdi alguma coisa? — Xander perguntou, entrando na biblioteca. Estava vestido com o uniforme completo da escola particular e com um único e fluido movimento tirou o blazer.

— Você não perdeu nada — Grayson disse. — E a srta. Grambs já estava de saída. — Ele lançou um olhar pra mim. — Certamente você quer se acomodar.

Eu que era a bilionária e ele ainda estava dando ordens.

— Espere um pouco. — Xander de repente franziu a testa, examinando o clima da sala. — Vocês estavam brigando sem mim? — Eu ainda não havia notado nenhum sinal visível de caos e destruição, mas obviamente Xander tinha visto algo que eu não percebi. — É isso que eu ganho por ser o único que vai para a escola — ele disse com tristeza.

Ao ouvir a palavra *escola*, Nash olhou de Xander para Jameson.

— Nada de uniforme — ele notou. — Matando aula, Jamie? Serão dois chutes na bunda então.

Xander ouviu a palavra *chute na bunda,* sorriu, se equilibrou na ponta dos pés e saltou sem aviso, levando Nash para o chão. *Só uma luta amigável entre irmãos.*

— Te peguei — Xander declarou triunfantemente.

Nash passou seu tornozelo em torno da perna de Xander e o derrubou, prendendo-o contra o chão.

— Hoje não, irmãozinho. — Nash sorriu e em seguida lançou um olhar muito mais maligno para os outros dois irmãos. — *Hoje não.*

Ali estavam eles – os quatro – como uma unidade. Eles eram os *Hawthorne.* Eu não era. Eu sentia isso agora, de uma forma concreta. Eles compartilhavam um laço que era impenetrável para quem estava de fora.

— É melhor eu ir — disse.

Aquele não era o meu lugar e se eu ficasse tudo que eu poderia fazer era ficar observando.

— Você não deveria *estar* aqui de qualquer forma — Grayson respondeu, tenso.

— Aceita, Gray — Nash disse. — Está feito e você sabe tão bem quanto eu que, se nosso avô fez isso, não há como desfazer. — Nash virou a cabeça na direção de Jameson. — E, quanto a você: tendências autodestrutivas não são tão encantadoras quanto você imagina.

— Avery resolveu o desafio das chaves mais rápido do que qualquer um de nós — Jameson disse casualmente.

Pela primeira vez desde que eu tinha entrado na sala, os quatro irmãos ficaram em silêncio por algum tempo. *O que está acontecendo aqui?*, me perguntei. O momento era tenso, elétrico, quase insuportável, e então...

— Você deu as chaves pra ela? — Grayson quebrou o silêncio.

Eu ainda estava segurando o chaveiro. De repente, ele pareceu muito pesado. *Jameson não devia ter me dado isso.*

— Nós somos legalmente obrigados a entregar...

— Uma chave — Grayson interrompeu Jameson e começou a andar lentamente na direção dele, fechando o livro que tinha nas mãos. — Nós somos legalmente obrigados a dar *uma* chave a ela, Jameson, não *as* chaves.

Eu presumi que estavam brincando comigo. Na melhor das hipóteses, eu achei que fosse um teste. Mas, pela forma como eles estavam falando, parecia mais uma tradição. Um convite.

Um rito de passagem.

— Eu fiquei curioso pra saber como ela lidaria com elas. — Jameson arqueou uma sobrancelha. — Você quer saber em quanto tempo ela resolveu?

— Não! — Nash trovejou. Não entendi se ele estava respondendo à pergunta de Jameson ou dizendo a Grayson que parasse de avançar sobre o irmão.

— Posso me levantar agora? — Xander se intrometeu, ainda preso embaixo de Nash e aparentemente em um humor melhor que o dos outros três juntos.

— Não — Nash respondeu.

— Eu disse que ela era especial — Jameson murmurou enquanto Grayson continuava a se aproximar dele.

— E eu te disse pra ficar longe dela — Grayson replicou, chegando a pouco mais de um braço de distância de Jameson.

— Vejo que vocês dois voltaram a se falar! — Xander comentou alegremente. — Excelente.

Nada de excelente, pensei, incapaz de desviar os olhos da tempestade nascendo a alguns metros de distância. Jameson era mais alto e Grayson tinha os ombros mais largos. O desdém na expressão do primeiro era respondido com gelo na do segundo.

— Bem-vinda à Casa Hawthorne, Garota Misteriosa. — A recepção de Jameson parecia ser mais para Grayson que para mim. Qualquer que fosse o motivo dessa briga, não era só por causa dos acontecimentos recentes.

Não era só por minha causa.

— Pare de me chamar de Garota Misteriosa. — Eu mal tinha falado desde que tinha entrado na biblioteca, mas eu estava cansada de ser uma espectadora. — Meu nome é Avery.

— Eu também estou disposto a te chamar de Herdeira — Jameson sugeriu. Ele deu um passo à frente e ficou logo abaixo de um raio de sol que entrava pela claraboia do teto.

Com isso, ficou frente a frente com Grayson. — O que você acha, Gray? Tem alguma preferência de apelido para nossa nova senhoria?

Senhoria. Jameson estava esfregando na cara, como se ele conseguisse suportar ser deserdado se isso significasse que o *herdeiro legítimo* também havia perdido tudo.

— Eu estou tentando te proteger — Grayson disse baixo.

— Eu acho que nós dois sabemos — Jameson respondeu — que a única pessoa que você quer proteger é a si mesmo.

Grayson ficou completamente, fatalmente quieto.

— Xander. — Nash se ergueu, puxando o irmão mais novo até ele se levantar. — Por que você não leva Avery até a ala dela?

Isso pode ter sido uma tentativa de Nash para evitar que uma linha fosse cruzada ou uma indicação de que isso já havia acontecido.

— Vamos lá. — Xander bateu o ombro de leve no meu. — Podemos pegar uns cookies no caminho.

Se essa era uma tentativa de dissipar a tensão na sala, não funcionou, mas serviu para tirar a atenção de Grayson de cima de Jameson por um momento.

— Nada de cookies. — A voz de Grayson saiu estrangulada, como se sua garganta estivesse se fechando em volta das palavras, como se o último golpe de Jameson o tivesse deixado totalmente sem ar.

— Certo — Xander respondeu, animado. — Você é duro na queda, Grayson Hawthorne. Nada de cookies. — Xander piscou para mim. — Vamos pegar uns *scones*.

Capítulo 17

— Gosto de chamar o primeiro *scone* de *scone de treinamento*. — Xander enfiou um *scone* inteiro na boca e passou um para mim; então engoliu e continuou com a aula. — É só no terceiro, não, no *quarto scone* que você desenvolve algum tipo de experiência em *scones*.

— Experiência em *scones* — eu repeti sem emoção.

— Sua natureza é cética — Xander notou. — Isso vai ser útil para você nesses corredores, mas, se existe uma verdade universal na experiência humana, é que um paladar refinado para *scones* não surge da noite para o dia.

Notei Oren com o canto do olho e me perguntei se fazia tempo que ele estava seguindo a gente.

— Por que estamos aqui falando de *scones*? — perguntei. Oren tinha insistido que os irmãos Hawthorne não eram uma ameaça física, mas, ainda assim! No mínimo, Xander devia estar tentando tornar minha vida horrível. — Você não devia me odiar?

— Mas eu te odeio — Xander respondeu, devorando com felicidade seu terceiro *scone*. — Caso você não tenha notado, eu fiquei com os *scones* de blueberry e te dei — ele deu de ombros — os de limão. Essa é a profundidade do meu ódio por você, pessoalmente e também por princípios.

— Isso não é uma piada. — Eu sentia que tinha caído no País das Maravilhas e então caído de novo, uma toca de coelho atrás da outra em um círculo vicioso.

Armadilhas atrás de armadilhas, eu conseguia ouvir Jameson dizendo. *Charadas atrás de charadas.*

— Por que eu te odiaria, Avery? — Xander finalmente perguntou. O tom de sua voz tinha camadas de emoção que eu não havia percebido antes. — Não foi você quem fez isso. Tobias Hawthorne fez.

— Talvez você seja inocente. — Xander deu de ombros. — Talvez você seja o gênio do mal que Gray parece achar que você é, mas, no fim das contas, mesmo que você *achasse* que tinha manipulado nosso avô para conseguir isso, eu te garanto que foi ele que manipulou você.

Eu pensei na carta que Tobias Hawthorne tinha me deixado – duas palavras, nenhuma explicação.

— Seu avô era uma peça — eu disse a Xander.

Ele pegou o quarto *scone*.

— Eu concordo. Em honra a ele, eu como esse *scone*. — Ele fez exatamente isso. — Quer que eu te leve para o seu quarto agora?

Tem que haver alguma pegadinha nisso. Xander Hawthorne tinha que ser mais do que aparentava.

— Só me mostre pra que lado é — respondi.

— Quanto a isso... — O caçula dos Hawthorne fez uma careta. — Talvez a Casa Hawthorne seja meio difícil de transitar. Imagine, por favor, que um labirinto teve um filho com Onde Está Wally? Só que o Wally é o seu quarto.

Tentei colocar em outras palavras:

— Ou seja, a Casa Hawthorne tem uma disposição incomum.

Xander pegou um quinto e último *scone*.

— Alguém já te disse que você é boa com palavras?

— A Casa Hawthorne é a maior residência particular do estado do Texas. — Xander me guiou escada acima. — Eu podia te dar a metragem, mas seria só uma estimativa. O que realmente separa a Casa Hawthorne de outras casas obscenamente grandes e com ares de castelo não é tanto seu tamanho, mas a sua natureza. Meu avô acrescentou pelo menos uma nova ala ou quarto por ano. Imagine, por favor, que um desenho de M. C. Escher concebeu uma criança com os projetos mais geniais de Leonardo da Vinci…

— Parou — ordenei. — Nova regra: você não pode mais usar nenhuma comparação que envolva ter filhos quando for descrever essa casa ou seus ocupantes, incluindo você mesmo.

Xander levou uma mão ao peito de forma melodramática.

— Cruel.

Eu dei de ombros.

— Minha casa, minhas regras.

Ele ficou boquiaberto. Eu mesma não acreditei que tinha dito isso, mas havia algo em Xander Hawthorne que me fazia sentir que eu não precisava pedir desculpas pela minha existência.

— Cedo demais? — perguntei.

— Eu sou um Hawthorne. — Xander me deu seu olhar mais altivo. — Nunca é cedo demais para começar a falar coisas horríveis. — Ele retomou sua função de guia. — Agora, como eu estava dizendo, a ala leste é, na verdade, a ala nordeste, localizada no segundo andar. Se você se perder, procure pelo velho. — Xander apontou com a cabeça para um retrato na parede. — Essa foi a ala dele nos últimos meses.

Eu já tinha visto fotos de Tobias Hawthorne on-line, mas, quando eu olhei para o retrato, não consegui mais desviar os olhos. Ele tinha o cabelo prateado e o rosto mais marcado do que eu tinha notado. Seus olhos eram quase exatamente iguais aos de Grayson, seu porte era o de Jameson, seu queixo, o de Nash. Se eu não tivesse visto Xander ao vivo, talvez eu não reconhecesse uma semelhança entre ele e o avô, mas estava ali, na forma como as feições de Tobias Hawthorne se amarravam – não nos olhos, no nariz ou na boca, mas algo na forma entre eles.

— Eu não o conhecia mesmo. — Parei de observar o retrato e olhei para Xander. — Eu lembraria se tivesse conhecido.

— Você tem certeza? — Xander me perguntou.

Observei o retrato mais uma vez. Eu *tinha* visto aquele homem alguma vez? Nossos caminhos haviam se cruzado, mesmo que por um momento? Minha mente estava em branco, exceto por uma única frase, se repetindo várias e várias vezes. *Sinto muito.*

Capítulo 18

Xander me deixou sozinha para explorar a minha ala.

Minha ala. Eu me sentia ridícula só de pensar nessas palavras. *Na minha mansão.* As primeiras quatro portas levavam a suítes, cada uma delas de um tamanho que fazia uma cama *king size* parecer pequena. Os closets podiam servir de quartos. E os *banheiros*? Boxes do chuveiro com bancos embutidos e duchas com um *mínimo* de três jatos diferentes cada. Banheiras gigantescas com painéis de controle. Televisões embutidas em todos os espelhos.

Atordoada, eu fui até a quinta e última porta do meu corredor. *Não é um quarto qualquer,* eu percebi quando a abri. *Um escritório.* Poltronas de couro imensas – seis delas – dispostas em formato de ferradura e de frente para uma varanda. Prateleiras de vidro nas paredes. Espaçados uniformemente pelas prateleiras, itens que pareciam pertencer a um museu – geodos, armas antigas, estátuas de ônix e de pedra. De frente para a varanda, no fundo da sala, uma escrivaninha. Quando me aproximei, eu vi uma grande bússola de bronze entalhada em sua superfície. Eu a tracei com os dedos. Ela girou – *noroeste* – e um compartimento na escrivaninha se abriu.

Foi nessa ala que Tobias Hawthorne passou seus últimos meses, pensei. De repente, eu não queria só olhar o compartimento aberto – eu queria revirar cada gaveta da escrivaninha de Tobias Hawthorne. Devia haver algo, em algum lugar, que pudesse indicar o que ele tinha em mente para enfim entender qual a razão de eu estar aqui, o motivo de ele ter preterido sua família por mim. Eu tinha feito algo que o havia impressionado? Ele viu algo em mim?

Ou na minha mãe?

Observei o compartimento aberto mais de perto. Na parte interna havia sulcos profundos que formavam a letra T. Passei meus dedos por eles. Nada aconteceu. Então testei as outras gavetas. Trancadas.

Atrás da escrivaninha havia estantes cheias de placas e troféus. Me aproximei deles. A primeira placa tinha as palavras *Estados Unidos da América* gravadas em um fundo dourado; embaixo delas havia um selo. Eu precisei ler as letrinhas para entender que aquilo era uma patente – e ela não estava no nome de Tobias Hawthorne.

A patente estava no nome de Xander.

Havia pelo menos mais meia dúzia de patentes naquelas estantes, várias placas indicando recordes mundiais e troféus de todos os tipos imagináveis. Um touro de bronze. Uma prancha de surfe. Uma espada. Medalhas. Várias faixas pretas. Troféus de campeonatos – alguns de campeonatos *nacionais* – que iam de motocross a natação e *pinball*. Havia uma série de quatro gibis emoldurados – super-heróis que eu reconhecia, do tipo que aparece em filmes –, escritos pelos quatro netos Hawthorne. Um livro de arte com fotografias trazia o nome de Grayson na lombada.

Isso não era só uma exposição. Era quase um *altar* – uma ode de Tobias Hawthorne aos seus quatro netos extraordinários. E não fazia sentido algum. Não fazia sentido essas quatro pessoas – três delas ainda adolescentes – terem conquistado tanta coisa. E, definitivamente, era totalmente ilógico um homem que mantinha esse tipo de exposição em seu escritório decidir que *nenhum* dos netos merecia herdar sua fortuna.

Mesmo que você achasse *que tinha manipulado nosso avô,* Xander disse, *eu te garanto que foi ele que manipulou você.*

— Avery?

Assim que ouvi meu nome, eu me afastei dos troféus e rapidamente fechei o compartimento da escrivaninha que eu havia aberto.

— Aqui! — gritei, respondendo.

Libby apareceu na porta.

— Isso é surreal — ela disse. — Esse lugar todo é surreal.

— É uma forma de descrever. — Eu tentei focar na maravilha que era a Casa Hawthorne e ignorar o olho roxo da minha irmã, mas falhei. Parecia que o hematoma estava ainda pior agora.

Libby passou seus braços em volta do tronco, abraçando-se.

— Estou bem — ela disse quando percebeu que eu a encarava. — Nem dói tanto.

— Por favor, diga que essa história acabou.

As palavras escaparam antes que eu conseguisse segurá-las. Libby precisava de apoio agora, não de julgamento. Mas eu não pude evitar pensar que Drake já tinha sido *ex* dela antes.

— Eu estou aqui, não estou? — Libby disse. — Eu escolhi *você*.

Eu queria que ela escolhesse *a si mesma* e disse isso a ela. Libby deixou o cabelo cobrir seu rosto e se virou para a varanda. Ela ficou em silêncio por um minuto antes de falar novamente.

— Minha mãe costumava me bater. Só quando ela estava muito estressada, sabe? Ela era mãe solo e as coisas eram difíceis. Eu conseguia entender isso. Eu tentei tornar tudo mais fácil.

Eu conseguia imaginá-la quando criança, apanhando e tentando fazer as pazes com a pessoa que tinha batido nela.

— Libby...

— Drake me amou, Avery. Eu sei que ele amou e eu tentei tanto entender... — Ela estava se abraçando com mais força agora. O esmalte preto das suas unhas parecia novo. *Perfeito.* — Mas você está certa.

Meu coração ficou apertado.

— Eu não queria estar.

Libby ficou ali mais alguns segundos, e então andou até a varanda e abriu a porta. Eu a segui e nós duas saímos para sentir o ar da noite. Lá embaixo havia uma piscina. Devia ser aquecida, porque alguém estava nadando.

Grayson. Meu corpo o reconheceu antes que minha mente o fizesse. Seus braços batiam contra a água em um nado borboleta brutalmente eficiente. E os músculos das suas costas...

— Eu preciso te contar uma coisa — Libby disse ao meu lado.

Isso me ajudou a tirar os olhos da piscina – e do nadador.

— Sobre Drake? — perguntei.

— Não. Eu ouvi uma coisa. — Libby engoliu em seco. — Quando Oren me apresentou à minha equipe de segurança, eu ouvi o marido de Zara falando. Eles vão fazer um teste, um teste de DNA. Com *você*.

Eu não tinha ideia de onde Zara e o marido haviam conseguido uma amostra do meu DNA, mas eu não estava surpresa. Eu mesma já tinha pensado isso: a explicação mais simples para incluir uma completa estranha no testamento era eu *não ser* uma completa estranha. A explicação mais simples era que eu *era* uma Hawthorne.

Eu realmente não devia estar olhando desse jeito para o Grayson.

— Se Tobias Hawthorne for seu pai — Libby considerou —, então nosso pai, *meu* pai, não é. E, se não temos o mesmo pai e mal nos víamos quando crianças...

— Não ouse dizer que não somos irmãs.

— Você ainda ia me querer aqui? — Libby perguntou, seus dedos brincando com sua gargantilha. — Se não somos...

— Eu quero você comigo — eu assegurei. — De qualquer jeito.

Capítulo 19

Naquela noite, tomei o banho mais longo da minha vida. A água quente era infinita. As portas de vidro do boxe não embaçaram com o vapor. Era como ter uma sauna particular. Depois de me secar com toalhas felpudas e enormes, eu coloquei meu pijama surrado e me joguei no que eu tinha certeza de que eram lençóis de algodão egípcio.

Não sei quanto tempo fiquei deitada ali até ouvir. Uma voz.

— Puxe o castiçal.

Eu me levantei em um sobressalto, me virando para ficar com as costas contra a parede. Por instinto, peguei as chaves que tinha deixado na mesinha de cabeceira caso precisasse de uma arma. Meus olhos percorreram o quarto em busca de uma pessoa, mas não havia ninguém.

— Puxe o castiçal em cima da lareira, Herdeira. A menos que você *queira* que eu fique preso aqui atrás.

O estado de alerta do instinto de sobrevivência foi substituído por uma irritação. Apertei os olhos para ver melhor a lareira de pedra no fundo do quarto. E, sim, tinha um castiçal ali.

— Certeza de que isso pode ser qualificado como perseguição — eu disse para a lareira, ou, mais precisamente, para o garoto do outro lado dela. Ainda assim, eu não poderia *não* puxar o castiçal. Quem resistiria a uma coisa assim? Peguei a base do castiçal e ele resistiu. Então outra sugestão veio de trás da lareira.

— Não puxe para a frente. Vire para baixo.

Foi o que eu fiz. O castiçal girou com um *clique* e o fundo da lareira se separou do chão, só um centímetro. Um momento depois, eu vi dedos tateando o espaço e observei o fundo da lareira ser erguido e desaparecer atrás da cornija, deixando uma abertura no fundo da lareira. Jameson Hawthorne passou por ela. Ele se endireitou, colocou o castiçal em sua posição inicial e a entrada que ele tinha acabado de usar se cobriu de novo.

— Passagem secreta — ele explicou, desnecessariamente. — A casa está cheia delas.

— Eu devia achar isso reconfortante? — perguntei. — Ou assustador?

— Você que diz, Garota Misteriosa. Isso te deixa reconfortada ou assustada? — Ele me deixou pensar por um momento. — Ou é mais certo dizer que isso te deixa intrigada?

Na primeira vez que vi Jameson Hawthorne, ele estava bêbado. Dessa vez, eu não senti o cheiro de álcool nele, mas me perguntei quanto ele havia dormido desde a leitura do testamento. O cabelo estava comportado, mas havia algo selvagem em seus olhos verdes reluzentes.

— Você não está perguntando das chaves. — Jameson me deu um pequeno sorriso torto. — Eu esperava que você fizesse perguntas sobre elas.

Eu as ergui.

— Isso foi você.

Não era uma pergunta – e ele não tratou como uma.

— É uma pequena tradição familiar.

— Eu não sou da família.

Ele inclinou a cabeça para um lado.

— Você acredita nisso?

Eu pensei em Tobias Hawthorne e no teste de DNA que o marido de Zara já tinha mandado fazer.

— Eu não sei.

— Seria uma pena — Jameson comentou — se fôssemos parentes. — Ele me deu outro sorriso, longo e malicioso. — Você não acha?

Qual era o meu problema com os meninos Hawthorne? *Pare de pensar no sorriso dele. Pare de olhar para os lábios dele. Só... pare.*

— Eu acho que você já tem mais família do que consegue lidar. — Cruzei os braços. — Eu também acho que você é muito menos sutil do que acha que é. Você quer alguma coisa.

Eu sempre fui boa em matemática. Eu sempre fui lógica. Ele estava ali, no meu quarto, flertando, por alguma razão.

— Todo mundo vai querer algo de você, Herdeira. — Jameson sorriu. — A pergunta é: quantos de nós queremos algo que você está disposta a dar?

Até mesmo o som da voz dele, a forma como ele formulava as frases – eu me sentia querendo ir na direção dele. Isso era *ridículo*.

— Pare de me chamar de Herdeira — eu retruquei. — E se você transformar essa resposta em algum tipo de charada, eu vou chamar a segurança.

— Essa é a questão, Garota Misteriosa. Eu não acho que estou transformando nada em uma charada. Eu não acho que preciso. Você é uma charada, um quebra-cabeça, um jogo… o último jogo do meu avô.

Ele me olhava com tanta intensidade que eu não ousei desviar os olhos.

— Por que você acha que essa casa tem tantas passagens secretas? Por que existem tantas chaves que não servem em nenhuma fechadura? Todas as escrivaninhas que meu avô já comprou têm um compartimento secreto. Há um órgão no teatro que, se você tocar uma sequência específica de notas, revela uma gaveta escondida. Toda manhã de sábado, desde que eu era criança até a noite em que meu avô morreu, ele fazia meus irmãos e eu nos sentarmos ao redor dele e nos dava uma pequena charada, um quebra-cabeça, um desafio impossível, algo a ser resolvido. E então ele morreu. E então… — Jameson deu um passo na minha direção. — Você.

Eu.

— Grayson acha que você é uma mestra da manipulação. Minha tia está convencida de que você deve ter sangue Hawthorne. Mas eu acho que você é a charada final do meu avô, um último quebra-cabeça a ser resolvido. — Ele deu outro passo à frente, ficando bem perto de mim. — Ele escolheu você por um motivo, Avery. Você é especial e eu acho que ele queria que nós, melhor dizendo, queria que *eu,* descobrisse o porquê.

— Eu não sou um quebra-cabeça. — Eu estava sentindo meus batimentos cardíacos no meu pescoço. Ele estava próximo suficiente para ver minhas veias pulsando.

— Claro que é — Jameson respondeu. — Todos nós somos. Não me diga que uma parte de você não está tentando nos desvendar. Grayson. Eu. Talvez até Xander.

— Isso tudo é só um jogo pra você?

Ergui a mão para evitar que ele avançasse mais. Ele deu um último passo, forçando a palma da minha mão contra o seu peito.

— Tudo é um jogo, Avery Grambs. A única coisa que podemos decidir nessa vida é se jogamos pra ganhar. — Ele ergueu a mão para afastar o cabelo do meu rosto e eu recuei bruscamente.

— Saia — murmurei. — Use a porta normal dessa vez.

Em toda minha vida, ninguém nunca tinha me tocado tão suavemente quanto ele naquele momento.

— Você está com raiva — Jameson disse.

— Eu já disse… se você quer algo, peça. Não venha me falar sobre como eu sou especial. Não toque o meu rosto.

— Você *é* especial. — Jameson baixou as mãos e as colocou no bolso, mas a expressão determinada dos seus olhos não mudou. — E o que eu *quero* é entender por quê. Por que você, Avery? — Ele deu um passo para trás, me dando espaço. — Não me diga que você também não quer saber.

Eu queria. Claro que queria.

Jameson ergueu um envelope e o colocou com cuidado sobre a cornija.

— Eu vou deixar isso bem aqui. Leia e então me diga que isso não é um jogo a ser vencido. Me diga que isso não é uma charada.

Então ele puxou o castiçal e, quando a passagem na lareira se abriu, deu uma última flechada, bem no alvo:

— Pra você ele deixou toda a fortuna que tinha, Avery, e tudo que ele deixou pra nós foi *você*.

Capítulo 20

Muito tempo depois de Jameson ter desaparecido na escuridão e a porta da lareira ter se fechado, eu ainda estava no mesmo lugar, observando. Essa era a única passagem secreta para o meu quarto? Em uma casa como essa, como eu poderia saber se estava sozinha?

Por fim, eu me movi e peguei o envelope que Jameson tinha deixado na cornija, embora tudo em mim se revoltasse contra o que ele tinha dito. Eu não era um quebra-cabeça. Eu era só uma garota.

Eu virei o envelope e vi o nome de Jameson escrito na frente. *Essa é a carta dele. A que ele recebeu na leitura do testamento.* Eu ainda não tinha ideia do que significava a minha própria carta, nenhuma ideia de *pelo que* Tobias estava pedindo desculpas. Talvez a carta de Jameson esclarecesse algo.

Eu a abri e li. A mensagem era mais longa que a minha e fazia ainda menos sentido.

Jameson,

Antes o mal que você conhece do que o mal que você não conhece, será? O poder corrompe. O poder absoluto corrompe de forma absoluta. Nem tudo que reluz é ouro. As únicas certezas na vida são a morte e os impostos. Para lá, pela graça de Deus, eu vou.

Não julgue.

— Tobias Tattersall Hawthorne

Na manhã seguinte eu já tinha memorizado a carta de Jameson. Ela parecia ter sido escrita por alguém que não dormia havia dias – maníaco, soltando um clichê atrás do outro. Mas, quanto mais as palavras marinavam no meu cérebro, mais eu começava a considerar a possibilidade de que Jameson estivesse certo.

Tem alguma coisa nessas cartas. Na de Jameson. Na minha. Uma resposta – ou ao menos uma pista.

Saí da cama imensa e fui tirar meus celulares (sim, no plural) do carregador quando percebi que meu aparelho antigo tinha desligado. Com apertos fortes no botão de ligar e um pouco de sorte eu consegui convecê-lo a voltar à vida. Eu nem sabia como começar a explicar as últimas 24 horas para Max, mas eu precisava falar com alguém.

Eu precisava de um choque de realidade.

O que eu tinha eram mais de cem ligações e mensagens perdidas. De repente, ficou claro o motivo para Alisa ter me dado um novo celular. Pessoas com quem eu não falava havia anos me mandaram mensagem. Pessoas que tinham passado a vida me ignorando imploravam pela minha atenção. Colegas de trabalho e da escola. Até mesmo *professores*. Eu não tinha ideia de como metade deles havia conseguido meu número. Eu peguei meu novo celular, fiquei on-line e descobri que meu e-mail e as redes sociais estavam ainda piores.

Eu tinha *milhares* de mensagens – a maioria de estranhos. *Para algumas pessoas, você vai ser Cinderela. Para outras, Maria Antonieta.* Os músculos do meu estômago se apertaram. Larguei os dois celulares e me levantei, colocando a mão sobre a boca. Eu devia ter previsto isso. Não era para ter sido nenhum choque. Mas eu não estava pronta.

Como alguém poderia estar pronto para isso?

— Avery? — Uma voz, feminina, mas não a de Libby, chamou.

— Alisa? — Eu chequei antes de abrir a porta do quarto.

— Você perdeu o café da manhã. — Foi a resposta. Áspera, profissional, definitivamente Alisa.

Eu abri a porta.

— A sra. Laughlin não tinha certeza do que você ia querer, então ela fez um pouco de tudo. — Alisa me disse.

Uma mulher que eu não reconheci – vinte e poucos anos, talvez – a seguiu para dentro do quarto com uma bandeja. Ela a apoiou na minha mesinha de cabeceira, me observou com uma careta e saiu sem dizer uma palavra.

— Eu achei que os funcionários só viessem conforme fosse necessário — eu disse, me dirigindo para Alisa depois que a porta fechou.

Alisa suspirou longamente.

— Os funcionários — ela disse — são muito, muito leais e estão extremamente preocupados agora. Essa — Alisa apontou a porta com a cabeça — é uma das novas. É de Nash.

Eu apertei os olhos, indagando:

— O que você quer dizer com "é de Nash"?

Alisa nunca perdia a compostura.

— Nash é um pouco nômade. Ele vai embora. Fica por aí. Ele encontra algum buraco para trabalhar como barman por um tempo e então, como uma mariposa na direção da luz, ele volta, normalmente trazendo uma ou duas almas perdidas. Como você deve imaginar, há muito trabalho na Casa Hawthorne e o sr. Hawthorne tinha o hábito de empregar as almas perdidas de Nash.

— E a menina que acabou de sair? — perguntei.

— Ela está aqui há mais ou menos um ano. — O tom de Alisa não deixava transparecer nada. — Ela morreria por Nash. A maior parte deles morreria.

— E ela e Nash estão... — eu não tinha certeza de como formular isso — envolvidos?

— Não! — Alisa cortou. Ela respirou fundo e continuou. — Nash não deixaria algo acontecer com alguém sobre quem ele tem algum tipo de poder. Ele tem suas falhas, entre elas um complexo de ser uma espécie de salvador, mas ele não é desse tipo.

Eu não aguentava mais o elefante na sala, então resolvi falar:

— Ele é seu ex.

O queixo de Alisa se ergueu.

— Nós ficamos noivos por um tempo — ela concordou. — Éramos jovens. Havia problemas. Mas, eu garanto, não tenho nenhum conflito de interesse ao representá-la.

Noivos? Eu precisei ativamente impedir meu queixo de cair. Minha advogada tinha planejado *casar* com um Hawthorne e ela achou que isso não precisava ser mencionado?

— Se você preferir — Alisa disse, rígida —, eu posso arranjar outra pessoa do escritório para ser seu assessor.

Eu me forcei a fechar a boca e tentei processar a situação. Alisa não tinha sido nada além de profissional e parecia quase assustadoramente boa em seu trabalho. Além disso, dada toda a coisa do noivado ter terminado, ela tinha motivos para *não* ser leal aos Hawthorne.

— Tudo bem — eu disse. — Não preciso de um novo assessor.

Isso conquistou um sorriso discreto dela.

— Tomei a liberdade de matricular você na Escola Heights Country Day. — Alisa passou para o segundo item da sua lista com uma eficiência matadora. — É a escola que Xander e Jameson frequentam. Grayson se formou ano passado. Eu esperava que você estivesse matriculada e pelo menos parcialmente aclimatada antes de as notícias sobre a sua herança vazarem, mas vamos lidar com os imprevistos. — Ela me olhou. — Você é a herdeira de Hawthorne e não é uma Hawthorne. Isso vai chamar atenção, até mesmo em um lugar como a Country Day, onde você estará longe de ser a única com posses.

Posses. Quantos jeitos gente rica tinha de não usar a palavra *rica*?

— Eu tenho certeza de que consigo dar conta de um bando de garotos de escola particular — eu disse, embora eu não tivesse certeza disso. Nenhuma certeza.

Alisa notou meus celulares. Ela se abaixou e pegou meu celular antigo do chão.

— Eu vou me livrar disso para você.

Ela nem precisou olhar para a tela para perceber o que tinha acontecido. O que *ainda* estava acontecendo, se a vibração constante do meu celular era algum indício.

— Espera — eu disse a ela. Peguei o celular, ignorei as mensagens e peguei o número de Max. Eu o transferi para o meu novo celular.

— Eu sugiro que você regule com rigidez quem tem acesso ao seu novo número — Alisa me disse. — Isso não vai parar tão cedo.

— Isso — eu repeti. A atenção da mídia. Estranhos me mandando mensagem. Pessoas que nunca se importaram comigo decidindo que éramos melhores amigos.

— Os alunos da Country Day serão um pouco mais discretos, mas você precisa estar preparada. Por pior que pareça, dinheiro *é* poder e o poder é magnético. Você não é mais a mesma pessoa de dois dias atrás.

Eu quis contestar, mas, em vez disso, minha mente voltou para a carta de Tobias Hawthorne para Jameson, suas palavras ecoando na minha cabeça. *O poder corrompe. O poder absoluto corrompe de forma absoluta.*

Capítulo 21

— Você leu minha carta.

Jameson Hawthorne deslizou para dentro do SUV. Oren já tinha me mostrado os recursos de segurança do carro. As janelas eram à prova de balas e muito escuras e Tobias Hawthorne tinha vários SUVs idênticos para quando era preciso soltar iscas.

Aparentemente ir para a Escola Heights Country Day não era uma dessas ocasiões.

— Xander precisa de carona? — Oren perguntou do assento do motorista, olhando para Jameson pelo retrovisor.

— Xan vai para a escola mais cedo às sextas — Jameson disse. — Atividade extracurricular.

Pelo retrovisor, o olhar de Oren migrou para mim.

— Tudo bem ter companhia?

Se estava tudo bem ficar tão perto de Jameson Hawthorne, que tinha saído de uma lareira para dentro do meu quarto na noite passada? *E tocado no meu rosto...*

— Tudo bem — eu disse a Oren, esmagando a lembrança.

Oren virou a chave na ignição e então olhou por cima do ombro.

— Ela é o ouro — ele disse a Jameson. — Se houver um incidente…

— Você vai salvá-la primeiro — Jameson completou. Ele apoiou o pé no painel central e se reclinou contra a porta. — Meu avô sempre dizia que os homens Hawthorne têm sete vidas. Eu não devo ter gastado mais do que cinco das minhas até agora.

Oren se virou para a frente, deu partida no carro e lá fomos nós. Mesmo através das janelas à prova de balas, eu consegui ouvir o pequeno burburinho que se ergueu quando passamos pelos portões. *Paparazzi*. Antes havia pelo menos uma dúzia. Agora era o dobro – talvez mais.

Eu não me permiti remoer isso por muito tempo. Desviei o olhar dos repórteres para Jameson.

— Aqui. — Eu enfiei a mão na minha bolsa e entreguei a ele a minha carta.

— Eu mostrei o meu — Jameson disse, enfatizando ao máximo o duplo sentido ali. — Você me mostra a sua.

— Cala a boca e lê.

Ele leu.

— Só isso?

Eu fiz que sim.

— Alguma ideia de por que ele estava pedindo desculpas? — Jameson perguntou. — Algum dano enorme e anônimo à sua vida no passado?

— Um. — Eu engoli em seco e desviei o olhar. — Mas, a menos que você ache que seu avô foi responsável por minha mãe ter um tipo sanguíneo extremamente raro e ter ficado bem no fim da lista de transplantes, provavelmente podemos cortá-lo.

Eu queria soar sarcástica, não vulnerável.

— Depois falamos da sua carta. — Jameson fez a gentileza de ignorar todos os traços de emoção na minha voz. — Vamos falar da minha. Estou curioso, Garota Misteriosa, o que você achou dela?

Eu senti que isso era outro teste. Uma chance para mostrar o meu valor. *Desafio aceito.*

— Sua carta está escrita usando provérbios — eu disse, começando pelo óbvio. — *Nem tudo que reluz é ouro. O poder corrompe.* Ele está dizendo que dinheiro e poder são perigosos. E a primeira frase, *Antes o mal que você conhece do que o mal que você não conhece, será?* Isso é óbvio, certo?

A família dele era o mal que Tobias Hawthorne conhecia – e eu era o mal que ele não conhecia. *Mas, se isso for verdade – por que eu?* Se eu era uma estranha, como ele tinha me escolhido? Um dardo atirado num mapa? O algoritmo imaginário de Max?

E, se eu era uma estranha, por que ele estava pedindo desculpas?

— Prossiga — Jameson incentivou.

Voltei a focar.

— *As únicas certezas na vida são a morte e os impostos.* Parece pra mim que ele sabia que ia morrer.

— Nós nem sabíamos que ele estava doente — Jameson murmurou. Isso me pegou. Tobias Hawthorne aparentemente era um mestre em guardar segredos, como a minha mãe. *Eu posso ser o mal que ele não conhecia, mesmo se ele a conhecesse. Eu ainda seria uma estranha mesmo se ela não fosse.*

Eu conseguia sentir Jameson ao meu lado, me observando de uma forma que me fazia imaginar se ele conseguia enxergar dentro da minha cabeça.

— *Para lá, pela graça de Deus, eu vou* — eu disse, voltando para o conteúdo da carta e determinada a ir até o fim com isso. — Em circunstâncias diferentes, qualquer um de nós poderia estar na posição do outro — deduzi.

— O menino rico se torna um mendigo. — Jameson tirou os pés do console e se virou completamente na minha direção, seus olhos verdes encontrando os meus de uma forma que colocou todo o meu corpo em alerta. — E a menina que nasceu no lugar errado pode se tornar...

Uma princesa. Uma charada. Uma herdeira. Um jogo.

Jameson sorriu. Se esse era um teste, eu tinha passado.

— À primeira vista — ele me disse —, parece que a carta traça o que já sabemos. Meu avô morreu e deixou tudo para o mal que ele não conhecia, assim causando um revés de fortuna para muitos. Por quê? Porque o poder corrompe. E o poder absoluto corrompe de forma absoluta.

Eu não poderia ter tirado os olhos dele nem se tivesse tentado.

— E você, Herdeira? — Jameson continuou. — Você é incorruptível? É por isso que ele deixou a fortuna nas suas mãos? — A expressão se insinuando nos cantos dos lábios dele não era um sorriso. Eu não sabia bem o que era, mas era magnética. — Eu conheço meu avô. — Jameson me encarou intensamente. — Tem mais coisa aqui. Um jogo de palavras. Um código. Uma mensagem escondida. *Algo.*

Ele me devolveu a carta. Eu a peguei e baixei os olhos.

— Seu avô assinou minha carta com iniciais — observei. — E a sua com o nome inteiro.

— E o que nós podemos concluir disso? — Jameson perguntou despreocupadamente.

Nós. Como um Hawthorne e eu tínhamos virado *nós*? Eu devia ter ficado preocupada. Mesmo com as garantias de

Oren e Alisa, eu deveria estar mantendo distância. Mas havia algo nessa família. Nesses garotos.

— Já estamos quase chegando — Oren falou do banco da frente. Se ele estava acompanhando nossa conversa, não deu sinais. — A administração da Country Day foi informada da situação. Eu aprovei a segurança da escola anos atrás, quando os meninos foram matriculados. Você vai ficar bem aqui, Avery, mas nunca, em nenhuma circunstância, saia do campus. — Nosso carro passou por um portão com vigias. — Eu estarei por perto.

Eu passei meus pensamentos das cartas – a de Jameson e a minha – para o que me esperava fora do carro. *Isso é uma escola?*, pensei, enquanto observava a paisagem do lado de fora da minha janela. Parecia mais uma faculdade ou um museu, algo tirado de um catálogo no qual todos os alunos eram bonitos e sorridentes. De repente, o uniforme que tinham me dado parecia não pertencer ao meu corpo. Eu era uma menina fantasiada, fingindo que usar uma panela na cabeça podia transformá-la em astronauta, que espalhar batom pelo rosto a tornava uma estrela.

Para o resto do mundo, eu era uma celebridade repentina. Eu era motivo de fascínio – um alvo. Mas aqui? Como gente que cresceu com esse tipo de dinheiro poderia me ver como algo além de uma fraude?

— Eu odeio provocar e fugir, Garota Misteriosa... — A mão de Jameson já estava na maçaneta quando o SUV freou. — Mas a última coisa que você precisa no seu primeiro dia de aula é ser vista perto de mim.

Capítulo 22

Jameson sumiu em um instante. Ele desapareceu em um mar de paletós borgonha e cabelos brilhantes e eu fiquei ali, ainda presa no meu lugar, incapaz de me mover.

— É só uma escola — Oren me disse. — São só crianças.

Crianças ricas. Crianças cujo normal era provavelmente ser "só" herdeiras de um neurocirurgião ou advogado famoso. Quando pensavam em *faculdade*, elas provavelmente estavam falando de Harvard ou Yale. E ali estava eu, usando uma saia xadrez plissada e um blazer borgonha que tinha até um escudo azul-marinho com palavras em latim que eu não sabia o que queriam dizer.

Eu peguei meu novo celular e mandei uma mensagem para Max. *É a Avery. Número novo. Me liga.*

Olhando de novo para o banco da frente, eu coloquei minha mão na porta. O trabalho de Oren não era me acalmar. Ele estava ali para me proteger, mas não dos olhares que eu esperava receber no momento em que pisasse fora do carro.

— Te encontro aqui no fim do dia? — perguntei.

— Estarei aqui.

Eu esperei um momento, caso Oren tivesse outras instruções, e então abri a porta.

— Obrigada pela carona.

Ninguém estava me encarando. Ninguém estava cochichando. Na verdade, enquanto eu andava em direção aos arcos duplos que marcavam a entrada do prédio principal, eu tive a clara sensação de que a ausência de reações era deliberada. Nada de encarar. Nada de conversar. Só o mais leve dos olhares, de vez em quando. Sempre que eu olhava para alguém, a pessoa desviava o olhar.

Eu disse a mim mesma que eles provavelmente estavam tentando *não* fazer cena com a minha chegada, que isso era discrição – mas ainda parecia que eu tinha entrado em um salão de baile onde todo mundo estava dançando uma valsa complicada, girando, rodando em volta de mim como se eu nem estivesse ali.

Quando enfim cheguei aos arcos, uma garota com cabelo preto e comprido quebrou a tendência de me ignorar como um puro-sangue derrubando um cavaleiro inexperiente. Ela me observou intensamente e, uma por uma, as meninas em volta dela fizeram o mesmo.

Quando eu cheguei perto delas, a menina de cabelo preto se afastou do grupo e caminhou na minha direção.

— Meu nome é Thea — ela disse, sorrindo. — Você deve ser Avery. — A voz dela era perfeitamente agradável, quase musical, como uma sereia que sabia que, com o mínimo de esforço, podia fazer marinheiros se jogarem no mar. — Posso te acompanhar até a secretaria?

* * *

— A diretora é a dra. McGowan. Ela fez doutorado em Princeton. Ela vai te prender na sala dela por pelo menos meia hora, falando sobre *oportunidades* e *tradição*. Se ela oferecer café, aceite, ela mesma torra e é de morrer. — Thea parecia bem ciente de que nós duas estávamos recebendo muitos olhares. Ela também parecia estar gostando. — Quando a dra. Mac te der seu horário, cuide pra ter tempo de almoçar todos os dias. A Country Day usa o que eles chamam de horário modular, o que quer dizer que operamos em um ciclo de seis dias, embora só precisemos vir para a escola cinco dias por semana. As aulas acontecem entre três a cinco vezes por ciclo, então, se você não tomar cuidado, pode acabar com aulas na hora do almoço nos dias A e B, mas quase nenhuma aula nos dias C ou F.

— O.k. — Minha cabeça estava girando, mas eu me forcei a dizer mais uma palavra. — Obrigada.

— As pessoas dessa escola são como as fadas da mitologia celta — Thea disse casualmente. — É melhor não nos agradecer, a menos que queira ficar devendo um favor.

Eu não soube como responder a isso, então não disse nada. Thea não pareceu ficar ofendida. Enquanto ela me guiava por um longo corredor com antigos retratos de turmas anteriores pelas paredes, ela foi preenchendo o silêncio.

— Não somos tão ruins, na verdade. A maior parte de nós, pelo menos. Enquanto você estiver comigo, vai ficar bem.

Isso me irritou.

— Eu vou ficar bem de qualquer forma — retruquei.

— É claro que vai — Thea disse, enfática. Ela estava se referindo ao dinheiro. Deveria estar. Não deveria? Os olhos escuros de Thea pousaram nos meus. — Deve ser difícil — ela disse, estudando minha resposta com uma intensidade que seu sorriso nem tentava esconder — viver naquela casa com aqueles garotos.

— É tranquilo — eu disse.

— Ah, querida — Thea sacudiu a cabeça. — Se existe uma coisa que a família Hawthorne não é, é tranquila. Eles eram perturbados e perversos antes de você chegar e continuarão assim quando você for embora.

Embora. Para onde exatamente Thea pensava que eu iria?

Nós havíamos chegado ao fim do corredor, na porta da sala da diretora. Ela se abriu e quatro meninos saíram em fila indiana. Todos os quatro estavam sangrando. Todos os quatro estavam sorrindo. Xander era o quarto. Ele me viu – e então viu com quem eu estava.

— Thea — ele disse.

Ela lhe deu um sorriso açucarado e então ergueu uma das mãos até o rosto dele – ou mais especificamente até seu lábio ensanguentado.

— Xander. Parece que você perdeu.

— Não existem perdedores no Clube da Luta do Embate Mortal de Robôs — Xander disse estoicamente. — Apenas vencedores e pessoas cujos robôs meio que explodem.

Eu pensei no escritório de Tobias Hawthorne – nas patentes que eu tinha visto nas paredes. Que tipo de *gênio* era Xander Hawthorne? E ele tinha perdido uma *sobrancelha*?

Thea prosseguiu como se isso não fosse exatamente algo para se reparar.

— Eu estava mostrando pra Avery o caminho até a diretoria e lhe dando algumas dicas de sobrevivência na Country Day.

— Que encantador! — Xander declarou. — Avery, a sempre agradável Thea Calligaris por acaso mencionou que o tio dela é casado com a minha tia?

O sobrenome de Zara era Hawthorne-Calligaris.

— Eu ouvi falar que Zara e seu tio estão procurando formas de questionar o testamento. — Xander parecia estar falando com Thea, mas eu tive a clara sensação de que ele estava me dando um aviso.

Não confie em Thea.

Thea deu de ombros elegantemente, sem se abalar.

— Eu não sei nada sobre isso.

Capítulo 23

— **Eu te matriculei** nas aulas de Estudos Americanos e Filosofia da Mente. Em Ciências e Matemática, você deve poder seguir com seu currículo atual, considerando que nossa carga de estudos não acabe sendo excessiva. — A dra. McGowan deu um gole em seu café. Eu fiz o mesmo. Era tão bom quanto Thea tinha falado que seria, e isso me fez considerar quanta verdade havia no restante de suas palavras.

Deve ser difícil viver naquela casa com aqueles garotos.

Eles eram perturbados e perversos antes de você chegar e continuarão assim quando você for embora.

— Agora — a dra. Mac, como ela insistia em ser chamada, continuou —, em termos de eletivas, eu sugeriria a Construindo Significado, que foca no estudo de como o significado é expresso pelas artes e contém um forte componente de engajamento social com museus, artistas e produções de teatro locais, além da companhia de balé, da ópera e assim por diante. Considerando o apoio que a Fundação Hawthorne tradicionalmente oferece a esses projetos, eu acredito que o curso lhe será... útil.

Fundação Hawthorne? Eu consegui – por pouco – evitar repetir essas palavras.

— Quanto ao restante da sua grade curricular, preciso que você me conte um pouco sobre seus planos para o futuro. Quais são suas paixões, Avery?

Estava na ponta da minha língua o que eu havia dito ao diretor Altman. Eu era uma garota com um plano – mas esse plano sempre tinha sido guiado pela praticidade. Eu tinha escolhido uma graduação que me daria um bom emprego. A coisa prática a ser feita agora era continuar seguindo o plano. Essa escola *deveria* ter mais recursos que a minha antiga. Eles podiam me ajudar a ir bem nas provas de seleção, maximizar os créditos para a faculdade acumulados durante o ensino médio, me dar as condições ideais para terminar a faculdade em três anos em vez de quatro. Se eu fosse esperta, mesmo que Zara e o marido conseguissem de alguma maneira desfazer o que Tobias Hawthorne havia feito, eu poderia sair com alguma vantagem.

Mas a dra. Mac não tinha perguntado apenas sobre os meus planos. Ela tinha perguntado sobre as minhas paixões, e, mesmo que a família Hawthorne conseguisse contestar o testamento, eu provavelmente ainda levaria alguma coisa. Quantos milhões de dólares eles estariam dispostos a me pagar para desaparecer? Na pior das hipóteses, eu provavelmente podia vender minha história por mais do que o suficiente para pagar pela faculdade.

— Viajar — eu soltei. — Eu sempre quis viajar.

— Por quê? — A dra. Mac me observou. — O que te atrai em outros lugares? A arte? A história? As pessoas e suas culturas? Ou você se sente atraída pelas maravilhas do mundo natural? Você quer ver montanhas e penhascos, oceanos e sequoias gigantes, a selva tropical…

— Sim — eu disse, fervorosamente. Eu podia sentir lágrimas ardendo nos meus olhos e eu não sabia bem por quê. — Pra tudo isso. Sim.

A dra. Mac pegou a minha mão.

— Eu vou pegar uma lista de eletivas pra você dar uma olhada — ela disse suavemente. — Eu entendo que intercâmbio não é uma opção para o próximo ano por causa das suas circunstâncias peculiares, mas nós temos programas maravilhosos que você pode considerar depois. Você pode até considerar a ideia de atrasar um pouco sua formatura.

Se alguém tivesse me dito uma semana antes que havia *alguma coisa* que pudesse me tentar a passar um minuto além do necessário no ensino médio, eu pensaria que essa pessoa estava alucinando. Mas essa não era uma escola normal.

Nada mais na minha vida era normal.

Capítulo 24

Max me ligou em torno de meio-dia. Na Heights Country Day, o cronograma modular na prática deixava espaços no meu horário nos quais eu não precisava estar em nenhum lugar específico. Eu podia andar pelos corredores. Eu podia passar um tempo no estúdio de dança, na câmara escura ou em um dos ginásios. Eu podia almoçar na hora que quisesse. Então, quando Max me ligou e eu me enfiei em uma sala vazia, ninguém me impediu ou se importou.

— Esse lugar é o paraíso — eu disse. — *O Paraíso. De verdade.*

— A mansão? — Max perguntou.

— A escola. — Respirei fundo. — Você devia ver a minha grade. E as aulas!

— Avery — Max disse com firmeza. — É sério que você herdou mais ou menos um bazilhão de dólares e quer falar sobre a sua *escola* nova?

Havia muita coisa sobre as quais eu queria falar com ela. Eu precisei pensar um pouco para lembrar o que ela já sabia ou não.

— Jameson Hawthorne me mostrou a carta que o avô deixou pra ele e é uma coisa insana, toda sinuosa e cheia de charadas. Jameson está convencido de que é isso que eu sou, um quebra-cabeça a ser resolvido.

— Neste momento, eu estou vendo uma foto de Jameson Hawthorne — Max anunciou. Eu ouvi uma descarga ao fundo e percebi que ela devia estar no banheiro de uma escola que não era tão flexível com o tempo dos estudantes quanto a minha. — Preciso dizer, ele é *trepável*.

Eu levei um segundo para entender.

— Max!

— Só estou dizendo que ele parece gostar de trepar. Ele provavelmente já trepou em árvores. Já deve ter trepado bem alto.

— Nem sei mais do que você está falando — eu disse a ela.

Eu quase podia ouvir seu sorriso.

— Nem eu! E vou parar agora porque não tenho muito tempo. Meus pais estão pirando com tudo isso. Agora não é o momento para eu matar aula.

— Seus pais estão pirando? — eu franzi a testa. — Por quê?

— Avery, você sabe quantas ligações eu recebi? Uma repórter apareceu na nossa casa. Minha mãe está ameaçando desativar minhas redes sociais, meu e-mail, tudo.

Eu nunca pensei na minha amizade com Max como muito pública, mas ela também não era um segredo.

— Repórteres querendo te entrevistar — eu disse, tentando compreender. — Pra falar de mim.

— Você *viu* as notícias? — Max me perguntou.

Eu engoli em seco.

— Não.

Ela fez uma pausa.

— Talvez… seja melhor não olhar. — Esse conselho disse muita coisa. — É muita coisa, Ave. Você está bem?

Eu soprei um fio de cabelo para longe do meu rosto.

— Estou bem. Minha advogada e meu chefe de segurança me garantiram que uma tentativa de assassinato é muito improvável.

— Você tem um guarda-costas — Max disse, impressionada. — *Filha da pata*, sua vida é muito legal agora.

— Eu tenho funcionários, empregados, que me odeiam, aliás. A casa não parece com nada que eu já tenha visto. E a família! Esses meninos, Max. Eles têm patentes e recordes mundiais e…

— Agora estou vendo fotos de *todos* eles — Max disse. — Venham para a mamãe, seus *sapatos* deliciosos.

— Sapatos? — eu repeti.

— *Sapatinhos?* — Ela tentou outra forma de dizer.

Eu ri. Eu não sabia o quanto precisava disso até conversar com Max.

— Me desculpa, Ave. Preciso desligar. Me manda uma mensagem, mas…

— … cuidado com o que vou dizer — eu completei.

— E, enquanto isso, compra algo legal pra você.

— Tipo o quê? — perguntei.

— Vou fazer uma lista — ela prometeu. — Te amo, *pata*.

— Te amo também, Max. — Mantive o telefone na orelha por um ou dois segundos a mais depois que ela desligou. *Queria que você estivesse aqui.*

Por fim, consegui encontrar a cantina. Havia talvez duas dúzias de pessoas comendo. Uma delas era Thea. Ela puxou uma cadeira de sua mesa com o pé.

Ela é sobrinha de Zara. E Zara quer que eu suma. Ainda assim, fui até ela e me sentei.

— Desculpa se passei do limite essa manhã. — Thea olhou para as outras meninas da mesa, todas elas tão impossivelmente lindas e elegantes quanto ela. — É só que, na sua posição, eu ia querer saber.

Eu reconheci a isca perfeitamente, mas não consegui me impedir de perguntar.

— Saber o quê?

— Sobre os irmãos Hawthorne. Por muito tempo, todos os meninos queriam ser eles e todo mundo que gostava de meninos queria sair com eles. A aparência deles. O jeito de ser deles. — Thea fez uma pausa. — Andar com os Hawthorne mudava a forma como as pessoas olhavam pra você.

— Eu costumava estudar com Xander, às vezes — uma das outras meninas disse. — Antes de... — Ela ficou quieta.

Antes do quê? Tinha algo nessa história que eu não sabia – algo grande.

— Eles eram mágicos. — Thea tinha a expressão mais esquisita do mundo no rosto. — E, quando você estava com eles, você também se sentia mágica.

— Invencível. — Alguém se meteu.

Eu pensei em Jameson pulando de uma varanda do segundo andar no dia em que nos conhecemos e em Grayson sentado na mesa do diretor Altman e o expulsando da sala com um arquear de sobrancelha. E em Xander, com seus um metro e noventa de altura, sorrindo, sangrando e falando sobre robôs explodindo.

— Eles não são o que você pensa que são — Thea me disse. — Eu não gostaria de viver numa casa com os Hawthorne.

Isso era uma tentativa de me deixar nervosa? Se eu saísse da Casa Hawthorne – se eu me mudasse –, eu perderia minha herança. Ela sabia disso? O tio dela a havia mandado dizer essas coisas?

Quando eu cheguei hoje, esperava ser tratada como lixo. Eu não ficaria surpresa se as meninas dessa escola tivessem ciúmes dos garotos Hawthorne ou se todo mundo, homens e mulheres, tivesse raiva de mim por eles. Mas isso...

Isso era outra coisa.

— Preciso ir. — Eu me levantei, mas Thea se levantou comigo.

— Pense o que você quiser de mim — ela disse. — Mas a última menina dessa escola que se envolveu com os irmãos Hawthorne? A última garota que passou horas e horas naquela casa? Ela *morreu*.

Capítulo 25

Saí da cantina assim que terminei de engolir minha comida, sem saber onde ia me esconder até a próxima aula e igualmente sem saber se Thea estava mentindo. *A última garota que passou horas e horas naquela casa?* Meu cérebro ficava repetindo essas palavras. *Ela morreu.*

Desci por um corredor e estava virando em outro quando Xander Hawthorne saiu de um laboratório próximo, segurando o que parecia ser um dragão mecânico.

Tudo que eu conseguia pensar era no que Thea tinha acabado de dizer.

— Você parece estar precisando de um dragão robótico — Xander me disse. — Aqui. — Ele o colocou na minha mão.

— E o que eu deveria fazer com isso? — perguntei.

— Isso depende do quanto você gosta das suas sobrancelhas. — Xander ergueu sua única sobrancelha bem alto.

Eu tentei pensar em uma resposta, mas nada veio. *A última garota que passou horas e horas naquela casa? Ela morreu.*

— Está com fome? — Xander me perguntou. — O refeitório é voltando por ali.

Por mais que eu detestasse dar vitória a Thea, eu estava com medo – dele e de todas as coisas Hawthorne.

— Refeitório? — repeti, tentando soar normal.

Xander sorriu.

— É como se diz "cantina" em escola particular.

— Escola particular não é uma língua — eu apontei.

— E aí você vai me dizer que francês também não é. — Xander deu um tapinha na cabeça do dragão robótico. Ele arrotou. Um fio de fumaça saiu da sua boca.

Eles não são o que você pensa que são, eu ouvia o aviso de Thea na minha cabeça.

— Você está bem? — Xander perguntou, e então estalou os dedos. — Thea mexeu com você, não foi?

Eu lhe devolvi o dragão antes que ele explodisse.

— Eu não quero falar sobre Thea.

— O que acho ótimo, já que eu odeio falar sobre Thea — Xander disse. — Nós deveríamos discutir sobre seu tête-à-tête com Jameson na noite passada, então?

Ele sabia que o irmão tinha estado no meu quarto.

— Não foi um tête-à-tête.

— Você e sua birra com francês. — Xander me espiou. — Jameson te mostrou a carta dele, não foi?

Eu não tinha ideia se isso deveria ser um segredo ou não.

— Jameson acha que é uma pista — eu disse.

Xander ficou quieto por um momento, então apontou com a cabeça na direção oposta do refeitório.

— Venha.

Eu o segui, porque era isso ou encontrar outra sala vazia aleatória.

— Eu sempre perdia — Xander disse de repente enquanto entrávamos em mais um corredor. — Nas manhãs de sábado, quando meu avô nos dava um desafio, eu sempre perdia. — Não consegui imaginar porque ele estava me contando isso. — Eu era o mais novo. O menos competitivo. O mais disposto a se distrair com *scones* ou máquinas complexas.

— Mas... — eu incentivei. Eu podia ouvir pelo tom dele que havia um "mas".

— Mas — Xander respondeu —, enquanto meus irmãos estavam se matando na corrida até a linha de chegada, eu estava generosamente compartilhando *scones* com o velho. Ele era bem falante, cheio de histórias, fatos e paradoxos. Você quer ouvir um?

— Um paradoxo?

— Um fato. — Xander mexeu as sobrancelhas, ou, melhor dizendo, a sobrancelha. — Ele não tinha um nome do meio.

— Como assim?

— Meu avô foi batizado Tobias Hawthorne — Xander me disse. — Sem nome do meio.

Eu me perguntei se o velho tinha assinado a carta de Xander da mesma forma que havia assinado a de Jameson: Tobias *Tattersall* Hawthorne. E ele tinha assinado a minha com iniciais – três iniciais.

— Se eu te pedisse pra me mostrar sua carta, você mostraria? — perguntei.

Ele disse que normalmente ficava por último nos jogos do avô. Isso não significava que ele não estivesse jogando esse.

— Mas qual seria a diversão nisso? — Xander me deixou na frente de uma grossa porta de madeira. — Aqui você vai ficar a salvo de Thea. Existem alguns lugares em que nem ela ousa se meter.

Eu olhei pelo painel de vidro da porta.

— A biblioteca?

— O arquivo — Xander corrigiu astutamente. — É a palavra em escola particular pra "biblioteca" e não é um lugar ruim pra passar o tempo entre as aulas se você quer um tempo sozinha.

Hesitando, eu abri a porta.

— Você vem? — perguntei.

Ele fechou os olhos.

— Não posso.

Ele não ofereceu nenhuma explicação além dessa. Quando ele foi embora, eu não consegui afastar a sensação de que eu *realmente* não sabia de alguma coisa.

Talvez de várias coisas.

A última garota que passou horas e horas naquela casa? Ela morreu.

Capítulo 26

O arquivo parecia mais a biblioteca de uma universidade do que a de uma escola. A sala era cheia de arcos e vitrais, rodeada de infinitas estantes lotadas de livros de todo tipo e, no centro, havia uma dúzia de mesas retangulares – as melhores, com luzes embutidas e enormes lupas presas na lateral.

Todas as mesas estavam vazias, exceto por uma. Uma garota estava sentada de costas para mim. Ela tinha cabelo ruivo, o vermelho mais escuro que eu já tinha visto em alguém. Eu me sentei a várias mesas de distância dela, de frente para a porta. A sala estava silenciosa, exceto pelo som da outra garota virando as páginas enquanto lia.

Eu tirei a carta de Jameson e a minha da bolsa. *Tattersall.* Eu passei meu dedo pelo nome do meio com o qual Tobias Hawthorne havia assinado a epístola de Jameson, então olhei as iniciais rabiscadas na minha. A letra era a mesma. *Ele usou o nome do meio no testamento também.* E se isso fosse uma armadilha? E se isso fosse a única coisa necessária para invalidar os termos?

Mandei uma mensagem para Alisa. A resposta veio imediatamente: *mudou de nome legalmente, anos atrás. Tudo certo.*

Xander tinha dito que seu avô havia *nascido* Tobias Hawthorne, sem nome do meio. Por que ele me contou isso? Duvidando profundamente de que um dia eu entenderia alguém com o sobrenome Hawthorne, eu peguei a lupa presa na mesa. Ela era do tamanho da minha mão. Eu coloquei as duas cartas lado a lado embaixo dela e liguei as luzes embutidas na mesa.

Um ponto para as escolas particulares.

O papel era grosso o suficiente para a luz não o atravessar, mas a lupa aumentou a letra para dez vezes o tamanho normal. Ajustei a lupa, focando a assinatura da carta de Jameson. Então consegui ver detalhes na letra de Tobias Hawthorne que eu não conseguira ver antes. Um pequeno gancho em seus *erres*. Uma assimetria no T maiúsculo. E ali, no seu nome do meio, havia um espaço notável, o dobro do espaço entre duas outras letras quaisquer. Ampliado, o espaço fazia o nome parecer duas palavras.

Tatters all. Tatters all.

— Tipo frangalhos em inglês? Ele deixou todos em frangalhos? — eu me perguntei em voz alta.

Era um avanço, mas não parecia ser, não quando Jameson tinha tanta certeza de que havia algo a mais na sua carta. Não quando Xander tinha feito questão de me contar que seu avô não tinha nome do meio. Se Tobias Hawthorne tinha legalmente mudado seu nome para acrescentar um *Tattersall*, isso sugeria fortemente que ele mesmo tinha escolhido o nome. *Com que fim?*

Ergui os olhos, lembrando de repente que eu não estava sozinha na sala, mas a garota ruiva tinha ido embora. Então mandei outra mensagem para Alisa: *Quando TH mudou de nome?*

Será que a mudança de nome corresponde ao momento em que ele decidiu deixar a família na versão bilionária da expressão "em frangalhos", deixando tudo para mim?

Uma mensagem chegou um momento depois, mas não era de Alisa. Era de Jameson. Eu nem tinha ideia de como ele havia conseguido o número – do celular novo ou do velho.

Consigo entender agora, Garota Misteriosa. Você consegue?

Eu olhei em volta, sentindo que ele poderia estar me observando pelas janelas, mas, ao que tudo indicava, eu estava sozinha.

O nome do meio?, eu digitei de volta.

Não.

Eu esperei e uma segunda mensagem veio um minuto depois.

A despedida.

Olhei o fim da carta de Jameson. Antes da assinatura, havia duas palavras: *não julgue.*

Não julgue o patriarca Hawthorne por morrer sem contar para a família que estava doente? Não julgue os jogos que ele estava jogando do túmulo? Não julgue a forma como ele tinha puxado o tapete de suas filhas e netos?

Reli a mensagem de Jameson e em seguida a carta, desde o início. *Antes o mal que você conhece do que o mal que você não conhece, será? O poder corrompe. O poder absoluto corrompe de forma absoluta. Nem tudo que reluz é ouro. As únicas certezas na vida são a morte e os impostos. Para lá, pela graça de Deus, eu vou.*

Eu imaginei Jameson recebendo essa carta – querendo respostas e ganhando clichês no lugar. *Provérbios*. Meu cérebro me deu o termo alternativo e meus olhos voltaram para a despedida. Jameson achava que estávamos procurando um jogo de palavras ou código. Todas as frases dessa carta, exceto pelos nomes próprios, eram um provérbio ou uma variação de um.

Todas as frases – exceto uma.

Não julgue. Eu tinha perdido quase toda a aula sobre provérbios da minha ex-professora de inglês, mas havia um que eu conseguia lembrar que começava com essas duas palavras.

Mandei mais uma mensagem para Jameson: *Não julgue um livro pela capa significa algo pra você?*

A resposta dele foi imediata: *Muito bem, Herdeira.*

Então, um momento depois, ele escreveu: *Com certeza significa.*

Capítulo 27

— **Nós podemos estar** vendo coisa onde não tem — eu disse horas depois.

Jameson e eu estávamos na biblioteca da Casa Hawthorne, olhos erguidos para as estantes que circulavam a sala, cheias de livros ao longo do pé-direito de cinco metros.

— *Hawthorne-feito ou Hawthorne-nascido, há sempre um enigma a ser resolvido.* — Jameson falou cantado, como uma criança pulando corda. Mas, quando ele tirou os olhos das estantes para olhar para mim, não havia nada de infantil em sua expressão. — Tudo é alguma coisa na Casa Hawthorne.

Tudo, eu pensei. *E todos.*

— Você sabe quantas vezes na minha vida um dos quebra-cabeças do meu avô me trouxe para a biblioteca? — Jameson se virou lentamente. — Ele provavelmente está se revirando no túmulo por eu ter demorado tanto tempo pra entender.

— O que você acha que estamos procurando? — perguntei.

— O que *você* acha que estamos procurando, Herdeira? — Jameson tinha um jeito de fazer qualquer coisa parecer um desafio ou um convite.

Ou os dois.

Foco, eu disse a mim mesma. Eu estava ali porque queria respostas tanto quanto o garoto ao meu lado.

— Se a pista é *um livro pela capa* — eu disse, revirando a charada na minha mente —, então eu suponho que estamos procurando ou um livro ou uma capa, ou talvez uma discrepância entre eles?

— Um livro com a capa trocada? — A expressão de Jameson não dava pista do que ele achava dessa sugestão.

— Eu posso estar errada.

Os lábios de Jameson se torceram: não era bem um sorriso, mas também não era desdém.

— Todo mundo está um pouco errado às vezes, Herdeira.

Um convite – e um desafio. Eu não tinha nenhuma intenção de estar *um pouco errada* – não com ele. Quanto mais cedo meu corpo se lembrasse disso, melhor. Eu me afastei de Jameson e dei uma volta completa na biblioteca, lentamente, analisando o ambiente. Só de olhar para as estantes me sentia na beira do Grand Canyon. Nós estávamos completamente cercados de livros que se erguiam por dois andares. Procurar por um livro com a capa trocada em uma biblioteca tão grande, com estante tão altas…

— Deve haver milhares de livros aqui. Isso levaria horas — eu disse.

Jameson sorriu, dessa vez um sorriso largo.

— Não seja ridícula, Herdeira. Levaria dias.

Trabalhamos em silêncio. Nenhum de nós fez uma pausa para comer. Uma emoção corria pelo meu corpo toda vez que eu percebia que estava segurando uma primeira edição. De vez em quando, abria um livro e encontrava um autógrafo. Stephen King. J. K. Rowling. Toni Morrison. Poucas vezes consegui parar de ficar encarando, maravilhada, o que estava nas minhas mãos. Perdi a noção do tempo, perdi a noção de todas as coisas, exceto do ritmo de tirar livros da estante, abrir a capa, fechar a capa, recolocar o livro. Eu podia ouvir Jameson trabalhando, eu podia senti-lo na sala enquanto nos movíamos pelas estantes, cada vez mais perto um do outro. Ele tinha assumido o andar de cima. Eu estava trabalhando embaixo. Finalmente, eu ergui os olhos e o vi em cima de mim.

— E se estivermos perdendo tempo? — perguntei. Minha pergunta ecoou pelo ambiente.

— Tempo é dinheiro, Herdeira. E você tem bastante pra gastar.

— Pare de me chamar assim.

— Eu preciso te chamar de alguma coisa e você não pareceu gostar de Garota Misteriosa ou da abreviação.

Estava na ponta da minha língua fazer a observação de que eu não o chamava de nada. Eu não tinha dito o nome dele uma única vez desde que havia entrado na sala. Mas, por algum motivo, em vez de dar essa resposta, eu olhei para ele e uma pergunta diferente saiu da minha boca.

— O que você quis dizer no carro quando falou que a última coisa que eu precisava era que alguém nos visse juntos?

Ele tirou, verificou e recolocou alguns livros na estante antes de responder.

— Você passou o dia na excelente instituição que é a Heights Country Day — ele disse. — O que você acha que eu quis dizer?

Ele sempre tinha que ser a pessoa fazendo as perguntas, sempre tinha que inverter tudo.

— Não me diga que você não ouviu nenhum rumor — Jameson murmurou lá de cima.

Eu congelei, pensando no que eu tinha ouvido.

— Eu conheci uma menina — eu disse, e me forcei a continuar trabalhando na estante: tira o livro, abre a capa, fecha a capa, guarda o livro. — Thea.

Jameson desdenhou.

— Thea não é uma menina. Ela é um redemoinho vestido de furacão vestido de aço, e todas as garotas daquela escola vão atrás dela, o que significa que eu sou persona non grata há um ano. — Ele fez uma pausa. — O que ela te disse? — Jameson tentou soar casual e ele teria me enganado se eu estivesse olhando para a cara dele, mas sem sua expressão para vender a mentira de que ele não se importava, eu percebi uma nota de preocupação em sua voz. *Ele se importava.*

De repente, eu desejei não ter mencionado Thea. Causar discórdia era provavelmente o objetivo dela.

— Avery?

Jameson usar meu nome de verdade confirmou que ele não só queria uma resposta como *precisava* de uma.

— Thea ficou falando sobre essa casa — eu disse, com cuidado. — Sobre como devia ser pra mim morar aqui. — Isso era verdade, ou verdade o suficiente a ser revelada. — Falou sobre todos vocês.

— Ainda é uma mentira se você está escondendo o que importa, mesmo quando o que você está dizendo é tecnicamente verdade — Jameson afirmou com soberba.

Ele queria a verdade.

— Thea disse que havia uma menina e que ela morreu — falei como quem arranca um band-aid, rápido demais para pensar no que eu estava fazendo.

Lá em cima, o ritmo de trabalho de Jameson diminuiu. Eu contei cinco segundos de silêncio completos antes de ele dizer:

— O nome dela era Emily.

Eu sabia, embora eu não conseguisse dizer como, que ele não teria falado se eu estivesse olhando para ele.

— O nome dela era Emily — ele repetiu. — E ela não era só uma menina.

Minha respiração falhou. Eu a retomei e continuei checando livros porque eu não queria que ele soubesse quanta coisa eu tinha percebido em seu tom de voz. *Ele se importava com Emily. Ainda se importa com ela.*

— Sinto muito — eu disse, por ter mencionado isso e por ela ter falecido. — Acho que devemos parar por hoje. — Era tarde e eu não confiava que não diria outra coisa da qual me arrependeria.

O ritmo de trabalho de Jameson cessou e foi substituído pelo som de passos enquanto ele descia pelas escadas de ferro fundido. Ele se colocou entre mim e a saída.

— Mesma hora amanhã?

De repente pareceu urgente que eu não me permitisse olhar em seus olhos verdes profundos.

— Estamos progredindo bem — eu disse, me forçando a seguir para a porta. — Mesmo se não acharmos uma forma de acelerar o processo, nós devemos conseguir examinar todas as estantes em uma semana.

Jameson se inclinou na minha direção quando eu passei.

— Não me odeie — ele disse suavemente.

Por que eu odiaria? Eu senti minha pulsação acelerando na garganta. Por causa do que ele tinha acabado de dizer ou por causa do quanto ele estava perto de mim?

— Tem uma pequena chance de que não terminemos em uma semana.

— Por que não? — perguntei, me esquecendo de evitar olhar para ele.

Ele colocou seus lábios bem no meu ouvido.

— Essa não é a única biblioteca da Casa Hawthorne.

Capítulo 28

Quantas bibliotecas tinha esse lugar? Foquei nesse pensamento enquanto me afastava de Jameson – e não na sensação de ter o corpo dele perto demais do meu nem no fato de que Thea não estava mentindo quando ela disse que havia uma menina e que ela tinha morrido.

Emily. Eu tentei em vão tirar esse sussurro da minha mente. *O nome dela era Emily.* Cheguei à escada principal e hesitei. Se eu voltasse para minha ala agora, se eu tentasse dormir, tudo que eu ia fazer seria ficar repetindo a conversa com Jameson na minha cabeça. Então olhei por cima do ombro para ver se ele tinha me seguido – e encontrei Oren em seu lugar.

Meu chefe de segurança havia me dito que eu estava segura aqui. Ele parecia acreditar nisso. Mas, ainda assim, ele me seguia – e ficava invisível até querer ser visto.

— Se recolhendo? — Oren me perguntou.

— Não. — Eu nunca ia conseguir dormir, nem ia conseguir sequer fechar os olhos. Então resolvi explorar. Avancei por um longo corredor e encontrei um teatro. Parecia um teatro de ópera. As paredes eram douradas. Uma cortina de veludo vermelho escondia o que deveria ser o palco. Os assentos ficavam em um piso inclinado. O teto era arqueado, e quando eu liguei um interruptor, centenas de pequenas luzes despontaram ao longo do arco.

Eu me lembrei da dra. Mac me falando sobre o apoio que a Fundação Hawthorne dava às artes.

A sala seguinte estava cheia de instrumentos musicais — dezenas deles. Eu me inclinei para olhar um violino com um S entalhado ao lado das cordas.

— É um Stradivarius.

Essas palavras soaram como uma ameaça.

Eu me virei e vi que Grayson estava na entrada. Eu me perguntei se ele estava nos seguindo; por quanto tempo. Ele me encarou com suas pupilas escuras e inescrutáveis e as íris de um cinza gélido.

— Você deveria tomar cuidado, srta. Grambs.

— Não vou quebrar nada — eu disse, me afastando do violino.

— Você deveria tomar cuidado — Grayson repetiu, com a voz suave, mas fatal — com Jameson. A última coisa que meu irmão precisa é de você e do que quer que isso seja.

Eu olhei para Oren, mas o rosto dele estava impassível, como se ele não pudesse ouvir nada do que estávamos falando. *Não é o trabalho dele ficar ouvindo. O trabalho dele é me proteger – e ele não vê Grayson como uma ameaça.*

— O que você está chamando de *isso*? Você quer dizer eu? — retruquei. — Ou os termos do testamento do seu avô? — Eu não tinha virado a vida deles de cabeça para baixo. Mas eu estava lá e Tobias Hawthorne não estava. Logicamente, eu sabia que minha melhor opção era evitar confrontos e principalmente evitar *Grayson* por completo. A casa era grande o suficiente.

Mas talvez ela não fosse tão grande assim, já que Grayson estava ali, bem perto de mim.

— Minha mãe não sai do quarto há dias. — Grayson olhou para mim, para dentro de mim. — Xander quase se explodiu hoje na escola. Jameson só precisa de uma ideia ruim para arruinar a vida dele e nenhum de nós pode sair da propriedade sem ser cercado pela imprensa. Só os danos materiais que eles já causaram…

Não diga nada. Vá embora. Não se envolva.

— Você acha que isso é fácil pra mim? — perguntei. — Você acha que eu quero ser perseguida por *paparazzi*?

— Você quer o dinheiro. — Grayson Hawthorne me olhou de cima. — Como não ia querer, tendo crescido como cresceu?

Essa fala estava repleta de condescendência.

— Como se *você* não quisesse o dinheiro — retruquei. — Tendo crescido como *você* cresceu? Pode ser que eu não tenha recebido tudo de bandeja minha vida inteira, mas…

— Você não tem ideia — Grayson murmurou — do quanto é despreparada. Uma garota como você?

— Você não me conhece — eu o interrompi. Uma onda de fúria correu pelas minhas veias.

— Mas vou conhecer — Grayson prometeu. — Eu vou logo saber tudo que há pra saber sobre você. — Cada osso no meu corpo me dizia que ele era uma pessoa que cumpria suas promessas. — Meu acesso ao dinheiro pode estar limitado no momento, mas o nome Hawthorne ainda significa alguma coisa. Sempre vai haver pessoas se matando para fazer um favor para qualquer um de nós. — Ele não se moveu, não piscou, não era fisicamente agressivo de forma alguma, mas emanava poder e sabia disso. — O que quer que você esteja escondendo, eu vou descobrir. Todos os segredos. Em poucos dias, eu terei um dossiê completo sobre todas as pessoas na sua vida. Sua irmã. Seu pai. Sua mãe...

— Não fale da minha mãe. — Meu peito estava apertado. Respirar era um desafio.

— Fique longe da minha família, srta. Grambs. — Grayson passou por mim. Eu tinha sido mandada embora.

— Ou o quê? — perguntei, com ele já de costas para mim, e então, possuída por algo que eu não sabia nomear, acrescentei: — Ou o que aconteceu com Emily vai acontecer comigo?

Grayson paralisou, cada músculo do seu corpo ficou tenso.

— Não diga o nome dela. — Sua postura era de raiva, mas sua voz parecia prestes a embargar. Como se eu o tivesse *esfaqueado*.

Não é só Jameson. Minha boca ficou seca. *Não era só Jameson que se importava com Emily.*

Senti uma mão no meu ombro. *Oren.* A expressão dele era gentil, mas claramente ele queria que eu deixasse esse assunto quieto.

— Você não vai durar um mês nessa casa. — Grayson tinha conseguido se recompor o suficiente para fazer essa previsão como um rei que impõe um decreto. — Na verdade, eu apostaria um bom dinheiro que você vai embora em menos de uma semana.

Capítulo 29

Libby me encontrou logo depois de eu ter voltado para o meu quarto. Ela estava segurando uma pilha de eletrônicos.

— Alisa disse que eu devia comprar algumas coisas pra você. Disse que você não comprou nada até agora.

— Não tive tempo. — Eu estava exausta, sobrecarregada e já tinha passado do ponto em que conseguiria compreender *qualquer coisa* que tivesse acontecido desde que me mudei para a Casa Hawthorne.

Incluindo Emily.

— Pra sua sorte, a única coisa que eu tenho é tempo. — Ela não parecia muito feliz com isso, mas, antes que eu pudesse investigar, ela começou a colocar algumas coisas em cima da minha escrivaninha. — Notebook novo. Um tablet. Um e-reader cheio de livros românticos, caso você precise de um pouco de escapismo.

— Olha pra esse lugar — eu disse. — Minha vida *é* escapismo neste momento.

Isso arrancou um sorriso de Libby.

— Você viu a academia? — Ela me perguntou e o espanto na sua voz deixou claro que ela tinha visto. — Ou a cozinha do chef?

— Ainda não.

Mirei a lareira e me peguei espreitando, pensando. Será que tinha alguém ali atrás? *Você não vai durar um mês nessa casa.* Eu não achava que Grayson tinha dito isso como uma ameaça física e Oren certamente não reagiu como se achasse que minha vida estava sendo ameaçada. Mas, ainda assim, eu senti um arrepio.

— Ave? Tem uma coisa que eu preciso te mostrar. Libby abriu a capa do meu novo tablet. — Só quero deixar claro que tudo bem se você sentir vontade de gritar.

— Por que eu… — Fiquei sem palavras quando vi o que ela tinha aberto. Era um vídeo de Drake.

Ele estava ao lado de um repórter. O cabelo penteado dele me dizia que essa entrevista não tinha sido uma surpresa. A legenda na tela dizia: *Amigo da família Grambs.*

— Avery sempre foi solitária — Drake dizia na tela. — Ela não tinha amigos.

Eu tinha Max, e isso era tudo que eu precisava.

— Eu não estou dizendo que ela seja uma pessoa ruim. Eu acho que ela só estava meio desesperada por atenção. Ela queria ser importante. Uma garota assim, um homem rico e velho… — Ele deixou a coisa no ar. — Vamos dizer que ela definitivamente tem *daddy issues.*

Libby cortou o vídeo ali.

— Posso ver isso? — perguntei, apontando para o tablet com um instinto assassino no meu coração e, provavelmente, nos meus olhos.

— É a pior parte — Libby me garantiu. — Você quer gritar agora?

Não com você. Eu peguei o tablet e desci pelos vídeos relacionados – todos eles eram entrevistas ou editoriais sobre mim. Antigos colegas de classe. De trabalho. A mãe de Libby. Eu ignorei as entrevistas até chegar a uma que não podia ignorar. Ela se chamava simplesmente *Skye Hawthorne e Zara Hawthorne-Calligaris.*

As duas estavam atrás de um púlpito, o que fazia aquilo parecer algum tipo de coletiva de imprensa – é interessante lembrar que Grayson me disse que sua mãe não saía do quarto havia dias.

— Nosso pai foi um grande homem. — O cabelo de Zara movia-se com um vento fraco e a expressão do seu rosto era estoica. — Ele foi um empreendedor revolucionário, um filantropo sem igual e um homem que valorizava sua família acima de tudo. — Ela pegou a mão de Skye. — Apesar de nosso luto por sua partida, fiquem tranquilos que não deixaremos que suas obras morram com ele. A Fundação Hawthorne vai continuar a operar. Os numerosos investimentos do meu pai não sofrerão nenhuma mudança imediata. Embora não possamos comentar a respeito das complexidades legais da situação, eu posso garantir que estamos trabalhando com as autoridades, especialistas em crimes contra idosos e uma equipe de profissionais da saúde e do direito para esclarecer essa situação. — Ela se virou para Skye, cujos olhos estavam marejados de lágrimas, perfeita, fotogênica, dramática. — Nosso pai era um herói — Zara declarou. — Nós não vamos permitir que, na morte, ele se torne uma vítima. Para isso, nós estamos oferecendo à imprensa os resultados de um teste de DNA que prova conclusivamente que, ao contrário do que reportagens e especulações maliciosas dizem nos tabloides, Avery Grambs não é resultado de uma infidelidade de nosso pai, que foi fiel à sua amada esposa, nossa mãe, durante todo o seu casamento. Nós, enquanto família, estamos tão chocados com os acontecimentos recentes quanto todos vocês, mas a genética não mente. Essa garota pode ser qualquer coisa, menos uma Hawthorne.

O vídeo cortou. Atordoada, eu pensei na última frase de Grayson. *Eu apostaria um bom dinheiro que você vai embora em menos de uma semana.*

— Especialistas em crimes contra idosos? — Libby, ao meu lado, estava chocada e incrédula.

— E as autoridades do direito — eu acrescentei. — Além de uma equipe de médicos especialistas. Ela pode não ter dito que eu estou sendo investigada por enganar um velho tomado pela demência, mas com certeza deixou isso implícito.

— Ela não pode fazer isso. — Libby estava puta, uma verdadeira bola de raiva gótica de rabo de cavalo azul. — Ela não pode dizer o que quiser. Ligue pra Alisa. Você tem advogados!

O que eu tinha era uma dor de cabeça. Isso não era inesperado. Dado o tamanho da fortuna em jogo, era inevitável. Oren tinha me avisado que as mulheres iriam atrás de mim no tribunal.

— Vou ligar pra Alisa amanhã — decidi. — Agora eu vou para a cama.

Capítulo 30

— Elas não têm nada em que se apoiar, legalmente falando.

Eu não precisei ligar para Alisa no dia seguinte de manhã. Ela apareceu atrás de mim.

— Fique tranquila, vamos acabar com isso. Meu pai vai se encontrar com Zara e Constantine hoje mais tarde.

— Constantine?

— O marido de Zara.

O tio de Thea.

— Elas sabem, é claro, que têm muito a perder questionando o testamento. As dívidas de Zara são consideráveis e não serão pagas se ela abrir um processo. O que Zara e Constantine não sabem, e meu pai vai deixar bem claro para eles, é que mesmo que um juiz declare que o último testamento do sr. Hawthorne é nulo e inválido, a distribuição dos bens seria então regida pelo seu testamento anterior, e *esse* vai deixar a família Hawthorne com ainda menos bens.

Armadilhas atrás de armadilhas. Lembrei do que Jameson tinha falado depois que o testamento foi lido e então pensei na conversa que eu tinha tido com Xander enquanto comíamos *scones*. *Mesmo que você achasse que tinha manipulado nosso avô, eu te garanto que foi ele que manipulou você.*

— Há quanto tempo Tobias escreveu seu testamento anterior? — perguntei, imaginando se seu único propósito com o último testamento tinha sido reforçar o anterior.

— Em agosto fez vinte anos. — Alisa cortou essa possibilidade. — Tudo iria para a caridade.

— Vinte anos? — repeti. Isso foi antes de qualquer um dos netos Hawthorne, exceto Nash, ter nascido. — Ele deserdou as filhas vinte anos atrás e nunca avisou isso a elas?

— Aparentemente. E, em resposta ao que você perguntou ontem — Alisa não era nada senão eficiente —, os registros do escritório mostram que em agosto fez vinte anos que o sr. Hawthorne mudou seu nome legalmente. Antes disso, ele não tinha um nome do meio.

Tobias Hawthorne tinha se dado um nome do meio ao mesmo tempo que deserdou a família. *Tattersall. Tatters All.* Todos em frangalhos. Com tudo que Jameson e Xander tinham me dito do avô, isso parecia uma mensagem. Deixar dinheiro para mim – e, antes de mim, para a caridade – não era a questão.

Deserdar a família era.

— Que raios aconteceu em agosto há vinte anos?

Alisa parecia estar ponderando sua resposta. Meus olhos se apertaram e eu me perguntei se parte dela ainda era leal a Nash. E à família dele.

— O sr. Hawthorne e a esposa perderam o filho naquele verão. Toby. Ele tinha dezenove anos, era o filho mais novo. — Alisa fez uma pausa, e então prosseguiu. — Toby tinha ido com vários amigos para uma das casas de verão dos pais. Houve um incêndio. Toby e mais três jovens faleceram.

Eu tentei compreender o que ela estava dizendo. Tobias Hawthorne tinha tirado as filhas do testamento depois da morte do filho. *Ele nunca mais foi o mesmo depois que Toby morreu.* Zara disse isso quando achou que tinha sido deixada de lado em favor dos filhos da irmã.

Eu procurei a resposta de Skye na minha mente. *Desapareceu*, foi o que Skye respondeu, e Zara perdeu o controle.

— Por que Skye disse que Toby tinha desaparecido?

Alisa foi pega de surpresa pela minha pergunta – ela claramente não se lembrava dessa conversa na leitura do testamento.

— Entre o fogo e a tempestade daquela noite — Alisa disse quando se recuperou —, o corpo de Toby nunca foi encontrado.

Meu cérebro estava correndo para integrar essa informação.

— Zara e Skye não poderiam fazer o advogado delas argumentar que o velho testamento é inválido também? — perguntei. — Que ele foi coagido a escrever ou estava louco de dor, algo assim.

— O sr. Hawthorne assinava um documento reafirmando seu testamento todo ano. — Alisa me disse. — Ele nunca o alterou, até você.

Até eu. Todo o meu corpo formigou só de pensar nisso.

— Há quanto tempo foi isso?

— Ano passado.

O que pode ter acontecido para fazer Tobias Hawthorne decidir que, em vez de deixar toda a sua fortuna para a caridade, ele ia deixá-la para mim?

Talvez ele conhecesse minha mãe. Talvez ele soubesse que ela morreu. Talvez ele sentisse muito.

— Agora, se você matou sua curiosidade, eu gostaria de voltar aos assuntos mais urgentes. Eu acredito que meu pai pode controlar Zara e Constantine. Então nosso maior problema de R. P. é... — Alisa se aprumou. — Sua irmã.

— Libby? — Isso não era o que eu estava esperando.

— É melhor para todo mundo se ela passar desapercebida.

— Como ela poderia passar desapercebida? — perguntei. Essa era a maior história do planeta.

— Pelo futuro próximo eu a aconselhei a ficar na propriedade — Alisa disse e eu pensei no comentário de Libby de que tudo que ela tinha era tempo. — Ela até pode pensar em um trabalho voluntário no futuro, se quiser, mas, por enquanto, nós precisamos controlar a narrativa, e sua irmã tem a tendência de... chamar atenção.

Eu não tinha certeza se isso era uma referência às escolhas estéticas de Libby ou ao seu olho roxo. A raiva ferveu em mim.

— Minha irmã pode vestir o que quiser — eu disse diretamente. — Ela pode fazer o que quiser. Se a alta sociedade do Texas e os tabloides não gostam disso, o problema é deles.

— É uma situação delicada — Alisa respondeu com calma. — Especialmente com a imprensa. E Libby...

— Ela não falou com a imprensa — eu disse, tão certa disso quanto do meu próprio nome.

— O ex-namorado dela falou. A mãe dela falou. Ambos estão procurando um jeito de lucrar com isso. — Alisa me olhou feio. — Eu não preciso dizer a você que a maior parte dos ganhadores da loteria descobrem que a vida deles ficou insuportável e se afundam em pedidos e exigências da família e de amigos. Você, abençoadamente, não tem muitos de nenhum dos dois. Para Libby, contudo, é diferente.

Se fosse Libby quem tivesse herdado tudo, em vez de mim, ela teria sido incapaz de dizer não. Ela teria distribuído dinheiro sem parar, para qualquer um que conseguisse colocar as garras nela.

— Nós podemos considerar um pagamento único para a mãe dela — Alisa disse, sempre prática. — Junto com um acordo de confidencialidade que a impedisse de falar sobre você ou Libby com a imprensa.

Meu estômago se revirou com a ideia de dar dinheiro para a mãe de Libby. Aquela mulher não merecia um centavo. Mas Libby não merecia ter que ver a mãe tentando vendê-la no noticiário.

— Certo — concordei, rangendo os dentes —, mas eu não vou dar *nada* para o Drake.

Alisa sorriu, um lampejo de dentes.

— Nele eu vou pôr uma mordaça por diversão. — Ela me estendeu um grosso fichário. — Enquanto isso, eu reuni algumas informações-chave para você e alguém vai vir mais tarde para cuidar do seu guarda-roupa e da sua aparência.

— *Do quê?*

— Libby, como você disse, pode vestir o que quiser, mas você não tem esse luxo. — Alisa deu de ombros. — Você é a história aqui. Se vestir para o papel é sempre o primeiro passo.

Eu não tinha ideia de como essa conversa havia começado com questões legais e de relações públicas, desviou para a tragédia familiar dos Hawthorne e acabou com minha advogada me dizendo que eu precisava de uma transformação no meu jeito de ser e de me vestir.

Eu peguei o fichário da mão estendida de Alisa e o joguei na escrivaninha. Comecei a andar em direção à porta.

— Aonde você vai? — Alisa perguntou atrás de mim.

Eu quase respondi que estava indo à biblioteca, mas o aviso que Grayson me deu no dia anterior ainda estava fresco na minha mente.

— Esse lugar não tem uma pista de boliche?

Capítulo 31

Era mesmo um boliche. Na minha casa. Tinha um boliche *na minha casa.* Como me foi avisado, eram "só" quatro pistas, mas, fora isso, tinha tudo que você poderia esperar de um boliche. Tinha devolução de bola. Os pinos eram arrumados mecanicamente. Uma tela *touch* para programar os jogos e monitores de cinquenta e cinco polegadas mostrando a pontuação. Em tudo isso – as bolas, as pistas, a tela, os monitores – estava gravado um elaborado H.

Eu tentei não entender isso como um lembrete de que nada disso deveria ser meu.

Em vez disso, foquei em escolher a bola certa. Os sapatos certos – porque havia pelo menos quarenta pares de sapatos de boliche em uma estante. *Quem precisa de quarenta pares de sapatos de boliche?*

Tocando a tela, eu coloquei minhas iniciais, *AKG.* Um instante depois, uma mensagem de boas-vindas surgiu no monitor.

BEM-VINDA À CASA HAWTHORNE, AVERY KYLIE GRAMBS

Os pelos do meu braço se arrepiaram. Eu duvidava que programar meu nome nisso tinha sido a prioridade de alguém nos últimos dias. *E isso significava...*

— Foi você? — perguntei alto, dirigindo as palavras a Tobias Hawthorne. Uma de suas últimas ações neste mundo tinha sido programar essa mensagem?

Afastei o tremor que surgiu. No fim da segunda pista, havia pinos já alinhados, esperando por mim. Peguei minha bola – cinco quilos, com um H prateado estampado na superfície verde-escura. Quando minha mãe ainda era viva, o boliche aonde íamos fazia uma promoção mensal a noventa e nove centavos cada partida. Minha mãe e eu íamos toda vez.

Eu desejei que ela estivesse comigo, e então me perguntei: se ela *estivesse* viva, eu estaria ali? Eu não era uma Hawthorne. A menos que o velho tivesse me escolhido aleatoriamente, a menos que eu tivesse feito algo para chamar a atenção dele de alguma forma, sua decisão de deixar tudo para mim tinha que ter algo a ver com ela.

Se ela estivesse viva, você teria deixado o dinheiro para ela? Pelo menos agora eu não estava mais falando com Tobias Hawthorne em voz alta. *Pelo que você pede desculpas? Você fez algo com ela? Não fez algo com ela – ou por ela?*

Eu tenho um segredo... Minha mãe dizia em nossas brincadeiras. Eu joguei a bola com mais força do que deveria e acertei apenas dois pinos. Se minha mãe estivesse comigo, ela teria rido de mim. Então me concentrei e joguei novamente. Cinco jogos depois, eu estava coberta de suor e meus braços estavam doendo. Eu me sentia bem – bem o suficiente para voltar e procurar a academia.

Complexo esportivo talvez fosse um termo mais preciso. De cara, dei com a quadra de basquete. A sala se abria em forma de L, com duas estantes com pesos e meia dúzia de aparelhos na parte menor do L. Havia uma porta na parede dos fundos.

Já que eu estou brincando de ser Dorothy em Oz...

Eu a abri e olhei para cima. Uma parede de escalada se erguia por dois andares. Uma figura subia a duras penas uma parte quase vertical da parede, a pelo menos seis metros de altura, sem corda de segurança. *Jameson.*

Ele deve ter sentido minha presença de alguma forma.

— Já escalou uma dessas? — ele gritou.

Na mesma hora eu lembrei do aviso de Grayson, mas dessa vez eu disse para mim mesma que não dava a mínima para o que Grayson Hawthorne tinha a me dizer. Eu andei até a parede de escalada, plantei meus pés na base e fiz uma avaliação rápida de onde colocar pés e mãos.

— É a primeira vez — respondi, escolhendo um dos apoios. — Mas eu aprendo rápido.

Eu cheguei a uns dois metros de altura antes de a parede se projetar em um ângulo desenhado para tornar as coisas mais difíceis. Eu firmei uma perna em um apoio e a outra contra a parede e estiquei meu braço direito até um apoio que estava um milímetro longe demais.

Eu errei.

De cima de mim veio uma mão que agarrou a minha. Jameson riu maliciosamente enquanto eu balançava no ar.

— Você pode soltar — ele me disse — ou eu posso tentar te puxar.

Faça isso. Eu engoli as palavras. Oren não estava em lugar nenhum e a última coisa que eu precisava, sozinha ali com um Hawthorne, era ir mais alto. Em vez disso, eu soltei o braço dele e me preparei para o impacto.

Depois que aterrissei, eu me ergui e fiquei observando Jameson voltar a subir pela parede, seus músculos tensos sob sua fina camiseta branca. *Essa é uma má ideia,* eu disse a mim mesma, enquanto meu coração estava aos saltos. *Jameson Winchester Hawthorne é uma péssima ideia.* Eu nem tinha percebido que me lembrava do seu nome de meio até ele surgir na minha cabeça, um sobrenome, assim como seu primeiro nome. *Pare de olhar para ele. Pare de pensar nele. Este ano vai ser complicado o suficiente sem... complicações.*

De repente, eu senti que estava sendo observada e me virei para a porta – e vi Grayson me encarando diretamente. Seus olhos claros estavam apertados e focados.

Você não me assusta, Grayson Hawthorne. Eu me forcei a desviar os olhos dele, engoli em seco e me dirigi a Jameson.

— Te vejo na biblioteca.

Capítulo 32

A biblioteca estava vazia quando eu passei pela porta de entrada às 21h15, mas não ficou vazia por muito tempo. Jameson chegou às 21h30 e Grayson entrou às 21h31.

— O que vamos fazer hoje? — Grayson perguntou ao irmão.

— *Nós?* — Jameson questionou.

Grayson dobrou meticulosamente as mangas. Ele tinha trocado de roupa depois de fazer exercício e usava uma camisa de gola erguida como se fosse uma armadura.

— Um irmão mais velho não pode passar um tempo com seu irmão mais novo e uma intrometida com intenções duvidosas sem ser interrogado?

— Ele não confia em deixar nós dois sozinhos — eu traduzi.

— Eu sou uma flor delicada. — O tom de Jameson era despreocupado, mas seus olhos contavam uma história diferente. — Eu preciso de proteção e supervisão constante.

Grayson não se afetava com sarcasmo.

— É o que parece. — Ele sorriu, com a expressão afiada. — O que vamos fazer hoje? — ele repetiu.

Eu não tinha ideia do que havia na voz dele que o tornava tão impossível de ignorar.

— A Herdeira e eu — Jameson respondeu com clareza — estamos investigando um palpite e sem dúvida perdendo uma quantidade incalculável de tempo no que eu tenho certeza de que você vai considerar um despropósito sem sentido.

Grayson franziu a testa.

— Eu não falo assim.

Jameson deixou que sua sobrancelha arqueada falasse por si só.

Grayson fez uma careta.

— E que palpite vocês dois estão investigando?

Quando ficou claro que Jameson não ia responder, eu respondi. Não porque eu devia qualquer explicação a Grayson Hawthorne. Mas porque parte de qualquer estratégia de sucesso, no longo prazo, é saber quando usar as expectativas do seu oponente e quando subvertê-las. Grayson Hawthorne não esperava nada de mim. *Nada bom.*

— Nós achamos que a carta que seu avô deixou para o Jameson tem uma pista sobre o que ele estava pensando.

— O que ele estava pensando — Grayson repetiu, seus olhos afiados estudando a minha expressão — e por que ele deixou tudo pra *você.*

Jameson se apoiou no batente da porta.

— É a cara dele, não é? — ele perguntou, se dirigindo ao irmão. — Um último jogo?

Percebi no tom de voz de Jameson que ele queria que Grayson respondesse que sim. Ele queria que o irmão concordasse e até aprovasse. Talvez uma parte dele quisesse que eles fizessem isso juntos. Por um segundo, eu vi uma faísca de *algo* nos olhos de Grayson também, mas ela se apagou tão rápido que eu fiquei pensando se a luz e minha mente tinham me enganado.

— Francamente, Jamie — Grayson comentou. — Eu fico surpreso por você ainda achar que conhecia o velho.

— Eu sou cheio de surpresas. — Jameson deve ter notado que o que esperava de Grayson não viria porque o brilho dos seus olhos também se apagou. — E você pode ir embora na hora que quiser, Gray.

— Eu acho que não — Grayson repetiu. — Antes o mal que você conhece do que o mal que você não conhece. — Ele deixou essas palavras no ar. — Será? O poder corrompe. O poder absoluto corrompe de forma absoluta.

Meus olhos voaram para Jameson, que paralisou de uma forma absoluta e assustadora.

— Ele te deixou a mesma mensagem — Jameson disse, finalmente, se afastando do batente e andando de um lado para o outro. — A mesma pista.

— Não é uma pista — Grayson contrapôs. — Mas uma indicação de que ele não estava bem da cabeça.

Jameson se virou para ele.

— Você não acredita nisso. — Ele examinou a expressão de Grayson, sua postura. — Mas talvez um juiz acredite. — Jameson me lançou um olhar. — Ele vai usar a carta contra você, se puder.

Ele pode já ter dado sua carta para Zara e Constantine, eu pensei. Mas, segundo o que Alisa havia me dito, isso não importaria.

— Havia outro testamento antes desse — eu disse, olhando de um irmão para o outro. — Nele, seu avô deixou pra sua família ainda menos. Ele não deserdou vocês por *minha causa.* — Eu estava olhando para Grayson quando disse essas palavras. — Ele deserdou toda a família Hawthorne antes mesmo de vocês nascerem, logo depois que seu tio morreu.

Jameson parou de andar.

— Você está mentindo. — Todo o corpo dele estava tenso.

Grayson sustentou meu olhar.

— Não está.

Se eu fosse chutar como isso se desenrolaria, eu teria chutado que Jameson acreditaria em mim e Grayson seria o cético. Independentemente disso, os dois estavam me encarando agora.

Grayson foi o primeiro a quebrar o contato visual.

— Você pode me dizer logo o que acha que essa maldita carta quer dizer, Jamie.

— E por que eu entregaria o jogo dessa forma? — Jameson disse, rangendo os dentes.

Eles estavam acostumados a competir um com o outro, a correr para a linha de chegada. Eu não conseguia afastar a sensação de que eu realmente não devia estar ali entre eles.

— Você sabe, Jamie, que eu sou capaz de ficar aqui, nesta sala, com vocês dois, indefinidamente? — Grayson disse. — Assim que eu vir o que vocês estão fazendo, você sabe que eu vou deduzir. Eu fui criado pra jogar, assim como você.

Jameson encarou o irmão com força, e então sorriu.

— A escolha é da intrometida com intenções duvidosas. — O sorriso dele se encheu de desdém.

Ele espera que eu mande Grayson embora. Eu provavelmente devia ter feito isso, mas era perfeitamente possível que estivéssemos perdendo tempo e eu não tinha nenhuma objeção a gastar o tempo de Grayson Hawthorne.

— Ele pode ficar.

Era possível cortar a tensão da sala com uma faca.

— Tudo bem, Herdeira. — Jameson me deu outro sorriso selvagem. — Como você quiser.

Capítulo 33

Eu sabia que as coisas iriam mais rápidas com mais um par de mãos, mas eu não tinha antecipado como seria a sensação de estar trancada em uma sala com *dois* Hawthorne – especialmente esses dois. Enquanto trabalhávamos, Grayson atrás de mim e Jameson acima, eu me perguntei se eles sempre tinham sido como água e óleo, se Grayson sempre tinha se levado a sério demais, se Jameson sempre tinha fingido não levar *nada* a sério. Eu me perguntei se os dois tinham crescido com os rótulos de herdeiro e reserva, uma vez que Nash tinha deixado claro que abdicaria do trono Hawthorne.

Eu me perguntei se eles se davam bem antes de Emily.

— Não há nada aqui. — Grayson pontuou essa frase guardando um livro na estante com um pouco de força demais.

— Por coincidência — Jameson comentou de cima —, *você* também não tem que estar aqui.

— Se ela ficar, eu também ficarei.

— Avery não morde. — Enfim Jameson passou a me chamar pelo meu nome de verdade. — E, sinceramente, agora que a questão de sermos parentes foi descartada, eu toparia se ela quisesse me morder.

Eu me engasguei com a saliva e considerei seriamente estrangulá-lo. Ele estava provocando Grayson e me usando para isso.

— Jamie? — Grayson soou calmo até demais. — Cale a boca e continue procurando.

Eu fiz exatamente isso: tira o livro da estante, abre a capa, fecha a capa, devolve o livro na estante. As horas passaram. Grayson e eu caminhamos na direção um do outro. Quando ele estava perto o suficiente para eu poder vê-lo com o canto do olho, ele falou, sua voz quase inaudível para mim, e com certeza inaudível para Jameson.

— Meu irmão está sofrendo pela perda de nosso avô. Com certeza você pode entender isso.

Eu podia e eu entendia. Mas não disse nada.

— Ele busca sensações. Dor. Medo. Alegria. Não importa. — Grayson tinha toda a minha atenção agora e ele sabia disso. — Ele está sofrendo e precisa da sensação do jogo. Ele precisa que isso signifique alguma coisa.

Isso, no caso, seria a carta do avô deles? O testamento? Eu?

— E você acha que não tem significado? — perguntei, mantendo minha voz baixa. Grayson não achava que eu era especial, não acreditava que esse era o tipo de quebra-cabeça que valia a pena resolver.

— Eu não acho que você precisa passar de vilã dessa história pra uma ameaça a essa família.

Se eu já não tivesse conhecido Nash, eu teria dito que Grayson era o irmão mais velho.

— Você fica falando sobre o resto da família — eu disse. — Mas isso não é só por causa deles. Eu sou uma ameaça pra você.

Eu tinha herdado a fortuna *dele*. Estava vivendo na casa *dele*. O avô dele tinha me escolhido.

Grayson estava bem ao meu lado agora.

— Eu não me sinto ameaçado. — Ele não era fisicamente imponente. Eu nunca o tinha visto perder o controle. Mas, quanto mais perto ele chegava de mim, mais meu corpo entrava em alerta.

— Herdeira?

Eu me assustei quando Jameson me chamou. Instintivamente, eu me afastei do irmão dele.

— Sim?

— Eu acho que encontrei alguma coisa.

Eu passei por Grayson e subi as escadas. Jameson tinha encontrado alguma coisa. *Um livro com a capa errada.* Eu estava presumindo isso, mas, no segundo que cheguei ao segundo andar e vi o sorriso nos lábios de Jameson Hawthorne, eu soube que estava certa.

Ele ergueu um livro de capa dura.

Eu li o título.

— *Velejando ao longe.*

— E embaixo... — Jameson gostava de performances por natureza. Ele tirou a sobrecapa com um gesto dramático e me atirou o livro. *A trágica história do Doutor Fausto.*

— *Fausto* — eu disse.

— O mal que você conhece ou o mal que você não conhece — Jameson respondeu.

Podia ser uma coincidência. Nós podíamos estar vendo coisa onde não tinha, como pessoas que tentavam prever o futuro observando a forma das nuvens. Mas isso não impediu os pelos do meu braço de se arrepiarem. Não impediu meu coração de acelerar.

Tudo é alguma coisa na Casa Hawthorne.

Esse pensamento soava com o meu pulso enquanto eu abria a cópia do *Fausto* que tinha nas mãos. Ali, grudado com fita no lado interno da capa, estava um quadrado vermelho transparente.

— Jameson — eu ergui os olhos do livro. — Tem alguma coisa aqui.

Grayson devia estar ouvindo de onde estava no andar de baixo, mas ele não disse nada. Jameson correu para o meu lado. Ele levou os dedos até o quadrado vermelho. Ele era fino, feito de algum tipo de filme plástico, cada lado com talvez uns dez centímetros de comprimento.

— O que é isso? — perguntei.

Jameson pegou o livro das minhas mãos animadamente e removeu o quadrado com cuidado. Ele o ergueu na direção da luz.

— Uma espécie de filtro. — Essas palavras vieram do andar de baixo. Grayson estava no centro da sala, olhando para nós. — Acetato vermelho. Uma das peças favoritas do nosso avô, particularmente útil pra revelar mensagens escondidas. O texto do livro está escrito em vermelho, por acaso?

Eu abri a primeira página.

— Tinta preta — eu disse.

Eu continuei folheando. A cor da tinta nunca mudava, mas algumas páginas depois eu encontrei uma palavra que tinha sido circulada a lápis. Uma onda de adrenalina correu pelas minhas veias.

— O avô de vocês tinha o hábito de escrever nos livros?

— Na primeira edição de *Fausto?* — Jameson desdenhou.

Eu não tinha ideia de quanto dinheiro esse livro valia ou quanto de seu valor tinha sido tirado com esse pequeno círculo na página, mas no fundo eu sabia que tínhamos encontrado alguma coisa.

— *Que* — li a palavra em voz alta. Nenhum dos irmãos fez qualquer comentário, então eu virei a página e encontrei mais uma. Virei pelo menos cinquenta páginas até encontrar outra palavra circulada.

— *Uma*... — Eu continuei virando as páginas. As palavras circuladas começaram a aparecer com mais frequência, às vezes em pares. — *Existe*...

Jameson pegou uma caneta em uma estante próxima. Ele não tinha papel, então começou a anotar as palavras no dorso da sua mão esquerda. — Continue.

Eu continuei.

— *Um*... *existe*. — Eu tinha chegado quase ao fim do livro. — *Caminho* — disse, finalmente. Comecei a virar as páginas mais devagar. *Nada. Nada. Nada.* Finalmente, tirei os olhos do livro. — É isso.

Eu fechei o livro. Jameson ergueu sua mão na frente do corpo e eu me aproximei para ver melhor. Eu peguei a mão dele e li as palavras que ele tinha escrito ali. *Onde. Uma. Existe. Um. Existe. Caminho.*

O que a gente deve fazer com isso?

— Mudar a ordem das palavras? — Era um jogo de palavras comum.

Os olhos de Jameson acenderam.

— *Onde existe uma*...

Eu completei.

— *Existe um caminho.*

Os lábios de Jameson se curvaram para cima.

— Está faltando uma palavra — ele murmurou. — *Vontade*. É outro provérbio. Onde existe uma *vontade*, existe um caminho. — Ele sacudia o acetato vermelho na mão, para a frente e para trás, enquanto pensava em voz alta. — Quando você olha por um filtro colorido, as linhas dessa cor desaparecem. É um jeito de escrever mensagens secretas. Você coloca o texto em cores diferentes. O livro é escrito em tinta preta, então o acetato não deve ser usado no livro. — Jameson estava falando mais rápido agora e a energia na sua voz era contagiosa.

Grayson falou do epicentro da sala.

— Por isso a mensagem *no* livro indica onde usar o filme.

Eles estavam acostumados a jogar os jogos do avô. Eles tinham sido treinados para isso desde que eram pequenos. Eu não tinha sido, mas a troca entre eles tinha me dado o suficiente para ligar os pontos. O acetato deveria revelar uma escrita secreta, mas não no livro. Em vez disso, o livro, como a carta antes dele, continha uma pista – nesse caso, uma frase com uma única palavra faltando.

Onde existe uma vontade, existe um caminho. Uma vontade, como a expressa em um testamento.

— Quais são as chances — eu disse devagar, examinando o quebra-cabeça na minha mente — de existir, em algum lugar, uma cópia do testamento do avô de vocês escrita em tinta vermelha?

Capítulo 34

Eu perguntei a Alisa sobre o testamento. Eu meio que esperava que ela me olhasse como se eu tivesse pirado, mas, no segundo que eu disse a palavra *vermelho*, a expressão dela mudou. Ela me informou que eu poderia consultar o Testamento Vermelho, mas antes precisava fazer uma coisa para ela. Essa *coisa* acabou envolvendo uma dupla de consultores de estilo, um irmão e uma irmã, que trouxeram o que parecia ser todo o estoque da Saks Fifth Avenue para dentro do meu quarto. A mulher era pequenina e silenciosa.

O homem era bastante alto, coisa de um metro e noventa e oito, e fez uma rajada contínua de observações.

— Você não pode usar amarelo e eu te encorajaria a banir as palavras *laranja* e *creme* do seu vocabulário, mas, fora isso, qualquer outra cor é uma opção. — Estávamos os três no meu quarto, junto de Libby e treze araras de roupas, dezenas de bandejas de joias e o que parecia ser um salão de beleza completo montado no banheiro. — Cores vivas, tons pastel, tons terrosos com moderação. Você gosta de roupas sem estampa?

Olhei para a minha roupa: uma camiseta cinza e meu segundo par de jeans mais confortável.

— Eu gosto de simples.

— Simples é uma mentira — a mulher murmurou. — Mas uma mentira bonita às vezes.

Ao meu lado, Libby deu uma risada irônica e engoliu um sorriso. Eu a fuzilei.

— Você está gostando disso, não é mesmo? — perguntei, sombria. Então eu observei a roupa que ela estava usando. O vestido era preto, o que era apropriado para Libby, mas o estilo combinaria mais com um Country Club.

Eu *tinha pedido* que Alisa não a pressionasse.

— Você não precisa mudar como você... — eu comecei a dizer, mas Libby me cortou.

— Eles me subornaram. Com botas. — Ela apontou para a parede do fundo, cheia de botas, todas elas de couro, em tons de roxo, preto e azul. Botas no tornozelo, na panturrilha, até mesmo um par que ia até acima dos joelhos.

— Além disso — Libby acrescentou serenamente —, posso usar joias macabras. — Se uma joia parecia ser assombrada, essa era a praia de Libby.

— Você deixou que te transformassem em troca de quinze pares de botas e umas joias macabras? — confirmei, me sentindo meio traída.

— E umas calças de couro incrivelmente macias — Libby acrescentou. — Valeu super a pena. Eu ainda sou eu, só que... chique. — O cabelo dela ainda era azul. Seu esmalte ainda era preto. E não era *nela* que eles estavam focados agora.

— Nós devíamos começar com o cabelo — o homem declarou ao meu lado, examinando minhas mechas ofensivas. — Você não acha? — ele perguntou para a irmã.

Não houve resposta, já que a mulher tinha desaparecido atrás de uma das araras. Dava para ouvi-la mexendo nos cabides, mudando a ordem das roupas.

— Volumoso. Nem totalmente ondulado, nem totalmente liso. Você pode usá-lo das duas formas. — Esse homem gigante devia estar em um time de futebol americano, não me dando conselhos sobre cortes de cabelo. — Nada mais curto que cinco centímetros abaixo do queixo, nada mais longo que no meio das costas. Camadas suaves não fariam mal. — Ele olhou para Libby. — Eu sugiro que você a deserde se ela quiser uma franja.

— Eu vou levar isso em consideração — Libby disse solenemente. — Você vai sofrer se ele não for longo o suficiente pra fazer um rabo de cavalo — ela me disse.

— Rabo de cavalo. — Isso me rendeu um olhar de censura do atacante. — Você odeia seu cabelo e quer que ele sofra?

— Eu não odeio. — Eu dei de ombros. — Eu só não me importo.

— Isso também é uma mentira. — A mulher reapareceu de trás da arara de roupas. Ela tinha meia dúzia de cabides cheios de roupa nos braços e eu a observei pendurá-los virados para fora na arara mais próxima. O resultado eram três combinações diferentes.

— Clássico. — Ela apontou para uma saia azul-gelo combinada com uma camiseta de manga comprida. — Natural. — Ela se moveu para a segunda opção, um vestido florido longo e solto que combinava pelo menos uma dúzia de tons de vermelho e rosa. — Patricinha com algo a mais. — A opção final incluía uma saia de couro marrom, mais curta que qualquer roupa minha e provavelmente mais justa também. Ela tinha sido combinada com uma camisa social branca e um cardigã cinza.

— Qual te atrai? — o homem perguntou. Isso fez Libby rir de novo. Ela estava definitivamente gostando *demais* disso.

— Todos são bons. — Eu dei uma olhada no vestido florido. — Aquele ali parece pinicar.

Os *stylists* pareciam estar ficando com enxaqueca.

— Opções casuais? — Ele pediu à irmã, sofrendo. Ela desapareceu e reapareceu com mais algumas peças, que juntou aos conjuntos de estilo. Leggings pretas, uma blusa vermelha e um cardigã branco que ia até o joelho se juntaram ao conjunto *clássico*. Uma camisa de renda verde-água e uma calça verde-escura se juntaram à monstruosidade florida e um suéter de cashmere largo e jeans rasgados foram pendurados ao lado da saia de couro.

— Clássica. Natural. Patricinha com algo a mais. — A mulher repetiu minhas opções.

— Eu tenho objeções filosóficas a calças coloridas — eu disse. — Então esse cai fora.

— Não olhe as peças separadamente — o homem instruiu. — Observe o *look*.

Revirar meus olhos para alguém com o dobro do meu tamanho provavelmente não foi uma opção muito sensata.

A mulher se aproximou. Ela andava de forma leve, como se pudesse passar por um canteiro de flores sem estragar nenhuma delas.

— A forma como você se veste, a forma como arruma seu cabelo, isso não é besteira. Não é superficial. Isso... — ela apontou para a arara atrás de si — não é só roupa. É uma mensagem. Você não está decidindo o que vestir. Você está decidindo que história você quer que sua imagem conte. Você é a inocente, jovem e doce? Você se veste para esse mundo de riqueza e maravilhas como se tivesse nascido para ele ou você quer andar no meio: igual, mas diferente, jovem, mas cheia de força?

— Por que eu preciso contar uma história?

— Porque, se você não contar a história, outra pessoa vai contar por você. — Eu me virei e vi Xander Hawthorne parado na porta, segurando um prato de *scones*.

— Consultoria de estilo, assim como construir máquinas de Goldberg por lazer, é um trabalho que dá fome.

Eu queria repreendê-lo com o olhar, mas Xander e seus *scones* eram à prova de cara feia.

— O que você sabe sobre consultoria de estilo? — resmunguei. — Se eu fosse um cara, haveria no máximo duas araras de roupa neste quarto.

— E, se eu fosse branco — Xander respondeu, sério —, as pessoas não olhariam pra mim como se eu só fosse meio Hawthorne. Quer um *scone*?

Eu murchei na hora. Era ridículo da minha parte pensar que Xander não sabia como era ser julgado ou ter que viver a vida com regras diferentes. E me peguei pensando como era para ele crescer naquela casa. Crescer um Hawthorne.

— Posso pegar um de blueberry? — perguntei, em uma espécie de versão pessoal de bandeira branca.

Xander me ofereceu um de limão.

— Não vamos nos antecipar.

Com só uma quantidade moderada de cara feia, acabei escolhendo a opção três. Eu odiava a palavra *patricinha* quase tanto quanto odiava a pretensão de ter *algo a mais*, mas, no fim das contas, eu não podia fingir que era tola e inocente, e eu suspeitava fortemente que qualquer tentativa de agir como se esse mundo fosse natural para mim ia me pinicar – não fisicamente, mas bem no fundo.

A equipe deixou meu cabelo comprido, mas fez um corte em camadas que revelou ondas do tipo acabei de acordar. Achei que eles iam sugerir fazer luzes, mas eles escolheram o caminho oposto: mechas sutis de um tom mais escuro e profundo que meu castanho cinzento normal. Eles limparam minhas sobrancelhas, mas as deixaram grossas. Eu fui instruída sobre os detalhes de uma rotina de *skincare* elaborada e ganhei um tom bronzeado feito com *airbrush*, mas mantiveram minha maquiagem ao mínimo: olhos e lábios, nada mais. Ao me olhar no espelho, eu quase acreditei que aquela garota que me encarava pertencia à Casa.

— O que você acha? — perguntei a Libby.

Ela estava de pé perto da janela, com a luz por trás dela, o celular nas mãos e os olhos colados na tela.

— Lib?

Ela olhou para mim com a expressão de um animal selvagem atordoado que eu conhecia muito bem.

Drake. Ele estava mandando mensagens para ela. Ela estava respondendo?

— Você está ótima! — Libby soou sincera, porque estava sendo sincera. Sempre. Sincera, honesta e muito, muito otimista.

Ele bateu nela, eu disse a mim mesma. *Ele nos vendeu. Ela não vai voltar com ele.*

— Você está fantástica — Xander declarou de forma grandiosa. — Você também não parece alguém que seduziu um velho pra tirar bilhões dele, o que é bom.

— Mesmo, Alexander? — Zara anunciou sua presença com quase nenhuma pompa. — Ninguém acredita que Avery seduziu o seu avô.

A história (e imagem) dela transitava entre *exalando classe* e *seriedade*. Mas eu tinha visto a coletiva de imprensa dela. Eu sabia que, embora ela pudesse se importar com a reputação do pai, ela não tinha nenhum apego particular à minha. Quanto pior eu parecesse, melhor para ela. *A menos que o jogo tivesse mudado.*

— Avery. — Zara sorriu pra mim com tanta frieza quanto as cores que usava. — Podemos conversar rapidamente?

Capítulo 35

Zara não começou a falar imediatamente quando ficamos sozinhas. Então decidi que, se ela não ia quebrar o silêncio, eu ia.

— Você falou com os advogados? — Essa era a explicação óbvia para a presença dela.

— Falei. — Zara não ofereceu justificativas. — E agora eu estou falando com você. Tenho certeza de que você pode me perdoar por não ter feito isso antes. Como você pode imaginar, isso tudo foi um certo choque.

Certo? Eu desdenhei e cortei as formalidades.

— Você deu uma coletiva de imprensa sugerindo fortemente que seu pai estava senil e que eu estou sendo investigada pelas autoridades por abuso de incapaz.

Zara se apoiou na ponta de uma escrivaninha antiga – uma das poucas superfícies do quarto que não estava coberta de roupas ou acessórios.

— Sim, bom, você pode agradecer aos seus advogados por certas realidades não terem ficado aparentes mais cedo.

— Se eu não ganhar nada, você não ganha nada. — Eu não ia deixar que ela desse voltas para falar o que queria.

— Você está... bonita. — Zara mudou de assunto e examinou minha roupa nova. — Não é o que eu teria escolhido pra você, mas está apresentável.

Apresentável, com algo a mais.

— Obrigada — eu grunhi.

— Você pode me agradecer quando eu tiver feito o que puder pra facilitar essa transição pra você.

Eu não era tão ingênua a ponto de acreditar que ela tinha de repente mudado de opinião. Se ela me desprezava antes, ela continuava me desprezando. A diferença era que agora ela precisava de alguma coisa. Cheguei à conclusão de que, se esperasse tempo suficiente, ela me diria exatamente o que era essa coisa.

— Eu não tenho certeza de tudo o que Alisa já te informou, mas, além dos bens pessoais do meu pai, você também herdou o controle da Fundação da família. — Zara examinou minha expressão antes de prosseguir. — É uma das maiores fundações privadas de caridade do país. Nós doamos mais de cem milhões de dólares por ano.

Cem milhões de dólares. Eu nunca ia me acostumar com isso. Números assim nunca iam parecer reais.

— Todo ano? — perguntei, chocada.

Zara sorriu, plácida.

— Juros compostos são uma coisa ótima.

Cem milhões de dólares *por ano* em juros – e ela só estava falando da Fundação, não da fortuna pessoal de Tobias Hawthorne. Pela primeira vez, eu realmente fiz as contas na minha cabeça. Mesmo que impostos levassem embora metade de tudo e eu tivesse uma média de ganhos de quatro por cento – eu ainda ganharia quase um bilhão de dólares por ano. *Sem fazer nada.* Isso era errado.

— Pra quem a Fundação dá seu dinheiro?

Zara se afastou da escrivaninha e começou a andar de um lado para o outro.

— A Fundação Hawthorne investe em crianças e famílias, iniciativas da saúde, avanço científico, desenvolvimento da comunidade e artes.

Sob essas bandeiras, você poderia apoiar quase qualquer coisa. Eu podia apoiar quase qualquer coisa.

Eu podia mudar o mundo.

— Eu passei toda a minha vida adulta gerenciando a Fundação. — Os lábios de Zara se contraíram sobre seus dentes. — Existem organizações que contam com o nosso apoio. Se você pretende se envolver, tem uma forma certa e uma forma errada de fazer isso. — Ela parou bem diante de mim. — Você precisa de mim, Avery. Por mais que eu preferisse lavar as mãos, eu trabalhei muito e por muito tempo e não quero ver esse trabalho desfeito.

Eu ouvi o que ela estava dizendo – e o que ela não estava.

— A Fundação te paga? — Eu contei os segundos até ela responder.

— Eu tiro um salário compatível com o trabalho que faço.

Por mais satisfatório que fosse ser dizer a ela que seus serviços não seriam mais necessários, eu não era tão impulsiva nem tão cruel.

— Eu quero me envolver — eu disse a ela. — E não só pelas aparências. Quero tomar decisões.

Problemas de moradia. Pobreza. Violência doméstica. Acesso a cuidados preventivos. O que eu poderia fazer com cem milhões de dólares por ano?

— Você é jovem o suficiente para acreditar que o dinheiro resolve todos os males — Zara disse, com a voz quase nostálgica.

Palavras de uma pessoa tão rica que não consegue imaginar a quantidade de problemas que o dinheiro pode *resolver.*

— Se você está falando sério sobre assumir um papel na Fundação... — Zara parecia estar gostando de dizer isso tanto quanto teria gostado de mergulhar numa lixeira ou fazer um tratamento de canal —... então eu posso te ensinar o que você precisa saber. Segunda-feira. Depois da escola. Na Fundação. — Ela falou cada parte dessa ordem como uma frase separada.

A porta se abriu antes que eu pudesse perguntar onde exatamente era a Fundação. Oren se posicionou ao meu lado. *As mulheres vão atrás de você no tribunal,* ele tinha me dito. Mas agora Zara sabia que não podia fazer isso.

E meu chefe de segurança não me queria sozinha com ela naquela sala.

Capítulo 36

No dia seguinte – domingo –, Oren me levou até a Ortega, McNamara e Jones para ver o Testamento Vermelho.

— Avery. — Alisa nos recebeu na recepção do escritório. O lugar era moderno: minimalista e cheio de aço cromado. O prédio parecia grande o suficiente para manter mais de cem advogados, mas, quando Alisa nos passou por uma recepcionista e pela segurança até um elevador, eu não avistei vivalma.

— Você disse que eu sou a única cliente do escritório — eu comentei quando o elevador começou a subir. — Qual é o tamanho exato do escritório de vocês?

— Temos algumas divisões específicas — Alisa respondeu, séria. — Os bens do sr. Hawthorne são muito diversificados. Isso requer uma equipe diversificada de advogados.

— E o testamento sobre o qual eu perguntei está aqui?

No meu bolso eu levava um presente de Jameson: o filtro de acetato que tínhamos descoberto preso na capa de *Fausto*. Contei a ele que faria a visita ao escritório de advocacia e ele me deu o filtro sem fazer perguntas, como se confiasse mais em mim do que em qualquer um dos irmãos.

— O Testamento Vermelho está aqui. — Alisa confirmou e se dirigiu para Oren: — Quanta companhia nós tivemos hoje? — Ela perguntou. Por *companhia* ela queria dizer *paparazzi*. E por *nós* ela quis dizer *eu*.

— Diminuiu um pouco — Oren relatou. — Mas é provável que eles estejam empilhados na porta quando sairmos.

Se terminássemos o dia sem pelo menos uma manchete dizendo algo do tipo "A adolescente mais rica do mundo visita advogados em pleno domingo", eu comeria uma das novas botas de Libby.

No terceiro andar, passamos por mais um posto de segurança, e então, finalmente, Alisa me levou até uma sala num canto. Ela estava mobiliada, mas praticamente vazia, com uma exceção. Bem no meio de uma escrivaninha de mogno, estava o testamento. Quando eu o notei, Oren já tinha se posicionado do lado de fora da porta. Alisa não me seguiu quando fui em direção à mesa. À medida que eu me aproximava, as letras saltavam aos meus olhos.

Vermelhas.

— Meu pai foi instruído a manter essa cópia aqui e mostrá-la para você, ou para os meninos, se algum de vocês viesse atrás — Alisa disse.

Eu me virei de volta para ela.

— Instruído — eu repeti. — Por Tobias Hawthorne?

— Naturalmente.

— Você contou a Nash?

Uma máscara fria caiu sobre o rosto dela.

— Eu não conto mais nada para Nash. — Ela me deu seu olhar mais austero. — Se isso for tudo, vou deixá-la sozinha.

Alisa não perguntou o que eu estava pensando em fazer. Esperei até ouvir a porta se fechar atrás dela, e então me sentei na escrivaninha. Peguei o acetato do meu bolso.

— Onde existe uma vontade... — eu murmurei, colocando o quadrado sobre a primeira página do testamento —... existe um caminho.

Eu movi o acetato vermelho pelo papel e as palavras abaixo dele desapareceram. *Texto vermelho. Filme vermelho.* Funcionou exatamente como Jameson e Grayson haviam descrito. Se todo o testamento estivesse escrito em vermelho, tudo desapareceria. Mas, se por baixo do vermelho, houvesse outra cor, então qualquer outra coisa escrita seria revelada.

Eu passei pelas doações iniciais de Tobias Hawthorne para os Laughlin, Oren e sua sogra. *Nada.* Eu cheguei à parte sobre Zara e Skye, e quando passei o filme vermelho por cima, elas desapareceram. Foquei então na próxima frase.

Para os meus netos, Nash Westbrook Hawthorne, Grayson Davenport Hawthorne, Jameson Winchester Hawthorne e Alexander Blackwood Hawthorne...

Quando passei o filme pela página, as palavras desapareceram – mas não todas. Quatro permaneceram.

Westbrook.

Davenport.

Winchester.

Blackwood.

Pela primeira vez, eu pensei no fato de todos os quatro filhos de Skye terem o seu sobrenome, o sobrenome do avô. *Hawthorne.* Todos os nomes do meio dos meninos também eram sobrenomes. *O sobrenome dos pais?*, eu me perguntei. Enquanto meu cérebro tentava compreender isso, segui pelo resto do documento. Parte de mim esperava ver algo quando eu chegasse ao meu próprio nome, mas ele desapareceu, assim como o resto do texto – tudo, exceto pelos nomes do meio dos quatro netos Hawthorne.

— Westbrook. Winchester. Davenport. Blackwood — disse em voz alta, guardando-os na memória.

E então eu mandei uma mensagem para Jameson – e me perguntei se ele mandaria uma para Grayson.

Capítulo 37

— Ei, calminha aí, menina. Onde é o incêndio?

Eu tinha acabado de chegar à Casa Hawthorne e estava correndo para encontrar Jameson quando outro irmão Hawthorne entrou no meu caminho. *Nash.*

— Avery acabou de ler uma cópia especial do testamento — Alisa disse atrás de mim.

E ela tinha acabado de dizer que não contava mais nada para o ex...

— Uma cópia especial do testamento... — Nash me encarou. — Eu estaria correto de deduzir que isso tem algo a ver com a baboseira na carta que o velho deixou pra mim?

— Sua carta — eu repeti, meu cérebro girando. Não devia ser uma surpresa. Tobias Hawthorne tinha deixado pistas idênticas para Grayson e Jameson. *E para Nash também e provavelmente Xander.*

— Não se preocupe — Nash cantarolou. — Eu vou passar essa. Já disse, eu não quero dinheiro.

— O dinheiro não é a questão aqui — Alisa disse com firmeza. — O testamento…

— É inquebrantável — Nash completou para ela. — Eu acho que já ouvi isso uma ou duas vezes.

Alisa apertou os olhos.

— Você nunca foi muito bom em escutar.

— *Escutar* não significa *concordar,* Li-Li. — Nash usando esse apelido, seu sorriso amigável e tom igualmente amigável, tudo isso tirou todo o ar do cômodo.

— É melhor eu ir. — Alisa se virou subitamente para mim. — Se você precisar de algo…

— Pode deixar, eu ligo — completei, me perguntando o quanto minhas sobrancelhas tinham se erguido depois de presenciar essa conversa deles.

Quando Alisa fechou a porta da frente atrás de si, ela a bateu com força.

— Você vai me dizer pra onde está indo com tanta pressa? — Nash me perguntou mais uma vez depois que ela saiu.

— Jameson me pediu pra encontrá-lo no solário.

Nash arqueou uma sobrancelha.

— Você tem alguma ideia de onde fica o solário?

Eu percebi um pouco atrasada que não tinha.

— Eu nem sei *o que é* um solário — admiti.

— Solários são superestimados. — Nash deu de ombros e me examinou. — Me diga, menina, o que você normalmente faz no seu aniversário?

Ele perguntou isso do nada. Eu sentia que devia ser uma pegadinha, mas respondi mesmo assim.

— Como bolo?

— Todo ano nos nossos aniversários… — Nash olhou ao longe. — Vovô nos chamava no seu escritório e dizia as mesmas três palavras. *Invista. Cultive. Crie.* Então ele nos dava dez mil dólares pra investir. Você consegue imaginar deixar que uma criança de oito anos escolha ações? — Nash riu com desdém. — Então nós escolhíamos um talento ou interesse para cultivar durante o ano, uma língua, um hobby, uma arte, um esporte. Nada de economizar. Se você escolhesse piano, um piano de cauda aparecia no dia seguinte, aulas particulares começavam imediatamente e, no meio do ano, você estaria nos bastidores do Carnegie Hall ganhando dicas dos grandes talentos.

— Isso é incrível — eu disse, pensando em todos os troféus que eu tinha visto no escritório de Tobias Hawthorne.

Nash não parecia muito impressionado.

— Vovô também nos dava um desafio todo ano — ele continuou contando, sua voz endurecendo. — Uma tarefa, algo que deveríamos criar até nosso próximo aniversário. Uma invenção, uma solução, uma obra de arte de qualidade suficiente para ser exposta em um museu. *Alguma coisa.*

Eu pensei nos quadrinhos que tinha visto emoldurados na parede.

— Isso não parece ser tão horrível assim.

— Não parece, né? — Nash disse, ruminando essas palavras. — Venha. — Ele apontou a cabeça na direção de um corredor próximo. — Eu te levo ao solário.

Ele começou a andar e eu precisei correr para acompanhá-lo.

— Jameson te contou das charadas semanais do velho? — Nash perguntou enquanto andávamos.

— Sim — eu disse. — Contou.

— Às vezes, no começo do jogo, o velho apresentava uma coleção de objetos. Um anzol, uma etiqueta, uma bailarina de vidro, uma faca. — Ele sacudiu a cabeça, recordando. — E, quando o quebra-cabeça tinha sido resolvido, pode apostar que não era nada bom para a gente se não tivéssemos usado todos os objetos. — Ele sorriu, mas não com os olhos. — Eu era muito mais velho. Eu tinha uma vantagem. Jamie e Gray se juntavam contra mim e então viravam um contra o outro no fim.

— Por que você está me contando isso? — questionei quando o passo dele finalmente diminuiu até que ele parasse. — Por que me contar essas coisas? — Sobre os aniversários, os presentes, as expectativas.

Nash não respondeu imediatamente. Em vez disso, ele apontou com a cabeça para um corredor próximo.

— O solário é a última porta à direita.

— Obrigada.

Eu andei na direção da porta que Nash tinha indicado e, um pouco antes que eu chegasse ao meu destino, ele disse:

— Você pode achar que está jogando o jogo, querida, mas não é assim que Jamie vê as coisas. — A voz de Nash era gentil, exceto pelas palavras. — Nós não somos normais. Esse lugar não é normal e você não é uma jogadora, menina. Você é a bailarina de vidro... ou a faca.

Capítulo 38

O solário era uma sala enorme com um teto de vidro abobadado e paredes também de vidro. Jameson estava parado no meio, banhado de luz e olhando para o domo acima dele. Como quando o conheci, ele estava sem camisa. Também como quando o conheci, ele estava bêbado.

Grayson não parecia estar em lugar nenhum.

— Qual é a ocasião? — perguntei, apontando com a cabeça para a garrafa de uísque.

— Westbrook, Davenport, Winchester, Blackwood — Jameson pronunciou os nomes, um por um. — Me diga, Herdeira, o que você acha disso?

— São todos sobrenomes — eu disse, com receio. Fiz uma pausa, e então pensei: *Por que raios não?* — Os pais de vocês?

— Skye não fala dos nossos pais — Jameson respondeu, sua voz um pouco áspera. — Se depender dela, é uma situação tipo Athena e Zeus. Nós somos dela e apenas dela.

Eu mordi o lábio.

— Ela me disse que teve quatro adoráveis conversas...

— Com quatro homens adoráveis — Jameson completou. — Mas adoráveis o suficiente pra revê-los? Pra nos contar alguma coisa sobre eles?

A voz dele endureceu.

— Ela nunca nem respondeu perguntas sobre nossos malditos nomes do meio, e *esse* — ele pegou o uísque do chão e deu um gole — é o motivo pra eu estar bebendo. — Ele apoiou a garrafa de volta e fechou os olhos, deixando o sol bater em seu rosto e em seus braços abertos por um momento mais longo. Pela segunda vez, eu notei a cicatriz que descia pelo seu torso.

Notei cada respiração dele.

— Vamos? — Ele abriu os olhos. Seus braços baixaram.

— Vamos pra onde? — perguntei, tão fisicamente consciente da presença dele que quase doía.

— Vamos lá, Herdeira — Jameson disse, dando um passo na minha direção. — Você é melhor que isso.

Eu engoli em seco e respondi minha própria pergunta.

— Nós vamos visitar a sua mãe.

Ele me guiou pelo armário de casacos do hall. Dessa vez, eu prestei atenção na sequência de painéis na parede que abria a porta. Seguindo Jameson até o fundo do armário, abrindo caminho pelos casacos pendurados ali, eu desejei que meus olhos se ajustassem ao escuro para que eu pudesse ver o que ele faria em seguida.

Ele tocou algo. *Puxou?* Eu não conseguia identificar o quê. Logo em seguida, eu ouvi o som de engrenagens girando e a parede no fundo do armário deslizou para o lado. Se o armário estava escuro, o que estava além dele era mais ainda.

— Pise onde eu pisar, Garota Misteriosa. E cuidado com a cabeça.

Jameson usou o celular para iluminar o caminho. Eu tive a forte sensação de que isso era por minha causa. Ele conhecia as voltas e caminhos desses corredores secretos. Nós caminhamos em silêncio por uns cinco minutos antes de ele parar e espiar pelo que eu só podia presumir que fosse um olho mágico.

— Tudo liberado. — Jameson não especificou liberado de quem. — Você confia em mim?

Eu estava parada em uma passagem secreta iluminada por um celular, perto o suficiente dele para sentir o calor do seu corpo.

— De jeito nenhum.

— Bom. — Ele pegou a minha mão e me puxou mais para perto. — Se segure.

Meus braços se curvaram em volta dele e o chão abaixo de nós começou a se mexer. A parede ao nosso lado estava rodando e nós estávamos rodando com ela, meu corpo pressionado contra o dele. *Jameson Winchester Hawthorne.* O movimento parou e eu dei um passo para trás.

Nós estávamos ali por um motivo – e esse motivo não tinha absolutamente nada a ver com a forma como meu corpo se encaixava no dele.

Eles eram perturbados e perversos antes de você chegar e continuarão assim quando você for embora. Esse lembrete ecoou na minha cabeça quando saímos para um longo corredor com carpete vermelho e molduras douradas nas janelas. Jameson caminhou na direção de uma porta no fim do corredor. Ele ergueu a mão para bater.

Eu o impedi.

— Você não precisa de mim pra fazer isso — eu disse. — Você não precisava de mim pra ver o testamento também. Alisa tinha instruções pra deixar você vê-lo se pedisse.

— Eu preciso de você. — Jameson sabia exatamente o que estava fazendo, a forma como ele me olhava, a curva dos seus lábios. — Eu ainda não sei por que, mas preciso.

O aviso de Nash soou na minha cabeça.

— Eu sou a faca. — Eu engoli em seco. — O anzol, a bailarina de vidro, o que quer que seja.

Isso *quase* pegou Jameson de surpresa.

— Você andou conversando com um dos meus irmãos. — Ele fez uma pausa. — Não foi Grayson. — Os olhos dele se fixaram nos meus. — Xander? — O olhar dele focou os meus lábios para depois voltar a me encarar. — Nash — ele disse, certo dessa vez.

— Ele está errado? — perguntei. Eu pensei nos netos de Tobias Hawthorne indo vê-lo nos seus aniversários. Esperavam que eles fossem extraordinários. Esperavam que eles vencessem na vida. — Eu sou só os meios para um fim, algo que vale a pena manter até que você descubra como eu me encaixo no quebra-cabeça.

— Você *é* o quebra-cabeça, Garota Misteriosa. — Jameson acreditava nisso. — Você pode cair fora — ele me disse —, decidir que consegue viver sem essas respostas, ou pode consegui-las comigo.

Um convite. Um desafio. Então eu disse a mim mesma que estava fazendo isso porque eu precisava saber, não por causa dele.

— Vamos conseguir umas respostas — eu disse.

Quando Jameson bateu na porta, ela se abriu para dentro.

— Mãe? — ele chamou, e então corrigiu o tratamento. — Skye?

A resposta veio como o soar de sinos.

— Aqui dentro, querido.

Aqui, logo ficou claro, era o banheiro da suíte de Skye.

— Você tem um segundo? — Jameson parou bem em frente às portas duplas do banheiro.

— Milhares deles. — Skye pareceu admirar sua resposta. — Milhões. Entre.

Jameson ficou do lado de fora.

— Você está apresentável?

— Eu gosto de pensar que sim — a mãe dele respondeu. — Pelo menos cinquenta por cento do tempo.

Jameson empurrou a porta do banheiro e eu pude contemplar a maior banheira que eu já tinha visto na minha vida. A peça estava sobre uma elevação, e os pés em garra da banheira. – dourados, combinando com as molduras no corredor – chamaram a minha atenção mais do que a mulher que estava na banheira.

— Mãe, você disse que estava apresentável. — Jameson não pareceu surpreso.

— Estou coberta de bolhas — Skye respondeu, aérea. — Não dá pra ficar mais apresentável que isso em uma banheira. Agora, diga o que você quer.

Jameson olhou de volta para mim como quem diz *e você perguntou por que eu precisava do uísque.*

— Eu vou ficar aqui — eu disse, me virando antes que visse algo além de bolhas.

— Ah, não seja pudica, Abigail — Skye criticou de dentro do banheiro. — Somos todos amigos aqui, não somos? Eu tenho uma política de fazer amizade com todo mundo que rouba o que é meu por direito.

Eu nunca tinha visto alguém ser passivo-agressivo nesse nível.

— Se você já terminou de irritar a *Avery* — Jameson interferiu —, eu gostaria de conversar sobre uma coisa.

— Por que você está tão sério, Jamie? — Skye deu um suspiro alto. — Sobre o que você quer conversar?

— Meu nome do meio. Eu já te perguntei antes se eu tenho o nome do meu pai.

Skye ficou quieta por um momento.

— Me passe o champanhe, por favor.

Eu ouvi Jameson se mover no banheiro, eu imagino que pegando o champanhe.

— E então? — ele perguntou.

— Se você fosse uma menina — Skye disse com ares de bardo —, eu teria te dado o meu nome. Skylar, talvez. Ou Skyla. — Ela deu o que eu imaginava ser um gole de champanhe. — Toby tinha o nome do meu pai, você sabe.

A menção ao finado irmão chamou minha atenção. Eu não sabia como ou por que, mas a morte de Toby tinha de alguma forma dado início a tudo isso.

— Meu nome do meio — Jameson a recordou. — De onde você tirou?

— Eu ficarei feliz em responder às suas perguntas, querido. — Skye fez uma pausa. — Assim que você me deixar sozinha um momento com sua adorável amiguinha.

Capítulo 39

Se eu soubesse que ia acabar tendo uma conversa em particular com uma Skye nua e coberta de bolhas, eu provavelmente teria tomado um pouco de uísque também.

— Sentimentos negativos envelhecem. — Skye mudou de posição na banheira, fazendo a água transbordar pelos lados. — Não há muito que se possa fazer com mercúrio retrógrado, mas... — Ela soltou um suspiro alto e teatral. — Eu te perdoo, Avery Grambs.

— Eu não pedi perdão — eu respondi.

Ela continuou como se não tivesse me ouvido.

— Você vai, é claro, continuar a me dar uma modesta quantia como auxílio financeiro.

Eu comecei a me perguntar se essa mulher estava realmente vivendo em outro planeta.

— Por que eu te daria alguma coisa?

Eu esperei uma resposta áspera, mas tudo que eu recebi foi um pequeno e indulgente *hum*, como se *eu* estivesse sendo ridícula aqui.

— Se você não vai responder à pergunta de Jameson — eu disse —, então vou embora.

Ela me deixou chegar à metade do caminho até a porta.

— Você vai me sustentar — ela disse, despreocupada — porque eu sou a mãe deles. E eu vou responder à sua pergunta assim que você responder à minha. Quais são as suas intenções com meu filho?

— Como assim? — Eu me virei para encará-la antes de me lembrar, um segundo tarde demais, por que eu estava tentando *não* olhar para ela.

As bolhas ainda escondiam o que eu não queria ver, mas foi por pouco.

— Você entrou na minha suíte com meu filho sem camisa e sofrendo ao seu lado. Uma mãe se preocupa, e Jameson é especial. Brilhante, como meu pai era. Como Toby era.

— Seu irmão... — eu disse, e de repente eu tinha perdido o interesse em sair dali. — O que aconteceu com ele? — Alisa tinha me dado um resumo, mas poucos detalhes.

— Meu pai arruinou Toby — Skye falou para a borda de sua taça de champanhe. — Mimou demais. Ele seria o herdeiro, você sabe. E, quando ele se foi... bom, ficamos Zara e eu. — A expressão dela se escureceu, mas então ela sorriu. — E então...

— Você teve os meninos — completei. Eu me perguntei então se ela os teve *porque* Toby havia falecido.

— Você sabe por que Jameson era o favorito de papai quando, pela lógica, deveria ter sido o perfeito e dedicado Grayson? — Skye perguntou. — Não era porque meu Jamie é brilhante, ou lindo, ou carismático. Era porque Jameson Winchester Hawthorne é *faminto*. Ele está em busca de algo. Ele está buscando desde o dia em que nasceu. — Ela virou o resto do champanhe em um gole só. — Grayson é tudo que Toby não era, e Jameson é igualzinho a ele.

— Ninguém é igual a Jameson. — Eu não tinha a menor intenção de ter dito essas palavras em voz alta.

— Viu? — Skye me deu um olhar compreensivo, o mesmo que Alisa tinha me dado no meu primeiro dia na Casa Hawthorne. — Você é dele. — Skye fechou os olhos e se reclinou na banheira. — Nós costumávamos perdê-lo quando ele era pequeno, sabe como é. Por horas, às vezes por um dia. Nós tirávamos o olho um segundo e ele desaparecia pelas paredes. E, todas as vezes que o encontrávamos, eu o pegava no colo e o abraçava com força, e sabia, nas profundezas da minha alma, que tudo que ele queria era se perder de novo. — Ela abriu os olhos. — Isso é tudo que você é. — Skye se levantou e pegou um roupão. Eu desviei o olhar enquanto ela o vestia. — Só outra maneira de ele se perder. Era isso que ela era também.

Ela.

— Emily — eu disse em voz alta.

— Ela era uma menina linda — Skye refletiu —, mas podia ter sido feia, e eles a teriam amado da mesma forma. Havia alguma coisa nela.

— Por que você está me contando isso? — perguntei.

— Você não é como Emily — Skye Hawthorne afirmou com ênfase.

Ela se inclinou para pegar a garrafa de champanhe e encheu sua taça. Ela andou na minha direção, descalça e pingando, e a estendeu para mim.

— Eu descobri que bolhas são um remédio pra tudo. — O olhar dela era intenso. — Vamos lá. Beba.

Ela estava falando sério? Eu dei um passo para trás.

— Eu não gosto de champanhe.

— E *eu* — Skye deu um longo gole — não escolhi o nome do meio dos meus filhos. — Ela ergueu a taça como se estivesse brindando a mim, ou à minha derrota.

— Se você não escolheu, então quem foi?

Skye terminou seu champanhe.

— Meu pai.

Capítulo 40

Eu contei a Jameson o que sua mãe havia me contado.

Ele me encarou.

— Então nosso avô escolheu nossos nomes.

Eu conseguia ver as engrenagens na cabeça de Jameson girando, e então... *nada.*

— Ele escolheu nossos nomes — Jameson repetiu, andando de um lado para o outro pelo longo corredor como um animal enjaulado. — Ele os escolheu e os destacou no Testamento Vermelho. — Jameson fez mais uma pausa. — Ele deserdou a família vinte anos atrás e escolheu nossos nomes do meio, exceto o de Nash, pouco tempo depois. Grayson tem dezenove. Eu tenho dezoito. Xan vai fazer dezessete mês que vem.

Eu conseguia *senti-lo* tentando fazer isso fazer sentido. Tentando ver o que estávamos deixando passar.

— O velho estava jogando um longo jogo — Jameson disse, todos os músculos do seu corpo se contraindo. — Um jogo que durou a nossa vida toda.

— Os nomes precisam significar alguma coisa — eu afirmei.

— Pode ser que ele soubesse quem são os nossos pais — Jameson considerou essa possibilidade. — Mesmo que Skye achasse que estava mantendo segredo, não existiam segredos pra ele. — Eu pude sentir pela voz de Jameson que havia algo por trás dessas palavras, algo profundo, doloroso e horrível.

Quais dos seus segredos ele sabia?

— Nós podemos fazer uma busca — eu sugeri, tentando focar na charada, e não nele. — Também podemos pedir a Alisa para contratar um detetive particular para procurar por homens com esses sobrenomes.

— Ou — Jameson contrapôs — você pode me dar umas seis horas pra ficar sóbrio e eu vou lhe mostrar o que eu faço quando estou montando um quebra-cabeça e empaco.

Sete horas depois, Jameson me passou pela passagem secreta da lareira e me levou para a ala mais distante da casa – passando pela cozinha, passando pelo salão principal e para dentro do que se mostrou a maior garagem que eu já tinha visto. Mais parecia um showroom, na verdade. Havia uma dúzia de motocicletas empilhadas em uma estante gigantesca na parede e o dobro de carros estacionados em semicírculo. Jameson foi passando por eles, um por um. Ele parou em frente a um carro que parecia ter saído de uma história de ficção científica.

— O Aston Martin Valkyrie — Jameson disse. — Um hipercarro híbrido que atinge uma velocidade máxima de mais de trezentos quilômetros por hora. — Ele apontou para o fim da fila. — Aqueles três são Bugattis. O Chiron é meu favorito. Quase quinhentos cavalos de força e nada mau na pista.

— Pista — eu repeti. — Tipo *pista de corrida*?

— Eles eram os bebês do meu avô — Jameson disse. — E agora... — Um sorriso se formou lentamente no rosto dele. — Eles são seus.

O sorriso era demoníaco. Era perigoso.

— De jeito nenhum — eu disse a Jameson. — Eu nem posso sair da propriedade sem Oren. E eu não posso dirigir um carro desses!

— Por sorte — Jameson respondeu, caminhando para uma caixa embutida na parede —, eu posso.

Havia uma espécie de quebra-cabeça na caixa, um tipo de cubo mágico prateado com estranhas formas gravadas nos quadrados. Jameson imediatamente começou a girar os quadrados, virando-os e rearranjando-os de um jeito específico. A caixa se abriu. Ele passou os dedos por algumas chaves, e então escolheu uma. — Nada como a velocidade pra sair da própria cabeça e do próprio caminho. — Ele começou a andar na direção do Aston Martin. — Alguns quebra-cabeças fazem mais sentido a trezentos por hora.

— Cabem duas pessoas nessa coisa?

— Ora, Herdeira — Jameson murmurou —, achei que você nunca fosse perguntar.

Jameson dirigiu o carro até uma plataforma que nos baixou para o subsolo da Casa. Nós passamos por um túnel e, quando notei, estávamos saindo por uma saída dos fundos que eu nem sabia que existia.

Jameson não correu. Ele não tirou seus olhos da estrada. Ele só dirigiu em silêncio. Sentada ao lado dele, eu sentia todas as terminações nervosas do meu corpo acordando de ansiedade.

Essa é uma péssima ideia.

Ele deve ter avisado alguém com antecedência porque a pista estava pronta para nós quando chegamos.

— O Martin não é tecnicamente um carro de corrida — Jameson me disse. — Mas tecnicamente ele não estava nem à venda quando foi comprado pelo meu avô.

E tecnicamente eu não deveria ter saído da propriedade. Nós não deveríamos ter pegado o carro. Nós não deveríamos estar ali.

Mas, lá pelos duzentos quilômetros por hora, eu parei de pensar em *devia*.

Adrenalina. Euforia. Medo. Não havia lugar na minha cabeça para mais nada: a velocidade era tudo que importava.

Isso e o garoto ao meu lado.

Eu não queria que ele desacelerasse. Eu não queria que o carro parasse. Pela primeira vez desde a leitura do testamento, eu me sentia *livre*. Sem perguntas. Sem suspeitas. Ninguém me encarando ou não encarando. Nada, exceto aquele momento, o aqui e o agora.

Nada além de Jameson Winchester Hawthorne e eu.

Capítulo 41

Por fim, o carro parou. E, por fim, a realidade caiu nas nossas cabeças. Oren estava lá, junto de uma equipe. *Ops.*

— Você e eu — meu chefe de segurança disse a Jameson no mesmo instante em que saímos do carro — vamos ter uma conversinha.

— Eu já sou grandinha — disse, vendo os reforços que Oren tinha levado consigo. — Se você quiser gritar com alguém, grite comigo.

Oren não gritou. Mas ele me levou pessoalmente de volta ao meu quarto e indicou que nós íamos "conversar" de manhã. Pelo tom de Oren, eu não tinha certeza de que sobreviveria inteira a uma *conversa* com ele.

Demorei para dormir naquela noite, meu cérebro estava uma bagunça de impulsos elétricos que não queriam – não podiam – parar de estalar. Eu ainda não tinha ideia do que pensar sobre os nomes realçados no Testamento Vermelho, se eles eram mesmo uma referência aos pais dos meninos ou se Tobias Hawthorne tinha escolhido os nomes do meio dos netos por uma razão completamente diferente.

Tudo que eu sabia era que Skye estava certa. Jameson tinha *fome. E eu também.* Mas eu também conseguia ouvir Skye dizendo que eu não importava, que eu não era Emily.

Quando eu finalmente adormeci, sonhei com uma garota adolescente. Ela era uma sombra, uma silhueta, um fantasma, uma rainha. E não importava quão rápido eu corresse, por corredores e mais corredores, eu nunca conseguia alcançá-la.

Meu celular tocou antes do amanhecer. Grogue e mal-humorada, eu fui atrás dele com toda a intenção de atirá-lo pela janela do closet, então eu percebi quem estava ligando.

— Max, são cinco e meia da manhã.

— Três e meia pra mim. Onde você conseguiu aquele carro? — Max não parecia nem um pouco sonolenta.

— Em uma sala cheia de carros? — respondi como quem pede desculpas, e então meu cérebro acordou o suficiente para que eu processasse o que a pergunta dela queria dizer. — Como você sabe do carro?

— Foto aérea — Max respondeu. — Tirada de um helicóptero, e o que você quis dizer com *uma sala cheia de carros*? Quão grande é essa sala?

— Eu não sei — eu grunhi e rolei na cama. Claro que os *paparazzi* tinham me pegado com Jameson. Eu nem queria saber o que as revistas de fofoca estavam dizendo.

— Igualmente importante — Max continuou —, você está tendo um romance tórrido com Jameson Hawthorne e eu deveria me preparar pra um casamento na primavera?

— Não... — Eu me sentei na cama. — Não é isso.

— Que mentira do *baralho*.

— Eu preciso morar com essas pessoas por um ano. Eles já têm motivos o suficiente pra me odiar. — Eu não estava pensando em Skye, ou Zara, ou Xander, ou Nash quando disse isso. Eu estava pensando em Grayson. Grayson e seus olhos cinzentos, seus ternos e suas ameaças. — Me envolver com Jameson seria só jogar mais lenha na fogueira.

— E que bela fogueira seria — Max murmurou.

Ela era, sem dúvida alguma, uma má influência.

— Eu não posso — eu reiterei. — E, além disso... teve uma menina. — Eu pensei no meu sonho e me perguntei se Jameson tinha levado Emily para andar de carro, se ela tinha jogado algum dos jogos de Tobias Hawthorne.

— Ela morreu.

— Calma, *baralho*. O que você quer dizer com ela *morreu*? Como?

— Eu não sei.

— Como você pode não saber?

Eu puxei meu cobertor em volta de mim.

— O nome dela era Emily. Você sabe quantas pessoas chamadas Emily existem no mundo?

— Ele ainda pensa nela? — Max perguntou. Ela estava falando de Jameson, mas meu cérebro voltou para o momento em que eu tinha dito o nome de Emily para Grayson. Isso tinha arrebentado com ele. Destruído mesmo.

Eu ouvi uma batida na porta.

— Max, eu preciso desligar.

Oren passou mais de uma hora revisando protocolos de segurança comigo. Ele indicou que ficaria feliz em fazer isso todas as manhãs, logo ao amanhecer, até eu aprender direito.

— Eu entendi — eu disse a ele. — Vou ser uma boa menina.

— Não, não vai. — Ele me olhou feio. — Mas eu vou ser melhor.

Meu segundo dia – e o início da primeira semana completa – na escola particular acabou parecido com a semana anterior. As pessoas se esforçavam para não me encarar. Jameson me evitava. Eu evitava Thea. Eu me perguntei que fofoca Jameson achou que provocaríamos se fossemos vistos juntos, me perguntei se tiveram rumores quando Emily morreu.

Me perguntei *como* ela morreu.

Você não é uma jogadora. O aviso de Nash voltava para mim o tempo todo, toda vez que eu notava Jameson nos corredores. *Você é a bailarina de vidro...*

— Eu ouvi dizer que você gosta de velocidade. — Xander saltou sobre mim de dentro do laboratório de física. Ele claramente estava animado. — Deus abençoe os *paparazzi*, não é? Eu também ouvi falar que você teve uma conversa muito especial com a minha mãe.

Eu não tinha certeza se ele estava buscando informações ou se compadecendo.

— Sua mãe é uma figura e tanto — eu disse.

— Skye é uma mulher complicada — Xander assentiu com um ar sábio. — Mas ela me ensinou a ler tarô e a hidratar minhas cutículas, então quem sou eu pra reclamar?

Não era Skye que os tinha moldado, incentivado, colocado desafios, esperado o impossível. Não era ela que os tinha tornado *mágicos*.

— Todos os seus irmãos receberam a mesma carta do seu avô — eu disse a Xander, examinando sua reação.

— É mesmo?

Apertei meus olhos um pouco.

— Eu sei que você também recebeu.

— Talvez, sim — Xander admitiu alegremente. — Mas, hipoteticamente, se eu tivesse recebido, e se eu, hipoteticamente, estivesse jogando esse jogo e quisesse, só dessa vez, e só hipoteticamente, ganhar... — Ele deu de ombros. — Eu faria tudo do meu jeito.

— O seu jeito envolve robôs e *scones*?

— O que não envolve? — Sorrindo, Xander me puxou para dentro do laboratório. Como tudo na Country Day, ele parecia ter custado um milhão de dólares. Provavelmente mais do que um milhão de dólares, de fato. Mesas de laboratório curvas circulavam a sala. Janelas que iam do chão ao teto tinham substituído três das quatro paredes. Havia algo colorido escrito nas janelas, cálculos em letras diferentes, como se rascunho fosse coisa do passado. Cada mesa do laboratório tinha um grande monitor e um quadro branco digital. E isso sem mencionar o tamanho dos microscópios.

Eu sentia que tinha acabado de entrar na NASA.

Só havia dois lugares vazios. Um era ao lado de Thea. O outro era o mais longe possível de Thea, ao lado da garota que eu tinha visto no arquivo. Seu cabelo vermelho-escuro estava preso em um rabo de cavalo frouxo na nuca. Suas cores eram impressionantes, do tipo que você não conseguia parar de encarar – cabelo vermelho *assim,* pele pálida *desse* jeito –, mas seus olhos estavam voltados para baixo.

Thea me notou e fez um gesto me convidando para sentar ao seu lado. Olhei de volta para a garota ruiva.

— Qual a história dela? — perguntei a Xander. Ninguém estava falando com ela. Ninguém estava olhando para ela. Ela era uma das pessoas mais bonitas que eu já tinha visto e parecia ser invisível.

Uma parede.

— A história dela — Xander suspirou — envolve amor trágico, um namoro falso, corações partidos, tragédias, relações familiares perturbadas, penúria e um herói lendário.

Eu olhei feio para ele.

— Você está falando sério?

— Você já devia saber a essa altura — Xander respondeu, descontraído — que eu não sou o Hawthorne sério.

Ele se sentou na cadeira ao lado de Thea e me deixou seguir até a garota ruiva. Ela se mostrou uma parceira de laboratório decente, quieta, focada e capaz de calcular quase qualquer coisa de cabeça. Durante todo o tempo em que trabalhamos lado a lado, ela não me dirigiu uma única palavra.

— Meu nome é Avery — eu disse quando terminamos e ficou claro que ela não ia se apresentar.

— Rebecca. — A voz dela era suave. — Laughlin. — Ela viu a mudança na minha expressão quando ela disse seu nome e confirmou o que eu estava pensando. — Meus avós trabalham na Casa Hawthorne.

Os avós dela *comandavam* a Casa Hawthorne e nenhum deles parecia muito entusiasmado com a perspectiva de trabalhar para mim. Eu me perguntei se foi por isso que eu ganhei apenas silêncio de Rebecca.

Ela também não falou com nenhuma outra pessoa.

— Alguém já te mostrou como entregar as tarefas pelo tablet? — Rebecca perguntou. A pergunta foi hesitante, como se ela esperasse ser calada. Eu tentei compreender como alguém tão bonita podia ser tão hesitante em relação a alguma coisa.

A todas as coisas.

— Não — eu disse. — Você poderia?

Rebecca me mostrou, enviando seus resultados com alguns cliques na tela. Um momento depois, o tablet dela voltou à tela principal. Ela tinha uma foto como fundo de tela. Nela, Rebecca olhava para o lado enquanto outra garota, com cabelo cor de âmbar, ria diretamente para a câmera. As duas tinham coroas de flores na cabeça e os mesmos olhos.

A outra menina não era mais bonita que Rebecca – provavelmente era até menos –, mas, de alguma forma, era impossível desviar os olhos dela.

— Ela é sua irmã? — perguntei.

— Era. — Rebecca fechou a capa do tablet. — Ela morreu.

Meus ouvidos tiniram e eu soube então exatamente para quem eu estava olhando. Eu senti que, em algum nível, eu sabia desde que coloquei os olhos nela.

— Emily?

Os olhos esmeralda de Rebecca encontraram os meus. Eu entrei em pânico, pensando que eu deveria ter dito outra coisa. *Sinto muito pela sua perda* – algo assim.

Mas Rebecca não pareceu achar minha resposta estranha ou inadequada. Tudo que ela disse, puxando o tablet para o colo foi:

— Ela teria ficado muito interessada em te conhecer.

Capítulo 42

Eu não conseguia tirar o rosto de Emily da minha cabeça, mas eu não tinha visto a foto de perto o suficiente para me lembrar dos detalhes dos traços dele. Os olhos eram verdes. O cabelo era de um loiro arruivado, como se a luz do sol estivesse batendo em um âmbar. Ela usava uma coroa de flores na cabeça, mas não lembro qual era o comprimento do cabelo. Não importa o quanto eu tentasse visualizar seu rosto, a única outra coisa de que conseguia me lembrar era que ela estava rindo e olhava bem de frente para a câmera.

— Avery — Oren avisou do banco da frente. — Chegamos. É aqui.

Aqui era a Fundação Hawthorne. Parecia que tinha se passado uma eternidade desde que Zara tinha se oferecido para me mostrar as coisas. Quando Oren saiu do carro e abriu minha porta, notei que, pela primeira vez, não havia nenhum repórter ou fotógrafo à vista.

Talvez esteja diminuindo, pensei enquanto entrava na recepção da Fundação Hawthorne. As paredes eram pintadas de cinza-claro e dezenas de enormes fotografias em preto e branco estavam penduradas nelas, parecendo suspensas no ar. Centenas de fotos menores cercavam as maiores. *Pessoas*. De todas as partes do mundo, fotografadas em ação e em momentos, de todos os ângulos, todas as perspectivas, diversas em todas as dimensões imagináveis – idade, gênero, raça, cultura. *Pessoas*. Rindo, chorando, rezando, jogando, comendo, dançando, dormindo, varrendo, abraçando – tudo.

Eu pensei na dra. Mac me perguntando por que eu queria viajar. *Esse é o porquê*.

— Srta. Grambs.

Ergui os olhos e vi Grayson. Eu me perguntei há quanto tempo ele estava me observando analisar a sala e o que ele tinha percebido no meu rosto.

— Eu vim me encontrar com Zara — eu disse, me defendendo do inevitável ataque que viria dele.

— Zara não virá. — Grayson caminhou devagar na minha direção. — Ela está convencida de que você precisa de alguma... *orientação*. — Havia algo na forma como ele disse essa palavra que a fez passar por todos os meus mecanismos de defesa e deslizar para dentro da minha pele. — Por algum motivo, minha tia acredita que essa orientação será mais bem recebida se vier de mim.

Ele estava com a mesma aparência do dia em que eu o conheci, até mesmo a cor do terno Armani. Era o mesmo cinza-claro e cristalino dos seus olhos – a mesma cor da sala. De repente, eu me lembrei do livro de arte que eu tinha visto no escritório de Tobias Hawthorne – um livro de fotografias com o nome de Grayson na lombada.

— Você tirou essas fotos? — Eu tomei fôlego, encarando as fotos à minha volta. Era um chute, mas eu costumo ser boa de chute.

— Meu avô acreditava que era preciso ver o mundo pra poder mudá-lo. — Grayson me olhou e então observou ao redor. — Ele sempre disse que eu tinha um bom olho.

Invista. Crie. Cultive. Lembrei do resumo que Nash fez da infância deles e me perguntei quantos anos Grayson tinha quando segurou uma câmera pela primeira vez, quantos anos tinha quando começou a viajar o mundo, a vê-lo e a capturá--lo em fotos.

Eu nunca diria que ele era o irmão-artista.

Fiz uma careta, irritada por estar sendo forçada a pensar sobre ele:

— Sua tia não deve ter notado que você está sempre me ameaçando. E aposto que ela também não sabia sobre a investigação a respeito da minha mãe. Caso contrário, ela jamais teria chegado à conclusão de que eu preferiria trabalhar com *você*.

Os lábios de Grayson se contraíram.

— Zara não costuma deixar nada passar. E, quanto à investigação... — Ele sumiu atrás do balcão da recepção e reapareceu com duas pastas.

Olhei feio para Grayson, e ele arqueou uma sobrancelha.

— Você prefere que eu esconda os resultados da minha pesquisa sobre você?

Ele ergueu uma pasta e eu a peguei. Ele não tinha o direito de fazer isso, de se intrometer na minha vida e na da minha mãe. Mas, quando olhei para a pasta nas minhas mãos, ouvi a voz da minha mãe, clara como um sino, na minha cabeça: *Eu tenho um segredo...*

Então abri a pasta. Registros de emprego, certificado de óbito, relatório de crédito, nenhum antecedente criminal, uma foto...

Eu apertei os lábios, tentando desesperadamente parar de olhar para a imagem. Ela ainda era jovem na foto e estava comigo no colo.

Eu me forcei a olhar para Grayson, pronta para atacá-lo, mas ele calmamente me entregou a segunda pasta. Eu me perguntei o que ele tinha descoberto sobre mim, se havia alguma coisa na pasta que poderia explicar o que o avô dele tinha visto em mim. Eu a abri.

Dentro havia uma única folha de papel e estava branca.

— Essa é uma lista de tudo que você comprou desde que herdou o dinheiro. As pessoas compraram coisas pra você, mas... — Grayson baixou os olhos e observou a página. — Nada.

— Isso é algo semelhante a um pedido de desculpas? — perguntei. Eu o surpreendi. Eu não estava agindo como uma interesseira.

— Eu não vou me desculpar por ter sido protetor. Essa família já sofreu o suficiente, srta. Grambs. Se eu fosse escolher entre você e qualquer um deles, a minha escolha seria eles, sempre e todas as vezes. No entanto... — Os olhos dele voltaram a me encarar. — Eu posso ter te julgado mal.

Havia intensidade nas palavras e na expressão do rosto dele – como se o garoto que aprendeu a ver o mundo estivesse me *vendo.*

— Você está errado. — Eu fechei a pasta e me virei de costas para ele. — Eu tentei gastar o dinheiro. Uma boa quantia, até. Eu pedi a Alisa pra encontrar uma forma de dá-lo a um amigo meu.

— Que tipo de amigo? — Grayson perguntou. Sua expressão se alterou. — Um namorado?

— Não — respondi. Por que ele se importava se eu tinha um namorado? — Um cara com quem jogo xadrez no parque. Ele mora lá. No parque.

— Um sem-teto? — Grayson estava me olhando de forma diferente agora, como se, em todas as suas viagens, ele nunca tivesse visto algo assim. Assim como eu. Depois de um ou dois segundos, ele saiu do transe. — Minha tia está certa. Você precisa desesperadamente de educação.

Ele começou a andar e eu não tive escolha, exceto segui-lo, mas eu me recusava a ficar atrás dele, como um patinho perseguindo a mãe. Chegamos a uma sala de reuniões e ele abriu a porta para mim. Eu passei rente a ele e mesmo esse microssegundo de contato me fez sentir como se estivesse correndo a trezentos quilômetros por hora.

De jeito nenhum. Era isso que eu teria dito a Max ao telefone. Qual era o meu problema? Grayson tinha passado a maior parte do tempo que nos conhecemos me ameaçando. Me *detestando.*

Ele fechou a porta da sala de reuniões e então se encaminhou até a parede do fundo. Ela estava coberta de mapas: primeiro um mapa-múndi, então cada continente, depois separados por países e, por fim, até estados e cidades.

— Olhe pra eles — ele instruiu, apontando os mapas com a cabeça —, porque é isso que está em jogo aqui. Tudo. Não uma só pessoa. Dar dinheiro a indivíduos faz pouco.

— Faz muito — murmurei — pra essas pessoas.

— Com os recursos que você tem agora, você não pode mais se dar ao luxo de se preocupar com o individual. — Grayson falava como se essa fosse uma lição que tinha sido martelada para dentro dele. *Por quem? Seu avô?* — Você, srta. Grambs, é responsável pelo mundo.

Eu senti essas palavras como se fossem um fósforo aceso, uma fagulha, uma chama.

Grayson ficou de costas para a parede de mapas.

— Eu adiei a faculdade por um ano pra aprender o funcionamento da Fundação. Meu avô me incumbiu de fazer um estudo de formas de doação, querendo melhorar o nosso sistema. Eu deveria fazer uma apresentação nos próximos meses. — Grayson encarou com dureza o mapa que estava pendurado na altura dos seus olhos. — Agora eu imagino que eu tenha de fazer minha apresentação pra você. — Ele parecia estar medindo o ritmo de suas palavras. — A curadoria da Fundação possui sua própria burocracia. Quando você fizer vinte e um anos, será sua, como todo o resto.

Isso o feria, mais do que qualquer um dos termos do testamento. Eu pensei em Skye se referindo a ele como o herdeiro legítimo, embora ela insistisse que Jameson tinha sido o favorito de Tobias Hawthorne. Grayson tinha passado um ano sabático dedicado à Fundação. Suas fotografias estavam penduradas na recepção.

Mas o avô dele me escolheu.

— Eu...

— Não diga que você sente muito. — Grayson encarou a parede por mais um momento, e então se virou para mim. — Não lamente, srta. Grambs. Seja digna do que recebeu.

Ele poderia ter me mandado virar fogo, terra ou ar. Uma pessoa não podia ser digna de bilhões. Não era possível, para ninguém e definitivamente não para mim.

— Como? — perguntei. *Como eu poderia ser digna de qualquer coisa?*

Ele levou um tempo para responder e eu me peguei desejando ser o tipo de garota que sabe preencher silêncios. O tipo com flores no cabelo e que sorri despreocupada.

— Eu não posso te ensinar a *ser* nada, srta. Grambs. Mas, se você quiser, eu posso te ensinar uma forma de pensar.

Afastei a lembrança do rosto de Emily.

— Estou aqui, não estou?

Grayson começou a andar pela sala, passando por cada um dos mapas.

— A *sensação* de doar pra alguém que você conhece em vez de um estranho pode ser melhor, ou de doar pra uma organização cuja história te faz chorar, mas isso é seu cérebro te enganando. A moralidade de uma ação depende, em última instância, do seu resultado.

Havia uma intensidade na forma como ele falava, como ele se movia. Eu não teria conseguido desviar os olhos ou parar de ouvir, mesmo que tentasse.

— Nós não devemos doar porque nos sentimos de determinada forma — Grayson me disse. — Nós devemos dirigir nossos recursos pra onde uma análise objetiva diz que poderemos gerar o maior impacto.

Ele provavelmente achou que o que estava dizendo era demais para mim, mas, no momento em que ele disse *análise objetiva,* eu sorri.

— Você está falando com uma futura estudante de Ciências Atuariais, Hawthorne. Mostre seus gráficos.

Quando Grayson terminou, minha cabeça estava girando com todos os números e projeções. Consegui ver exatamente como a mente dele funcionava – e era perturbadoramente parecida com a minha.

— Entendo porque uma abordagem frouxa não funcionaria — eu disse. — Problemas grandes exigem grandes ideias e grandes intervenções…

— Intervenções amplas — Grayson corrigiu. — Estratégicas.

— Mas também precisamos espalhar nosso risco.

— Com uma análise de custo-benefício empiricamente orientada.

Todo mundo tem coisas que lhe são inexplicavelmente atraentes. Pelo jeito, para mim, caras de terno e olhos cinzentos usando a palavra *empiricamente* e presumindo que eu saiba o que eles querem dizer são irresistíveis.

Tire sua mente do esgoto, Avery. Grayson Hawthorne não é para o seu bico.

O telefone dele tocou e ele olhou para a tela.

— Nash — ele me informou.

— Vá em frente — eu disse a ele. — Atenda. — A essa altura, eu precisava de uma pausa dele, mas também *disso*. Matemática eu entendia. Projeções, eu conseguia compreender. Mas isso?

Isso era real. Isso era poder. *Cem milhões de dólares por ano.*

Grayson atendeu o telefone e saiu. Circulei pela sala, olhando os mapas nas paredes e memorizando os nomes de todos os países, todas as cidades, todas as vilas. Eu podia ajudar todos eles – ou nenhum. Havia pessoas que podiam viver ou morrer por minha causa, futuros bons ou ruins que aconteceriam por causa das minhas escolhas.

Que direito eu tinha de fazer isso?

Atordoada, eu parei na frente do último mapa na parede. Diferentemente dos outros, esse tinha sido desenhado à mão. Eu precisei de um momento para notar que o mapa era da Casa Hawthorne e da propriedade em volta. Meus olhos foram primeiro para o Chalé Wayback, uma pequena construção escondida nos fundos da propriedade. Então lembrei que, no testamento, Tobias Hawthorne tinha deixado o Chalé para os Laughlin.

Os avós de Rebecca. De Emily. Fiquei imaginando se as meninas iam visitá-los quando eram pequenas e quanto tempo elas passaram ali e na Casa Hawthorne. *Quantos anos tinha Emily quando conheceu Jameson e Grayson?*

Há quanto tempo ela morreu?

A porta da sala de reuniões se abriu atrás de mim. Foi um alívio perceber que onde eu estava não daria para Grayson ver meu rosto. Eu não queria que ele soubesse que eu estava pensando *nela.* Fingi estar estudando o mapa, a geografia da propriedade, da floresta ao norte chamada Black Wood a um pequeno riacho que corria pela ponta oeste do terreno.

Black Wood. Li o nome mais uma vez e de repente meu sangue estava correndo tão rápido que era ensurdecedor. *Blackwood.* E ali, em letras pequenas, o pequeno corpo de água tinha um nome também. *West Brook.*

Blackwood. Westbrook.

— Avery — Grayson falou quando chegou perto de mim.

— O quê? — falei, incapaz de afastar minha mente do mapa e suas implicações.

— Era o Nash.

— Eu sei — eu disse. Ele tinha falado de quem era o telefonema antes de atender.

Grayson colocou uma mão no meu ombro com delicadeza. Um alarme soou na minha cabeça. Por que ele estava sendo tão gentil?

— O que Nash quer?

— É sua irmã.

Capítulo 43

— **Eu achei que** você tinha falado que ia cuidar de Drake. — Meus dedos se espremiam em volta do celular enquanto eu apertava minha mão livre como se fosse socar alguém. — Por diversão.

Liguei para Alisa no momento em que cheguei ao carro. Grayson tinha me seguido e se sentado no banco de trás, ao meu lado. Eu não tinha tempo ou espaço mental para pensar na presença dele ao meu lado. Oren estava dirigindo. Eu estava puta.

— Eu *cuidei* dele — Alisa me garantiu. — Você e sua irmã têm ordens de restrição. Se Drake tentar entrar em contato ou chegar a menos de trezentos metros de qualquer uma de vocês, por qualquer motivo, ele pode ser preso.

Eu me esforcei para aliviar a força que fazia com minha mão livre, mas continuei segurando o celular com firmeza.

— Então por que ele está nos portões da Casa Hawthorne neste momento?

Drake estava lá. No Texas. Quando Nash ligou, Libby estava em segurança dentro da Casa, mas Drake estava enchendo seu celular com mensagens e ligações, exigindo falar com ela.

— Eu vou cuidar disso, Avery. — Alisa se recuperou quase instantaneamente. — O escritório tem contatos na polícia local que sabem ser discretos.

Naquele momento, ser *discreta* não era minha prioridade. Minha prioridade era Libby.

— Minha irmã sabe sobre a ordem de restrição?

— Ela assinou os papéis. — Essa era uma bela garantia. — Eu vou cuidar de tudo, Avery. Mas fique fora disso. — Ela desligou e eu deixei a mão com o celular cair no meu colo.

— Você consegue dirigir mais rápido?

Libby tinha sua própria equipe de segurança. Drake não teria chance de machucá-la fisicamente.

— Nash está com a sua irmã — Grayson falou pela primeira vez desde que entramos no quarto. — Se esse cavalheiro tentar encostar um dedo nela, eu te garanto que meu irmão terá prazer em remover esse dedo.

Eu não tinha certeza se Grayson estava falando de separar o referido dedo do corpo de Libby ou do de Drake.

— Drake não é um cavalheiro — eu disse a Grayson. — E eu não estou só preocupada com ele ficar violento. — Eu estava preocupada com ele ser doce, preocupada que, em vez de estourar, ele fosse tão gentil e carinhoso que ela começasse a questionar o hematoma desbotado em volta do olho.

— Se isso vai te fazer sentir melhor, eu posso mandar alguém tirar ele da propriedade — Oren ofereceu. — Mas talvez isso cause uma cena para a imprensa.

A imprensa? Meu cérebro começou a funcionar.

— Não havia nenhum *paparazzi* na Fundação. — Eu notei isso quando chegamos. — Eles estão na Casa?

O muro em torno da propriedade conseguia manter a imprensa do lado de fora, mas não havia nada impedindo-os de se congregar, legalmente, em uma via pública.

— Se eu fosse de apostar — Oren comentou —, eu chutaria que Drake ligou pra alguns repórteres pra garantir seu público.

Não havia nada de discreto na cena que nos recebeu quando Oren encostou na entrada, depois de ter passado por uma verdadeira horda de jornalistas. À frente, eu conseguia ver a forma de Drake do lado de fora dos portões de ferro fundido. Havia mais dois outros homens parados ao lado dele. Mesmo a distância, eu conseguia distinguir os uniformes de polícia.

E os *paparazzi* também.

Pelo jeito, os amigos de Alisa não eram muito discretos. Eu rangi os dentes e pensei na forma como Drake culparia Libby se ele fosse filmado sendo arrastado pela polícia.

— Pare o carro — eu disparei.

Oren parou, então se virou de seu banco para me encarar.

— Eu te aconselharia a ficar no veículo.

Isso não era um conselho. Era uma ordem.

Eu peguei a maçaneta da porta.

— Avery! — O tom de Oren me fez congelar. — Se você vai sair, eu vou sair primeiro.

Lembrei da nossa conversinha sobre segurança, então decidi não testar Oren.

Ao meu lado, Grayson soltou o cinto de segurança. Ele tocou meu pulso com suavidade.

— Oren está certo. Você não deveria ir lá fora.

Eu baixei os olhos para olhar a mão dele segurando a minha, e depois de um segundo, ergui os olhos de novo.

— E o que você faria — eu disse —, até onde você iria pra proteger a *sua* família?

Toquei no nervo sensível dele, e ele sabia disso. Ele tirou a mão da minha, devagar o suficiente para eu sentir as pontas de seus dedos roçando os nós dos meus. Com a respiração acelerada, abri a porta do carro e me preparei. Drake era a maior história que a imprensa tinha a respeito da herdeira de Hawthorne porque nós não tínhamos oferecido algo maior. Ainda.

Com o queixo erguido, saí do carro. *Olhem para mim. Eu sou a história aqui.* Andei pela entrada, na direção da rua. Eu estava usando botas de salto e minha saia plissada da Country Day. O blazer do meu uniforme grudou no meu corpo enquanto eu andava. O cabelo novo. A maquiagem. A atitude.

Eu sou a história aqui. A notícia do dia não seria sobre Drake. Os olhos do mundo não estariam sobre ele. Eu os manteria sobre mim.

— Coletiva de imprensa espontânea? — Oren perguntou baixo. — Como seu guarda-costas, eu me sinto obrigado a avisar que Alisa vai te *matar.*

Esse era um problema para a Avery do futuro. Balancei meu cabelo perfeito e o joguei para trás e endireitei os ombros. O rugido dos repórteres gritando meu nome ficava mais alto quanto mais perto eu chegava.

— Avery!

— Avery, olhe pra cá!

— Avery, o que você tem a dizer sobre os rumores que…

— Sorria, Avery!

Fiquei bem na frente deles. Eu tinha a atenção de todos. Ao meu lado, Oren ergueu uma mão e só com isso a multidão ficou em silêncio.

Diga algo, eu preciso dizer algo.

— Eu... hm... — pigarreei. — Essa foi uma grande mudança.

Algumas risadas ao longe. *Eu consigo fazer isso.* No instante em que eu pensei essas palavras, o universo me fez pagar por elas. Uma briga começou atrás de mim, entre Drake e os policiais. Eu vi algumas câmeras começando a sair de mim, vi as lentes tele dando zoom nos portões.

Não só fale. Conte a história. Faça-os escutar.

— Eu sei por que Tobias Hawthorne mudou o testamento — eu disse alto.

A resposta a esse anúncio foi elétrica. Havia um motivo para essa ser a história da década, uma coisa que todo mundo queria saber.

— Eu sei por que ele me escolheu. — Eu os fiz olhar para mim e só para mim. — Eu sou a única que sabe. Eu sei a verdade. — Eu vendi essa mentira com tudo de mim. — E, se vocês publicarem uma palavra que seja sobre esse projeto patético de ser humano que está na entrada, qualquer um de vocês, eu tornarei minha missão de vida garantir que vocês nunca descubram.

Capítulo 44

Eu não processei a magnitude do que eu tinha feito até estar em segurança dentro da Casa Hawthorne. *Eu disse à imprensa que eu tinha as respostas que eles queriam.* Foi a primeira vez que eu falei com eles, a primeira imagem real que qualquer um tinha de mim, e eu havia mentido descaradamente.

Oren estava certo, Alisa ia me matar.

Encontrei Libby na cozinha, cercada de cupcakes. Literalmente, centenas deles. Se ela já assava doces para pedir desculpas em casa, o acesso a uma cozinha industrial com fornos triplos a havia tornado incontrolável.

— Libby? — Eu me aproximei com cuidado.

— Você acha que agora eu deveria fazer red velvet ou caramelo com flor de sal? — Libby estava segurando um saco de confeiteiro com as duas mãos. Seu cabelo azul tinha escapado do rabo de cavalo e estava grudado em seu rosto. Ela não me olhava nos olhos.

— Ela está aqui há horas — Nash me disse. Ele estava reclinado contra uma geladeira de aço inoxidável com os polegares apoiados nos passadores dos jeans gastos. — O celular dela está tocando há pelo menos o mesmo tanto de tempo.

— Não fale de mim como se eu não estivesse aqui. — Libby ergueu os olhos dos cupcakes que estava confeitando e olhou para Nash com reprovação.

— Sim, senhora. — Nash deu um sorriso largo e sensual. Eu me perguntei há quanto tempo ele estava ali com ela e *por que* ele estava ali.

— Drake já foi — eu disse a Libby, esperando que com isso Nash entendesse que não era mais necessário. — Já cuidei disso.

— Eu que deveria cuidar de você. — Libby tirou o cabelo do rosto. — Pare de me olhar assim, Avery. Eu não vou morrer.

— Claro que não, querida — Nash disse de seu lugar inclinado contra a geladeira.

— Você... — Libby olhou para ele, uma faísca de irritação acendendo seus olhos. — Você, cala a boca.

Eu nunca tinha ouvido Libby mandar alguém calar a boca na vida, mas pelo menos ela não soava frágil ou ferida ou correndo o risco de mandar mensagem para Drake. Eu pensei em Alisa dizendo que Nash Hawthorne tinha um complexo de salvador.

— Calando a boca. — Nash pegou um cupcake e deu uma mordida como se fosse uma maçã. — Se minha opinião serve pra alguma coisa, eu voto no red velvet.

Libby se virou para mim.

— Então vou fazer de caramelo com flor de sal.

Capítulo 45

Naquela noite, quando Alisa me ligou para fazer seu discurso eu-não-posso-fazer-o-meu-trabalho-se-você-não-deixar, ela não permitiu que eu dissesse uma palavra. Depois de uma despedida tensa, que parecia mais uma retaliação, abri meu computador.

— Será que isso é tão ruim assim? — eu perguntei alto. A resposta estava na primeira página de todos os sites: *é bem ruim, sim.*

HERDEIRA DE HAWTHORNE GUARDA SEGREDOS.

O QUE AVERY GRAMBS SABE?

Eu mal me reconheci nas fotos que os *paparazzi* tinham tirado. A garota nas fotos era bonita e cheia de uma fúria justificada. Ela parecia tão perigosa e arrogante quanto um Hawthorne.

Não me sentia como aquela garota.

Achei que receberia uma mensagem de Max exigindo saber o que estava acontecendo, mas, quando mandei uma mensagem para ela, ela não respondeu. Quando eu estava para fechar o notebook, lembrei de falar para Max que o motivo de eu não ter ideia do que tinha acontecido com Emily era porque *Emily* era um nome muito comum. Eu não tinha conseguido pesquisar por ela antes.

Mas agora eu sabia seu sobrenome.

— Emily Laughlin — eu disse em voz alta.

Então digitei o nome dela no campo de busca e acrescentei *Heights Country Day* para refinar os resultados. Meus dedos flutuaram acima da tecla "enter" por um tempo. Depois de um momento, pressionei a tecla para acionar a busca.

O resultado foi um obituário, e nada mais. Nenhuma notícia. Nenhum artigo sugerindo que uma adorada garota local havia morrido de causa misteriosa. Nenhuma menção a Grayson ou Jameson Hawthorne.

Havia uma foto com o obituário. Na foto, Emily estava sorrindo, em vez de rindo, e meu cérebro absorveu todos os detalhes que eu não havia notado antes. Seu cabelo tinha camadas e ela o usava comprido. As pontas se viravam, mas o resto era liso e sedoso. Seus olhos eram grandes demais para o seu rosto. A forma do seu lábio superior me fez pensar em um coração. Ela tinha uma constelação de sardas.

Toc. Toc. Toc.

Minha cabeça se ergueu com o barulho repentino e fechei o notebook com força. A última coisa que eu queria era que alguém soubesse o que eu tinha acabado de pesquisar.

Toc. Dessa vez eu fiz mais do que só ouvir. Liguei meu abajur, coloquei os pés no chão e andei na direção do barulho. Quando eu cheguei à lareira, eu já tinha uma boa certeza de quem estava do outro lado.

— Você sabe usar portas? — perguntei a Jameson depois de usar o castiçal para abrir a passagem.

Jameson arqueou uma sobrancelha e inclinou a cabeça para o lado.

— Você *quer* que eu use uma porta?

Senti que o que ele estava realmente perguntando era se eu queria que ele fosse normal. Lembrei de quando eu estava sentada ao lado dele em alta velocidade e pensei na parede de escalada – e na mão dele pegando a minha.

— Eu vi sua coletiva de imprensa. — Jameson estava com aquela expressão no rosto de novo, aquela que me fazia sentir que estávamos jogando xadrez e ele tinha acabado de fazer um movimento pensado para ser encarado como um desafio.

— Não foi bem uma coletiva de imprensa, foi mais uma péssima ideia — eu admiti, seca.

— Eu já mencionei — Jameson murmurou, me encarando de uma forma que tinha que ser intencional — que eu amo péssimas ideias?

Quando ele apareceu do nada, eu achei que o tinha invocado ao procurar pelo nome de Emily, mas agora eu estava entendendo o que era essa visita noturna. Jameson Hawthorne estava ali, no meu quarto, de noite. Eu estava de pijama e o corpo dele estava se inclinando na direção do meu.

Nada disso era um acidente.

Você não é uma jogadora, menina. Você é a bailarina de vidro... ou a faca.

— O que você quer, Jameson?

Meu corpo queria ir na direção dele. Minha parte racional queria dar um passo para trás.

— Você mentiu para a imprensa — Jameson disse sem desviar os olhos. Ele não piscou, nem eu. — O que você disse a eles... era *mentira*, não era?

— Claro que era.

Se eu soubesse por que Tobias Hawthorne me deixou sua fortuna, eu não estaria trabalhando com Jameson para tentar descobrir. E não teria perdido o fôlego quando vi o mapa na Fundação.

— Às vezes é difícil entender você — Jameson comentou. — Você não é exatamente um livro aberto. — Ele fixou o olhar em algum lugar próximo dos meus lábios. O rosto dele se moveu na direção do meu.

Nunca perca a cabeça por um Hawthorne.

— Não me toque — pedi, mas, mesmo quando dei um passo para trás, senti alguma coisa, a mesma coisa que eu tinha sentido quando encostei em Grayson na Fundação.

Uma coisa que eu não deveria sentir – por nenhum dos irmãos.

— Nossa aventura da noite passada funcionou — Jameson disse. — Arejar a cabeça me permitiu olhar para o quebra-cabeça com novos olhos. Me pergunte o que eu descobri sobre nossos nomes do meio.

— Não preciso — eu disse a ele. — Eu descobri também. Blackwood, Westbrook, Davenport, Winchester. Não são apenas nomes. São lugares, ou pelo menos os dois primeiros são. A floresta Black Wood, o riacho West Brook. — Eu me foquei no quebra-cabeça, e não no fato de que o quarto estava iluminado apenas por um abajur e que estávamos próximos demais um do outro. — Eu não estou certa quanto aos outros dois, mas...

— Mas... — Os lábios de Jameson se curvaram para cima, mostrando seus dentes. — Você vai descobrir. — Ele levou os lábios até a minha orelha. — *Nós* vamos, Herdeira.

Não existe nós. *Não de verdade. Para você eu sou o meio para um fim.* Eu acreditava nisso. De verdade. Mas, de alguma forma, o que eu acabei dizendo foi:

— Quer dar uma volta?

Capítulo 46

Aquele não era só um passeio e nós dois sabíamos.

— A floresta Black Wood é enorme. Encontrar qualquer coisa ali vai ser impossível se nós não soubermos o que estamos procurando. — Jameson ajustou seu passo, lento e constante, ao meu. — O riacho é mais fácil. Ele corre pelo comprimento da propriedade, mas, se eu conheço meu avô, nós não estamos procurando nada na água. Nós estamos procurando por algo em cima ou embaixo da ponte.

— Que ponte? — perguntei.

Notei um movimento com o canto do olho. *Oren.* Ele ficou nas sombras, mas estava ali.

— A ponte — Jameson respondeu — na qual meu avô pediu minha avó em casamento. É perto do Chalé Wayback. Naquele tempo, era só isso que meu avô possuía. Conforme seu império cresceu, ele comprou as terras em volta. Ele construiu a Casa, mas sempre manteve o Chalé.

— Os Laughlin moram lá agora — eu disse, vendo o chalé no mapa. — Os avós de Emily.

Eu me sentia culpada só de dizer o nome dela, mas isso não me impediu de observar a reação dele. *Ele a amava? Como ela morreu? Por que Thea culpa a família dele?*

A boca de Jameson se contraiu.

— Xander falou que você teve uma conversinha com Rebecca — ele disse, finalmente.

— Ninguém na escola fala com ela — eu murmurei.

— Correção — Jameson respondeu. — Rebecca não fala com ninguém na escola. Isso já faz meses. — Ele ficou quieto por um momento, o som de nossos passos abafando todo o resto. — Rebecca sempre foi a quieta. A responsável. A que os pais esperavam que fizesse boas escolhas.

— Não Emily — eu preenchi.

— Emily... — Jameson soava diferente quando dizia o nome dela. — Emily só queria se divertir. Ela tinha uma doença cardíaca, congênita. Os pais dela eram ridiculamente superprotetores. Quando ela era criança, eles nunca a deixavam fazer nada. Ela fez um transplante quando tinha treze anos e, depois disso, só queria *viver.*

Não sobreviver. Não só aguentar. *Viver.* Eu pensei na forma como ela ria para a câmera, selvagem e livre e um pouco consciente demais, como se, quando a foto foi tirada, ela soubesse para o que todos nós olharíamos mais tarde. Para ela.

Eu pensei na forma como Skye havia descrito Jameson. *Faminto.*

— Você a levou pra andar de carro? — perguntei. Se eu pudesse ter voltado atrás, eu teria voltado, mas a pergunta ficou flutuando no ar entre nós.

— Não tem *nada* que Emily e eu não fizemos. — Jameson falava como se as palavras estivessem sendo arrancadas dele. — Nós éramos iguais — ele disse, e então se corrigiu: — Na verdade, eu pensei que nós éramos iguais.

Lembrei de Grayson dizendo que Jameson buscava sensações. Medo. Dor. Alegria. Quais dessas Emily tinha sido para ele?

— O que aconteceu com ela? — perguntei. A busca na internet não tinha dado respostas. Thea tinha dado a entender que os Hawthorne eram de alguma forma culpados, que Emily tinha morrido *porque* passava muito tempo na Casa Hawthorne. — Ela morava no Chalé?

Jameson ignorou minha segunda pergunta e respondeu a primeira.

— Grayson aconteceu com ela.

Eu sabia, desde o momento em que eu havia mencionado Emily na frente de Grayson, que ela era importante para ele. Mas Jameson parecia deixar claro o fato de que era ele quem estava envolvido com ela. *Não tem* nada *que Emily e eu não fizemos.*

— O que você quer dizer com Grayson "aconteceu" com ela? — Olhei para trás, mas não conseguia mais ver Oren.

— Vamos jogar um jogo — Jameson disse, sombrio, seu passo acelerando um pouco quando chegamos a uma colina. — Eu vou te contar uma verdade e duas mentiras sobre a minha vida e você deve acertar qual é qual.

— Não deveriam ser duas verdades e uma mentira? — perguntei. Talvez eu não tivesse ido a muitas festas na vida, mas eu também não tinha crescido numa caverna.

— Qual é a graça — Jameson devolveu — de jogar com as regras dos outros? — Ele me olhava como se esperasse que eu entendesse isso.

Que eu o entendesse.

— Primeiro fato — ele começou a falar. — Eu sabia o que estava no testamento do meu avô muito antes de você aparecer aqui. Segundo fato: fui eu que mandei Grayson ir te buscar.

Nós chegamos ao topo da colina, e eu pude ver uma construção ao longe. Um chalé e, entre nós e ele, uma ponte.

— Terceiro fato — Jameson disse, imóvel como uma estátua por um segundo. — Eu vi Emily Laughlin morrer.

Capítulo 47

Não joguei o jogo de Jameson. Eu não adivinhei qual das coisas que ele tinha acabado de dizer era verdade, mas era impossível não notar a forma como sua garganta tinha se apertado quando ele disse essas últimas palavras.

Eu vi Emily Laughlin morrer.

Isso não esclarecia o que havia acontecido com ela. Não explicava por que ele disse que Grayson havia *acontecido* com ela.

— Vamos voltar nossa atenção para a ponte, Herdeira? — Jameson não pediu para eu adivinhar qual dos fatos era verdade. Eu não tinha certeza de que ele realmente queria que eu o fizesse.

Tentei prestar atenção no cenário que estava na nossa frente. Era pitoresco. Havia menos árvores bloqueando o luar. Era possível ver a forma como a ponte se arqueava sobre o riacho, mas não a água embaixo dela. A ponte era de madeira, com um corrimão e balaustrada que pareciam ter sido trabalhosamente feitos à mão.

— Foi seu avô que construiu a ponte?

Eu nunca tinha encontrado Tobias Hawthorne, mas eu estava começando a sentir que o conhecia. Ele estava em toda parte – no quebra-cabeça, na Casa, nos meninos.

— Eu não sei se ele a construiu. — Jameson me deu um sorriso de Gato da Alice, seus dentes brilhando sob o luar. — Mas, se nós estivermos certos em relação a tudo isso, ele com certeza construiu algo *nela*.

Jameson era excelente em fingir – fingir que eu nunca tinha perguntado sobre Emily, fingir que ele não tinha acabado de me dizer que a viu morrer.

Fingir que o que acontecia depois da meia-noite permanecia no escuro.

Ele andou pela ponte. Atrás dele, eu fiz o mesmo. Era velha e rangia um pouco, mas era sólida como uma rocha. Quando Jameson chegou ao fim, ele voltou, seus braços esticados para os lados, a ponta dos dedos correndo levemente pelo corrimão.

— Alguma ideia do que estamos procurando? — perguntei a ele.

— Eu vou saber quando encontrar.

Ele poderia ter dito *quando eu encontrar, eu te aviso*. Ele disse que ele e Emily eram iguais, e eu não conseguia afastar a sensação de que ele não esperaria que ela fosse só uma observadora passiva. Ele não a teria tratado como só mais uma parte do jogo, apresentada no início para ser útil no fim.

Eu sou uma pessoa. Eu sou capaz. Eu estou aqui. Eu estou jogando. Peguei meu celular no bolso do casaco e liguei a lanterna. Voltei para a ponte e joguei a luz sobre o corrimão, procurando reentrâncias ou entalhes, alguma coisa assim. Meus olhos seguiram os pregos na madeira, contando-os, medindo mentalmente a distância entre cada um deles.

Quando eu terminei com o corrimão, eu me agachei e inspecionei cada balaústre. Do outro lado, Jameson fez o mesmo. Quase parecia que estávamos dançando, um estranho dueto à meia-noite.

Eu estou aqui.

— Eu vou saber quando encontrar — Jameson disse de novo, com um tom entre um mantra e uma promessa.

— Ou eu que vou — corrigi.

Jameson ergueu os olhos para me olhar.

— Às vezes, Herdeira — ele disse —, você só precisa de um novo ponto de vista.

Ele saltou e, de repente, estava em cima do corrimão. Eu não conseguia ver a água embaixo, mas eu podia ouvi-la. Fora isso, o ar da noite estava silencioso, até que Jameson começou a andar.

Era como observá-lo se equilibrando na varanda de novo.

A ponte não é tão alta. A água provavelmente não é muito funda. Eu virei a lanterna na direção dele e me ergui de minha posição agachada. A ponte rangeu embaixo de mim.

— A gente precisa olhar embaixo — Jameson disse. Ele se segurou na parte externa da balaustrada, se equilibrando na beira da ponte. — Agarre as minhas pernas — ele me disse, mas, antes que eu conseguisse decidir por onde pegá-las ou entender o que ele estava planejando fazer, ele mudou de ideia. — Não. Eu sou grande demais. Você não vai conseguir me segurar. — Em um lampejo, ele já estava do meu lado. — Eu vou ter que segurar você.

Teve muitas primeiras coisas que eu não consegui fazer depois que minha mãe morreu. Primeiros encontros.

Primeiros beijos. Primeiras vezes. Mas essa primeira coisa em particular – ser pendurada para fora de uma ponte por um garoto que tinha *acabado* de confessar que tinha visto sua última namorada morrer – não estava exatamente na minha lista.

Se ela estava com você, por que você disse que Grayson *"aconteceu" com ela?*

— Não deixe seu celular cair — Jameson me disse. — E eu não vou deixar você cair.

As mãos dele estavam firmes nos meus quadris. Eu estava de cabeça para baixo, minhas pernas entre os balaústres, meu torso pendurado para fora da ponte. Se ele soltasse, eu teria problemas.

O Jogo do Pendurado, eu quase conseguia ouvir minha mãe falando.

Jameson ajustou seu peso, servindo como âncora para o meu. *O joelho dele está tocando o meu. As mãos dele estão em mim.* Eu me sentia mais consciente do meu próprio corpo, da minha própria pele, do que em qualquer momento que eu conseguisse lembrar.

Não sinta. Só olhe. Eu iluminei a parte de baixo da ponte. Jameson não soltou.

— Vê alguma coisa?

— Sombras — respondi. — Algumas algas. — Fiz um giro, arqueando minhas costas de leve. O sangue estava indo todo para minha cabeça. — As tábuas de baixo não são as mesmas que as de cima — eu notei. — São pelo menos duas camadas de madeira. — Contei as tábuas. *Vinte e uma.* Precisei de mais alguns segundos para examinar a forma como as tábuas se juntavam na margem. — Tem nada aqui, Jameson. Me puxa de volta.

* * *

Havia vinte e uma tábuas embaixo da ponte e, com base na conta que eu tinha acabado de fazer, vinte e uma na superfície. Tudo somava perfeitamente. Nada estava errado.

Jameson estava andando de um lado para o outro, mas eu pensava melhor ficando parada. Ou eu *pensaria melhor* ficando parada se eu não estivesse observando Jameson andar de um lado para o outro. Ele tinha uma forma de se mover, uma energia inexprimível, uma graça extraordinária.

— Está ficando tarde — eu disse, desviando o olhar.

— Era tarde desde o início — Jameson me disse. — Se você fosse virar uma abóbora, já teria acontecido, Cinderela.

Mais um dia, mais um apelido. Eu não queria procurar entender aquilo – eu não saberia nem por onde começar.

— Temos aula amanhã — argumentei.

— Talvez tenhamos. — Jameson foi até o fim da ponte, se virou e voltou. — Talvez não. Você pode seguir as regras, ou pode fazê-las. Eu sei o que prefiro, Herdeira.

E o que Emily preferia? Eu não conseguia deixar de pensar nisso. Tentei focar o momento, o enigma que tínhamos. A ponte rangeu. Jameson continuou andando. Limpei a mente. A ponte rangeu mais uma vez.

— Espere! — Eu inclinei a cabeça para o lado. — Pare. — Surpreendentemente, Jameson fez o que eu mandei. — Volte. Devagar. — Eu esperei, apurando os meus ouvidos, e então ouvi o rangido de novo.

— É a mesma tábua — Jameson concluiu no mesmo momento que eu. — Toda vez. — Ele se abaixou para ver melhor. Eu me ajoelhei também. A tábua não parecia diferente das outras. Eu passei meus dedos por ela, tentando sentir algo, sem saber o que procurava.

Ao meu lado, Jameson estava fazendo a mesma coisa. Sua mão esbarrou na minha. Tentei não sentir nada e esperei que ele tirasse a mão, mas, em vez disso, seus dedos deslizaram entre os meus, entrelaçando nossas mãos em cima da tábua.

Ele pressionou.

Eu fiz o mesmo.

A tábua rangeu. Eu me inclinei na direção da tábua e Jameson começou a girar nossas mãos, lentamente, de um lado da tábua para o outro.

— Está mexendo. — Meus olhos se ergueram na direção dele. — Bem pouco.

— Um pouco não é suficiente. — Ele afastou sua mão da minha lentamente, seus dedos quentes e leves como uma pluma. — Estamos procurando uma trava, algo que esteja impedindo a tábua de girar por completo.

Por fim, encontramos pequenos nós na madeira onde a tábua se conectava aos balaústres. Jameson pegou o da esquerda. Eu peguei o da direta. Nos movendo ao mesmo tempo, apertamos. Ouvimos um estalo. Quando voltamos ao meio e pressionamos a tábua outra vez, e ela se moveu mais facilmente. Juntos, nós a rodamos até que o fundo da tábua estivesse virado para cima.

Iluminei a madeira com a lanterna do celular. Jameson fez o mesmo com o celular dele. Entalhado na superfície da madeira havia um símbolo.

— Infinito — Jameson disse, passando o polegar pelo entalhe.

Eu inclinei a cabeça para o lado e adotei uma visão mais pragmática.

— Ou um oito.

Capítulo 48

A manhã chegou rápido demais. Não sei como me arrastei para fora da cama e me vesti. Fiquei tentada a pular a parte do cabelo e da maquiagem, mas me lembrei do que Xander tinha falado sobre contar a minha história para que ninguém a contasse por mim.

Depois do que eu tinha aprontado com os jornalistas no dia anterior, eu não podia me dar ao luxo de mostrar fraqueza.

Quando eu terminei de colocar o que eu mentalmente chamava de minha pintura de guerra, ouvi uma batida à porta. Era a empregada que Alisa tinha identificado como "uma das de Nash" com uma bandeja com o café da manhã. A sra. Laughlin não havia mandado uma bandeja dessas desde minha primeira manhã na Casa Hawthorne.

Fiquei imaginando o que eu tinha feito para merecer essa.

— Toda terça-feira nossa equipe faxina a casa de cima a baixo — ela informou depois de apoiar a bandeja. — Se você não se importar, vou começar com seu banheiro.

— Sem problema, só vou pendurar minha toalha — eu disse e ela me olhou como se eu tivesse anunciado minha intenção de fazer yoga pelada bem na frente dela.

— Você pode deixar sua toalha no chão. Nós vamos lavá-la de qualquer forma.

Isso parecia errado.

— Meu nome é Avery — eu me apresentei, embora ela provavelmente já soubesse meu nome. — Qual é o seu nome?

— Mellie — ela não disse nada mais que isso.

— Obrigada, Mellie. — Ela me encarou, sem expressão. — Por sua ajuda. — Eu pensei no fato de Tobias Hawthorne manter estranhos fora da Casa Hawthorne o máximo possível. Mas, ainda assim, havia toda uma equipe de limpeza às terças-feiras. Isso não deveria ser uma surpresa para mim. Deveria ser mais surpreendente que a equipe não faxinasse todo dia. *E, ainda assim...*

Cruzei o corredor até o quarto de Libby porque eu sabia que ela entenderia exatamente quão surreal e desconfortável era tudo isso. Eu bati de leve, caso ela ainda estivesse dormindo, e a porta abriu um pouco, só o suficiente para que eu notasse a poltrona e o pufe – e o homem que estava ali.

As pernas compridas de Nash Hawthorne estavam esticadas sobre o pufe, ainda calçando as botas. Um chapéu de caubói cobria seu rosto. Ele estava dormindo.

No quarto da minha irmã.

Nash Hawthorne estava dormindo no quarto da minha irmã.

Eu fiz um som involuntário e dei um passo para trás. Nash se mexeu e então me viu. Com o chapéu na mão, ele deslizou para fora da poltrona e me encontrou no corredor.

— O que você está fazendo no quarto de Libby? — perguntei a ele. Ele não estava na cama dela, mas ainda assim. Por que o Hawthorne mais velho estava vigiando minha irmã?

— Ela está passando por um momento difícil — Nash disse, como se isso fosse novidade para mim. Como se eu não tivesse lidado com Drake no dia anterior.

— Libby não é um dos seus projetos — eu disse a ele. Eu não tinha ideia de quanto tempo eles tinham passado juntos nos últimos dias. Na cozinha ela pareceu achá-lo irritante. *Libby não fica irritada. Ela é um raio de sol gótico.*

— Meus projetos? — Nash repetiu, apertando os olhos. — O que exatamente Li-Li te disse?

Continuar usando um apelido para falar da minha advogada só me lembrava que eles tinham sido noivos. *Ele é o ex de Alisa. Ele "salvou" Deus sabe quantas pessoas da equipe da Casa. E ele passou a noite no quarto da minha irmã.*

Isso não tinha como acabar bem. Mas, antes que eu pudesse falar qualquer coisa, Mellie saiu do meu quarto. Ela não podia ter terminado o banheiro tão rápido, então ela devia estar escutando. Escutando Nash.

— Bom dia — ele disse a ela.

— Bom dia — ela respondeu com um sorriso. Depois ela olhou para mim, olhou para o quarto de Libby, olhou para a porta aberta, e parou de sorrir.

Capítulo 49

Oren me encontrou no carro com um copo de café. Ele não disse uma palavra sobre minha pequena aventura com Jameson na noite anterior e eu não perguntei quanto ele tinha observado. Quando a porta do carro se abriu, Oren se inclinou na minha direção.

— Não diga que eu não te avisei.

Eu não tinha ideia do que ele estava falando até que eu percebi que Alisa estava sentada no banco da frente.

— Você parece cansada — ela comentou.

Eu entendi *cansada* como *moderadamente menos impulsiva e, portanto, menos propícia a causar um escândalo nos tabloides*. Fiquei pensando como ela teria descrito a cena que eu tinha visto no quarto de Libby.

Isso não é nada bom.

— Espero que você não tenha planos para este fim de semana, Avery — Alisa disse quando Oren deu a partida no carro. — Ou para o próximo. — Nem Jameson nem Xander tinham se juntado a nós, o que queria dizer que eu não teria nenhum alívio e claramente Alisa estava de fato puta da vida comigo.

Minha advogada não pode me colocar de castigo, pode?

— Eu achei que ia conseguir manter você longe dos holofotes por mais tempo — Alisa disse enfaticamente —, mas, já que esse plano foi por água abaixo, você vai a uma festa para arrecadar fundos para o câncer de mama neste sábado à noite e a um jogo no próximo domingo.

— Um jogo? — repeti.

— NFL — ela disse, simplesmente. — Você é a dona do time. Minha esperança é que sua presença em alguns eventos sociais importantes dê assunto suficiente para a indústria da fofoca e assim adie sua primeira entrevista até que você receba algum treinamento.

Eu ainda estava tentando absorver a notícia da NFL quando as palavras *treinamento* colocaram um nó de nervoso na minha garganta.

— Eu preciso...

— Sim — Alisa me disse. — Sim para a festa neste fim de semana, sim para o jogo no próximo, e sim para o treinamento.

Parei de reclamar e não disse mais nenhuma palavra. Eu tinha posto lenha na fogueira – e protegido Libby – sabendo que mais cedo ou mais tarde eu ia me queimar.

Recebi tantos olhares quando cheguei à escola que me peguei pensando se eu tinha sonhado que estive nos últimos dois dias na Heights Country Day. Era isso que eu esperava desde o primeiro dia. E, mais uma vez, Thea foi a primeira a fazer um movimento na minha direção.

— Que coisa você fez — ela disse, em um tom que sugeria que o que eu tinha feito era ao mesmo tempo errado e delicioso. Inexplicavelmente, pensei em Jameson, no momento na ponte em que os dedos dele tinham se entrelaçado nos meus.

— Você realmente sabe por que Tobias Hawthorne te deixou tudo? — Thea perguntou, seus olhos acesos. — A escola toda está falando disso.

— A escola toda pode falar sobre o que quiser.

— Você não gosta muito de mim — Thea notou. — Tudo bem, eu sou uma perfeccionista bissexual hipercompetitiva que gosta de ganhar e tem *essa* aparência. Não é novidade pra mim ser odiada.

Eu revirei os olhos.

— Eu não te odeio. — Eu ainda não a conhecia bem o suficiente para odiá-la.

— Isso é bom — Thea respondeu com um sorriso satisfeito —, porque vamos passar muito mais tempo juntas. Meus pais vão viajar. Eles parecem acreditar que, se eu ficar sozinha, vou fazer alguma besteira, então vou ficar com meu tio e, pelo que entendi, Zara e ele estão morando na Casa Hawthorne. Eu acho que eles ainda não estão prontos pra ceder a casa da família pra uma estranha.

Zara vinha sendo gentil – ou pelo menos *mais* gentil. Mas eu não fazia ideia de que ela tinha se mudado. Enfim, a Casa Hawthorne era tão gigantesca que todo um time de beisebol poderia morar ali e eu não faria ideia.

Até onde sabia, eu podia *ser dona* de um time de beisebol.

— Por que você ia querer ficar na Casa Hawthorne? — perguntei a Thea. Ela que tinha me alertado contra o lugar.

— Ao contrário do que se acredita, eu nem sempre faço o que quero. — Thea jogou seu cabelo escuro por cima do ombro. — Além disso, Emily era minha melhor amiga. Depois de tudo que aconteceu ano passado, quando se trata dos encantos dos irmãos Hawthorne, eu sou imune.

Capítulo 50

Quando eu finalmente consegui falar com Max, ela não estava muito disposta a conversar. Algo estava errado com ela, mas não conseguia perceber o quê. Ela não soltou nenhum palavrão falso quando mencionei Thea se mudando para a casa e cortou nossa conversa sem um único comentário sobre a aparência dos irmãos Hawthorne. Eu perguntei se estava tudo bem. Ela disse que precisava ir.

Xander, por outro lado, estava mais do que disposto a conversar sobre o acontecimento Thea.

— Se Thea está aqui — ele me disse naquela tarde, baixando a voz como se as paredes da Casa Hawthorne tivessem ouvidos —, ela está armando algo.

— Quando você diz *ela*, quer dizer Thea? — perguntei, com firmeza. — Ou sua tia?

Zara tinha me jogado para Grayson na Fundação e agora estava colocando Thea na Casa. Eu reconhecia quando alguém estava montando o tabuleiro, mesmo que eu não conseguisse ver a jogada por baixo.

— Você está certa — Xander disse. — Eu duvido muito que Thea tenha se *voluntariado* a passar um tempo com a nossa família. É possível que ela tenha um desejo ardente de que abutres comam minhas entranhas.

— Você? — perguntei. As questões de Thea com os irmãos Hawthorne pareciam girar em torno de Emily, e isso queria dizer, eu havia presumido, em torno de Jameson e Grayson. — O que você fez?

— É uma história — Xander disse com um suspiro — que envolve amores trágicos, namoro falso, tragédia, penúria… e possivelmente abutres.

Lembrei de quando perguntei a Xander sobre Rebecca Laughlin. Ele não falou nada que indicasse que ela era irmã de Emily e murmurou quase exatamente o que havia acabado de dizer sobre Thea.

Xander não me deixou ruminar por muito tempo. Em vez disso, ele me arrastou para o que declarou ser sua quarta sala favorita na Casa.

— Se você vai bater de frente com Thea — ele disse —, precisa estar preparada.

— Eu não vou bater de frente com ninguém — eu disse com firmeza.

— É adorável que você acredite nisso. — Xander parou onde um corredor encontrava outro. Ele se esticou em todo o seu um metro e oitenta de altura para tocar uma moldura boiserie na parede. Ele deve ter acionado algum tipo de trava porque então puxou a moldura na nossa direção e revelou um espaço atrás dela. Depois enfiou sua mão no espaço e, um momento depois, uma porção da parede se virou na nossa direção como uma porta.

Eu *nunca* ia me acostumar com isso.

— Bem-vinda à… minha toca! — Xander parecia estar pulando de alegria por dizer essas palavras.

Eu entrei na sua "toca" e vi… uma máquina? *Geringonça* talvez fosse um termo mais apropriado. Havia dezenas de engrenagens, polias e correntes, uma série complicada de rampas interligadas, vários baldes, duas esteiras, um estilingue, uma gaiola de pássaro, quatro cata-ventos e pelo menos quatro balões.

— Aquilo é uma bigorna? — perguntei, franzindo a testa e me inclinando para a frente para ver melhor.

— Aquilo — Xander disse, orgulhoso — é uma máquina de Rube Goldberg. Acontece que eu sou três vezes campeão mundial de construir máquinas que realizam coisas simples de formas excessivamente complicadas. — Ele me deu uma bolinha de gude. — Coloque isso no cata-vento.

Foi o que eu fiz. O cata-vento girou, enchendo um balão que empurrou um balde…

Eu observei cada mecanismo disparar o próximo, então olhei para o caçula dos Hawthorne com o canto do olho.

— O que isso tem a ver com a mudança de Thea?

Ele me disse que eu precisava estar preparada e depois me trouxe até aqui. Aquilo era algum tipo de metáfora? Um aviso de que as ações de Zara poderiam parecer complicadas, mesmo quando o objetivo era simples? Uma explicação para a função de Thea?

Xander me deu um olhar enviesado, e então sorriu.

— Quem disse que isso tem alguma coisa a ver com Thea?

Capítulo 51

Naquela noite, em homenagem à visita de Thea, a sra. Laughlin preparou um jantar especial: um rosbife que derretia na boca, acompanhado de um purê de batata com alho orgástico, aspargos assados e brócolis. Para completar, três tipos diferentes de *crème brûlée*.

Eu não conseguia deixar de achar bem revelador que a sra. Laughlin tivesse feito tudo isso para Thea, mas não para mim.

Tentando não parecer mesquinha, eu me sentei para um jantar formal na "sala de jantar", que provavelmente deveria ser chamada de "sala de banquete". A mesa enorme estava posta para onze pessoas. Eu cataloguei os participantes desse pequeno jantar de família: quatro irmãos Hawthorne. Skye. Zara e Constantine. Thea. Libby. Nan. E eu.

— Thea — Zara disse, sua voz agradável até demais —, como vai o hóquei sobre grama?

— Estamos invictas nessa temporada — Thea respondeu e se virou na minha direção. — Você já decidiu qual esporte vai praticar, Avery?

Eu consegui resistir à vontade de desdenhar, mas por pouco.

— Eu não pratico esportes.

— Todo mundo na Country Day pratica um esporte — Xander informou, antes de encher a boca de rosbife e revirar os olhos de prazer enquanto mastigava. — É uma exigência real e verdadeira, não uma invenção da mente deliciosamente vingativa de Thea.

— Xander — Nash disse em tom de advertência.

— Eu disse *deliciosamente* vingativa — Xander respondeu, se fazendo de inocente.

— Se eu fosse um menino — Thea disse a ele com um sorriso malicioso —, as pessoas me chamariam de ambiciosa.

— Thea. — Constantine reprovou, franzindo a testa.

— Certo. — Thea limpou os lábios com o guardanapo. — Nada de feminismo na mesa de jantar.

Dessa vez eu não consegui engolir a risada irônica. *Ponto para Thea.*

— Um brinde — Skye declarou do nada, erguendo sua taça de vinho e enrolando as palavras o suficiente para ficar claro que ela já estava bebendo antes.

— Skye, querida — Nan disse com firmeza —, você já considerou ir se deitar?

— Um brinde — Skye repetiu, taça ainda erguida. — A Avery.

Pela primeira vez, ela tinha acertado meu nome. Eu esperei a guilhotina cair, mas Skye não disse mais nada. Zara ergueu sua taça. Uma a uma, todas as outras taças se ergueram.

Todas as pessoas dessa sala provavelmente tinham entendido a mensagem. Nada de bom sairia de questionar o testamento. Eu podia ser a inimiga, mas eu era também a pessoa com o dinheiro.

É por isso que Zara trouxe Thea para cá? Para se aproximar de mim? É por isso que ela me deixou sozinha com Grayson na Fundação?

— Um brinde a você, Herdeira — Jameson murmurou à minha esquerda. Eu me virei para olhá-lo. Não o via desde a noite anterior. Eu tinha uma boa certeza de que ele havia faltado à aula. Eu me perguntei se ele tinha passado o dia na floresta, procurando a próxima pista. *Sem mim.*

— A Emily — Thea acrescentou subitamente, sua taça ainda erguida, seus olhos em Jameson. — Que ela descanse em paz.

A taça de Jameson caiu. Sua cadeira foi empurrada para trás com força. Ao lado, os dedos de Grayson se apertaram em volta da haste da sua taça, e os nós enbranqueceram.

— *Theodora* — Constantine sussurrou.

Thea deu um gole e adotou a expressão mais inocente do mundo.

— O quê?

Tudo em mim queria seguir Jameson, mas eu esperei alguns minutos antes de pedir licença. Como se isso fosse impedir algum deles de saber exatamente o que eu estava indo fazer.

No hall, eu apertei minha mão contra os painéis da parede, na sequência que deveria revelar a porta do armário de casacos. Eu precisava do meu casaco se ia me aventurar pela floresta Black Wood. Eu tinha certeza de que Jameson tinha ido para lá.

Quando já estava pegando o cabide, uma voz falou atrás de mim.

— Eu não vou perguntar o que Jameson está aprontando. Nem o que você está aprontando.

Eu me virei para Grayson.

— Você não vai me perguntar — repeti, observando a posição do seu queixo e aqueles olhos cinzentos cheios de sagacidade — porque já sabe.

— Eu estava lá na noite passada. Na ponte. — Havia arestas no tom de Grayson, e elas não eram ásperas, mas afiadas. — Hoje de manhã, eu fui ver o Testamento Vermelho.

— Eu ainda estou com o filtro — avisei, tentando não pensar no fato de que ele tinha visto seu irmão e eu na ponte e não parecia feliz com isso.

Grayson deu de ombros, seus braços marcando as linhas do terno.

— Acetato vermelho é algo fácil de arranjar.

Se ele tinha visto o Testamento Vermelho, ele sabia que os nomes do meio deles eram pistas. Eu me perguntei se ele tinha pensado imediatamente nos pais. Eu me perguntei se isso o feria, como feria Jameson.

— Você estava lá noite passada — falei, repetindo o que ele me disse. — Na ponte.

Quanto ele tinha visto? O quanto ele sabia?

O que ele pensou quando Jameson e eu nos tocamos?

— Westbrook. Davenport. Winchester. Blackwood. — Grayson deu um passo na minha direção. — São sobrenomes, mas também são lugares. Eu achei a pista na ponte depois que você e meu irmão foram embora.

Ele tinha nos seguido até ela. Ele encontrou o que nós encontramos.

— O que você quer, Grayson?

— Se você for esperta — ele me avisou suavemente —, deve ficar longe de Jameson. Longe do jogo. — Ele baixou os olhos. — Longe de mim. — Houve um lampejo de emoção em seu rosto, mas ele o escondeu antes que eu conseguisse saber exatamente o que ele estava sentindo. — Thea está certa — ele disse com dureza, se virando de costas para mim, *se afastando de mim.* — Nossa família, nós destruímos tudo que tocamos.

Capítulo 52

Pelo mapa, eu sabia mais ou menos onde ficava a floresta Black Wood. Eu encontrei Jameson nos arredores, assustadoramente quieto, como se ele *não conseguisse* se mover. Sem aviso, ele quebrou a imobilidade e deu um soco furioso em uma árvore próxima, rápido e forte, a casca ferindo sua mão.

Thea mencionou Emily. É isso que a menção ao nome dela faz com ele.

— Jameson!

Eu já estava chegando bem perto dele. Ele se virou e olhou na minha direção e eu parei, tomada pela sensação de que eu não deveria estar ali, que eu não tinha o direito de ver nenhum dos meninos Hawthorne sofrendo desse jeito.

A única coisa que eu consegui pensar em fazer foi tentar reduzir a importância do que eu tinha acabado de ver.

— Quebrou algum dedo ultimamente? — perguntei, despreocupada. *O Jogo de Fingir Que Não Me Importo.*

Jameson estava pronto e disposto a jogar. Ele ergueu a mão, resmungando ao dobrá-la.

— Ainda estão inteiros.

Parei de encará-lo e observei o entorno. A área era tão densamente arborizada que, se as árvores já não tivessem perdido as folhas, nenhuma luz chegaria até o chão da floresta.

— O que você está procurando? — perguntei.

Talvez ele não me considerasse uma parceira de verdade na caçada. Talvez não houvesse mesmo um *nós,* mas ele respondeu:

— Seu faro é tão bom quanto o meu, Herdeira.

Em volta de nós, galhos nus se esticavam para o alto, esqueléticos e retorcidos.

— Você faltou à aula hoje pra fazer *alguma coisa.* Você tem um palpite.

Jameson sorriu como se não conseguisse sentir o sangue se empoçando nas suas mãos.

— Quatro nomes do meio. Quatro lugares. Quatro pistas, entalhes, provavelmente. Símbolos, se a pista na ponte era um infinito; números, se ela era um oito.

Eu me perguntei o que ele tinha feito para arejar a mente entre a noite passada e sua vinda à floresta. *Escalada. Corrida. Salto.*

Desaparecer pelas paredes.

— Você sabe quantas árvores cabem em um hectare e meio, Herdeira? — Jameson perguntou alegremente. — Duzentas, em uma floresta saudável.

— E em Black Wood? — perguntei, dando um passo na direção dele, e depois mais um.

— Pelo menos o dobro disso.

Era como o enigma da biblioteca. Ou o das chaves. Tinha que haver um atalho, um truque que não estávamos vendo.

— Aqui. — Jameson se abaixou e colocou um rolo de fita fluorescente na minha mão, deixando que seus dedos roçassem nos meus ao fazê-lo. — Eu estou marcando as árvores conforme as examino.

Tentei me concentrar nas palavras dele, e não no seu toque. Deu certo, em parte.

— Tem que haver uma forma melhor — eu disse, girando a fita nas minhas mãos enquanto meus olhos encontravam os dele mais uma vez.

Os lábios de Jameson se torceram em um sorriso irônico e descontraído.

— Alguma sugestão, Garota Misteriosa?

Dois dias depois, Jameson e eu ainda estávamos fazendo a coisa do jeito difícil e não tínhamos encontrado nada. Ele estava cada vez mais determinado. Jameson Winchester Hawthorne iria em frente até bater em uma parede. Eu não imaginava o que ele faria para passar dela dessa vez, mas, de vez em quando, eu o pegava me olhando de uma forma que me fazia pensar que ele tinha algumas ideias.

Era assim que ele estava me olhando agora.

— Não somos os únicos procurando a próxima pista — ele disse quando o crepúsculo começou a dar lugar à noite. — Eu vi Grayson com um mapa da floresta.

— Thea está me seguindo — eu disse, pegando um pedaço de fita, totalmente consciente do silêncio à nossa volta. — Eu só consigo me livrar dela quando ela encontra uma oportunidade de importunar Xander.

Jameson passou por mim suavemente e marcou a próxima árvore.

— Thea é rancorosa, e, quando ela e Xander terminaram, foi bem feio.

— Eles namoraram? — Eu passei por Jameson e examinei a próxima árvore, passando meus dedos pela casca. — Thea é praticamente prima de vocês.

— Constantine é o segundo marido de Zara. O casamento é recente e Xander sempre foi fã de ambiguidades.

Nada, nunca, era simples com os irmãos Hawthorne – e isso incluía o que Jameson e eu estávamos fazendo agora. Desde que tínhamos chegado ao centro da floresta, as árvores ficaram mais distantes. À frente eu conseguia ver um grande espaço aberto, o único lugar na floresta Black Wood onde a grama conseguiu crescer.

De costas para Jameson, eu segui para uma nova árvore e comecei a passar a mão pelo tronco. Quase imediatamente, meus dedos encontraram uma reentrância.

— Jameson. — Ainda não estava completamente escuro, mas a luz estava fraca demais para que eu conseguisse ver o que tinha encontrado até Jameson aparecer ao meu lado com uma luz extra. Eu passei meus dedos lentamente pelas letras entalhadas na árvore.

TOBIAS HAWTHORNE II

Diferentemente do primeiro símbolo que encontramos, essas letras não eram uniformes. O entalhe não tinha sido feito com uma mão firme. O nome parecia ter sido gravado por uma criança.

— Os Is no fim são um número romano — Jameson disse, com a voz eletrizada. — Tobias Hawthorne Segundo.

Toby. Então ouvi um *crack.* Um eco ensurdecedor veio em seguida e o mundo explodiu. Casca de árvore se espalhou para todos os lados. Meu corpo foi jogado para trás.

— Abaixa! — Jameson gritou.

Não estava ouvindo direito. Meu cérebro não conseguia processar o que eu estava escutando, nem o que tinha acabado de acontecer. *Estou sangrando.*

Dor.

Jameson me agarrou e me puxou para o chão. Quando eu vi, o corpo dele estava em cima do meu e o som de um segundo tiro ressoou.

Arma. Alguém está atirando em nós. Eu sentia uma dor lancinante no peito. *Eu levei um tiro.*

Ouvi passos cortando a floresta, e então Oren gritou.

— Fiquem no chão! — Com sua arma em punho, meu guarda-costas se colocou entre nós e o atirador. Uma pequena eternidade se passou. Oren saiu correndo na direção de onde os tiros tinham vindo, mas eu sabia, com uma clareza que eu não poderia explicar, que o atirador tinha sumido.

— Você está bem, Avery? — Oren se abaixou. — Jameson, ela está bem?

— Ela está sangrando — Jameson disse. Ele tinha se afastado do meu corpo e estava me olhando de cima.

Meu peito latejava logo embaixo da clavícula, onde eu tinha sido atingida.

— Seu rosto. — O toque de Jameson era leve na minha pele. No momento em que os dedos dele tocaram levemente a minha bochecha, os nervos do meu rosto acordaram. *Dor.*

— Eles me acertaram duas vezes? — perguntei, atordoada.

— Eles não te acertaram. — Oren foi rápido em afastar Jameson e passar suas mãos experientes pelo meu corpo, buscando os danos. — Você foi atingida por lascas de madeira. — Ele cutucou a ferida embaixo da minha clavícula. — O outro corte é só um arranhão, mas a lasca foi fundo nesse. Vamos deixá-la aí até podermos suturar.

Meus ouvidos ressoavam.

— Suturar. — Eu não queria ficar repetindo tudo o que ele estava dizendo, mas era literalmente a única coisa que minha mente conseguia fazer.

— Você teve sorte.— Oren se levantou e foi até a árvore que a bala tinha acertado. — Alguns centímetros para a direita e nós precisaríamos remover uma bala, e não lascas de madeira. — Meu guarda-costas explorou um pouco além de onde a árvore tinha sido atingida, até uma outra árvore atrás de nós. Em um movimento preciso, ele tirou uma faca do cinto e a enfiou na árvore.

Eu precisei de um momento para notar que ele estava tirando a bala que ficou cravada.

— Quem quer que tenha atirado já foi embora faz tempo — ele disse, enrolando a bala no que parecia ser algum tipo de lenço. — Mas talvez nós possamos rastrear isso.

Isso era a bala. Alguém tinha acabado de tentar atirar em nós. *Em mim.* Meu cérebro finalmente estava conseguindo entender. *Eles não tinham mirado em Jameson.*

— O que aconteceu aqui? — Pela primeira vez, Jameson não parecia estar brincando. Parecia que o coração dele estava batendo tão rápido e com tanta força quanto o meu.

— O que aconteceu — Oren respondeu, olhando ao longe — é que alguém viu vocês dois aqui, decidiu que eram alvos fáceis e puxou o gatilho. Duas vezes.

Capítulo 53

Alguém tinha atirado em mim. Eu me sentia... *anestesiada*, mas essa não era a palavra certa. Minha boca estava seca. Meu coração estava batendo rápido demais. Eu sentia dor, mas era como se estivesse sentindo de longe.

Choque.

— Eu preciso de uma equipe no quadrante nordeste. — Oren estava ao telefone. Eu tentei prestar atenção no que ele estava dizendo, mas eu não conseguia me concentrar em nada, nem mesmo no meu braço. — Temos um atirador. Já fugiu, provavelmente, mas vamos varrer o bosque por garantia. Tragam um kit de primeiros socorros.

Assim que desligou, Oren voltou sua atenção para Jameson e eu.

— Venham comigo. Nós vamos ficar onde temos cobertura até a equipe de apoio chegar. — Ele nos levou de volta para o sul da floresta, onde as árvores eram mais densas.

A equipe não precisou de muito tempo para chegar. Chegaram em jipes – dois deles. *Dois homens, dois veículos.* Assim que encostaram, Oren passou as coordenadas: onde estávamos quando atiraram, a direção da qual os tiros vieram e a trajetória das balas.

Os homens não disseram nada em resposta. Apenas puxaram suas armas. Oren montou no jipe de quatro lugares e esperou que Jameson e eu fizéssemos o mesmo.

— Você vai voltar para a Casa? — um dos homens perguntou.

Oren encarou seu subordinado.

— Vamos para o Chalé.

Na metade do caminho para o Chalé Wayback, meu cérebro começou a funcionar de novo. Meu peito doía. Tinham me dado uma compressa para colocar na ferida, mas Oren ainda não havia cuidado dela. Sua prioridade era nos levar para um lugar seguro. *Ele está nos levando para o Chalé Wayback. Não para a Casa Hawthorne.* O chalé ficava mais próximo, mas eu não conseguia afastar a sensação de que o que Oren realmente quis dizer aos seus homens era que ele não confiava nas pessoas da Casa.

E ele me garantiu, inúmeras vezes, que eu estava segura. Que a família Hawthorne não era uma ameaça. Que a propriedade inteira, incluindo a floresta, era murada. E que ninguém podia passar pelo portão sem passar pela segurança.

Oren não acha que estamos lidando com uma ameaça externa. Eu engoli em seco e o peso em meu estômago aumentava conforme eu processava o número limitado de suspeitos. *Os Hawthorne – e os funcionários da Casa.*

Voltar para o Chalé Wayback parecia um risco. Eu não tinha interagido muito com os Laughlin, mas eles nunca tinham me dado a impressão de estarem felizes com a minha presença. *Exatamente quão leais eles são à família Hawthorne?* Eu lembrei de quando Alisa disse que os empregados de Nash.

Eles matariam por ele também?

A sra. Laughlin estava em casa quando chegamos no Wayback. *Não foi ela,* pensei. *Ela não teria conseguido voltar a tempo. Teria?*

A mulher deu uma olhada em Oren, Jameson e eu, e nos colocou para dentro. Se uma pessoa sangrando e sendo suturada em sua mesa da cozinha era uma novidade, ela não demonstrou. Eu não tinha certeza se a calma com que ela estava lidando com isso era reconfortante ou suspeita.

— Vou fazer um chá — ela disse. Com o coração aos pulos, eu me perguntei se era seguro tomar qualquer coisa que ela me desse.

— Tudo bem eu bancar o médico? — Oren perguntou, me colocando em uma cadeira. — Eu tenho certeza de que Alisa pode arranjar um cirurgião plástico sofisticado.

Nada disso era bom. Todo mundo estava tão certo de que eu não seria morta a machadadas que eu tinha baixado a guarda. Esqueci que pessoas foram assassinadas por muito menos dinheiro do que eu tinha herdado. Eu tinha deixado cada um dos irmãos Hawthorne passar pelas minhas defesas.

Não pode ter sido Xander. Eu não conseguia fazer meu corpo se acalmar, não importava o quanto eu tentasse. *Jameson estava comigo. Nash não quer o dinheiro e Grayson não faria...*

Ele não faria.

— Avery? — Oren insistiu com uma nota de preocupação em sua voz grave.

Eu tentei fazer minha mente parar com esses pensamentos. Fisicamente, me sentia enjoada. *Pare de entrar em pânico.* Eu tinha uma lasca de madeira no meu corpo. Eu preferiria *não* ter uma lasca de madeira em mim. *Controle-se.*

— Faça o que for preciso pra estancar o sangue — eu disse a Oren. Minha voz só tremeu um pouco.

Tirar a lasca doeu. O antisséptico doeu bem mais. O kit médico incluía uma dose de anestésico local, mas não havia quantidade de anestésico suficiente para desviar minha consciência da agulha quando Oren começou a costurar minha pele.

Foque isso. Deixe que doa. Depois de um momento, eu tirei os olhos de Oren e segui os movimentos da sra. Laughlin. Antes de me entregar meu chá, ela o misturou, bem, com uísque.

— Pronto. — Oren apontou com a cabeça para minha xícara. — Beba o chá.

Ele tinha me levado ao chalé porque confiava nos Laughlin mais que nos Hawthorne. Ele estava me dizendo que era seguro beber. Mas ele tinha me dito várias outras coisas.

Alguém atirou em mim. Tentaram me matar. Eu poderia estar morta. Minhas mãos tremiam. Oren as firmou. Com olhos cheios de empatia, ele ergueu minha xícara de chá até sua própria boca e deu um gole.

Está tudo bem. Ele está me mostrando que está tudo bem. Sem saber se um dia conseguiria sair do estado de alerta, eu me forcei a beber. O chá estava quente. O uísque era forte.

Ele desceu queimando pela minha garganta.

A sra. Laughlin me deu um olhar quase maternal, e então brigou com Oren.

— O sr. Laughlin vai querer saber o que aconteceu — ela disse, como se ela mesma não estivesse curiosa para saber o que tinha acontecido a ponto de provocar a situação que se passava em sua cozinha. — E alguém precisa limpar o rosto da pobrezinha. — Ela me lançou um olhar compassivo e estalou a língua.

Antes, eu era uma estranha. Agora ela estava cuidando de mim como uma galinha dos ovos. *Só precisei de algumas balas.*

— Onde está o sr. Laughlin? — Oren perguntou em tom causal, mas eu ouvi a pergunta, e o que ela implicava. *Ele não está aqui. Ele atira bem? Ele faria...*

Como se tivesse sido invocado, o sr. Laughlin entrou pela porta da frente e a deixou bater atrás de si. Havia lama nas suas botas.

Da floresta?

— Algo aconteceu — a sra. Laughlin contou calmamente para o marido.

O sr. Laughlin olhou para Oren, Jameson e eu – nessa ordem, a mesma ordem na qual sua esposa tinha registrado nossa presença –, e então se serviu de um copo de uísque.

— Protocolos de segurança? — ele perguntou asperamente para Oren.

Oren assentiu, firme.

— Em todo vigor.

O sr. Laughlin se dirigiu para a esposa.

— Onde está Rebecca? — ele perguntou.

Jameson ergueu os olhos da sua xícara de chá.

— Rebecca está aqui?

— Ela é uma boa menina — o sr. Laughlin resmungou. — Vem visitar, como deveria fazer.

Então onde ela está?

A sra. Laughlin colocou uma mão no meu ombro.

— Há um banheiro bem ali, querida, se você quiser se limpar — ela me disse baixinho.

Capítulo 54

A porta que a sra. Laughlin me indicou não levava diretamente ao banheiro. Ela levava para um quarto com duas camas de solteiro e pouca coisa além disso. As paredes estavam pintadas de lilás e as duas colchas eram feitas com retalhos de tecido em tons de lavanda e violeta.

A porta do banheiro estava ligeiramente aberta.

Caminhei até o banheiro tão dolorosamente consciente do ambiente que eu sentia que poderia escutar um alfinete caindo a um quilômetro de distância. *Não tem ninguém aqui. Eu estou segura. Está tudo bem. Eu estou bem.*

Dentro do banheiro, eu chequei atrás da cortina do chuveiro. *Não tem ninguém aqui,* eu disse mais uma vez. *Eu estou bem.* Consegui tirar o celular do bolso e liguei para Max. Eu precisava que ela atendesse, eu precisava não ficar sozinha com o que tinha acontecido. A ligação caiu na caixa postal.

Eu liguei sete vezes e ela não atendeu.

Talvez ela não pudesse. *Ou talvez ela não quisesse.* Esse pensamento me acertou com tanta força quanto olhar no espelho e ver meu rosto ensanguentado e sujo. Eu encarei a mim mesma.

Eu ainda estava ouvindo o eco dos tiros.

Pare. Eu preciso me lavar – minhas mãos, meu rosto, as manchas de sangue no meu peito. *Abra a torneira,* eu disse a mim mesma com firmeza. *Pegue a toalha.* Eu mandei meu corpo se mover.

Mas ele não se mexia.

Então mãos que não eram as minhas passaram na minha frente e abriram a torneira. Eu poderia ter me assustado. Eu poderia ter entrado em pânico. Mas, de alguma forma, meu corpo relaxou com aquela presença.

— Tudo bem, Herdeira — Jameson murmurou. — Eu estou aqui.

Eu não tinha ouvido Jameson entrar. Eu não sei quanto tempo eu havia ficado ali, paralisada.

Jameson pegou uma toalha de rosto roxo-clara e a colocou sob a água.

— Eu estou bem — eu insisti, tanto para mim mesma quanto para ele.

Jameson aproximou a toalha do meu rosto.

— Você mente muito mal.

Ele passou a toalha pela minha bochecha, descendo até o arranhão. Minha respiração ficou presa na garganta. Ele enxaguou a toalha e sangue e sujeira mancharam a pia, então voltou a passá-la na minha pele.

De novo.

E de novo.

Depois de limpar o meu rosto, ele pegou minhas mãos, envolvendo-as com as mãos dele, e as colocou embaixo da água, e foi tirando a sujeira dos meus dedos com os dele.

Minha pele respondeu àquele toque. Pela primeira vez, nenhuma parte de mim me mandou me afastar. Ele estava sendo tão delicado. Não estava agindo como se isso fosse só um jogo – como se eu fosse só um enigma.

Ele pegou a toalha novamente e a passou pelo meu pescoço e pelos meus ombros, pelas minhas clavículas e atrás delas. A água estava morna. Eu me entreguei àquele toque. *Essa é uma péssima ideia.* Eu sabia disso. Eu sempre soube, mas eu me permiti concentrar no toque de Jameson Hawthorne, na forma como ele estava cuidando de mim.

— Está tudo bem — eu disse e quase consegui acreditar nisso.

— Melhor que bem.

Eu fechei os olhos. Ele estava comigo na floresta. Eu senti seu corpo em cima do meu. Me protegendo. Eu precisava disso. Eu precisava *de algo.*

Abri os olhos e olhei para ele. Me concentrei nele. Lembrei de quando estávamos a trezentos quilômetros por hora, da parede de escalada, do momento em que o vi pela primeira vez na varanda. Procurar sensações era mesmo tão ruim? Querer sentir alguma coisa além do que era *horrível* era realmente tão errado?

Todo mundo está um pouco errado às vezes, Herdeira.

Algo cedeu dentro do mim e eu o empurrei suavemente contra a parede do banheiro. *Eu preciso disso.* Seus olhos verdes profundos encontraram os meus. *Ele precisa também.*

— Sim? — eu perguntei, com a voz embargada.

— Sim, Herdeira.

Meus lábios encostaram nos dele. Então ele me beijou, delicadamente no início e depois com nenhuma delicadeza. Talvez fosse o efeito do choque, mas, quando eu afundei minhas mãos nos cabelos dele e ele agarrou meu rabo de cavalo e puxou meu rosto para cima, eu consegui ver mil versões dele na minha cabeça: *Equilibrado no corrimão da varanda. Sem camisa e iluminado pelo sol no solário. Sorrindo. Desdenhando. Nossas mãos se tocando na ponte. Seu corpo protegendo o meu na floresta. Passando uma toalha no meu pescoço.*

Beijá-lo era como ter um fogo me queimando por dentro. Ele não era suave ou doce, como tinha sido enquanto limpava o sangue e a sujeira. Eu não precisava que ele fosse suave ou doce. *Isso* era exatamente o que eu precisava.

Talvez eu pudesse ser o que ele precisava também. Talvez isso não fosse de fato uma péssima ideia. Talvez as complicações valessem a pena.

Ele parou de me beijar, e deixou seus lábios a um centímetro dos meus.

— Eu sempre soube que você era especial.

Eu sentia sua respiração no meu rosto. Eu senti cada uma dessas palavras. Eu nunca tinha me visto como especial. Eu fui invisível por tanto tempo. *Papel de parede.* Mesmo depois de ter me tornado a maior notícia do mundo, nunca me pareceu que alguém estava prestando atenção em *mim*. No meu eu de verdade.

— Estamos tão perto agora — Jameson murmurou. — Eu sei que estamos. — Havia uma energia na voz dele, como o zumbido de luzes neon. — Alguém obviamente não queria que a gente visse aquela árvore.

O quê?

Ele foi me beijar de novo e, com meu coração apertando, eu virei o rosto para o lado. Eu pensei… eu não sei o que eu pensei. *Que, quando ele me disse que eu era especial, ele não estava falando do dinheiro… ou do quebra-cabeça.*

— Você acha que alguém atirou na gente por causa de uma árvore? — Eu disse, as palavras grudando na minha garganta. — Não foi por causa da fortuna que eu herdei e em que sua família gostaria de pôr as mãos? Não foi por causa dos bilhões de motivos que qualquer um com o sobrenome Hawthorne tem pra me odiar?

— Não pense nisso — Jameson sussurrou, pegando meu rosto com as mãos. — Pense no nome de Toby gravado naquela árvore. O infinito entalhado na ponte. — Seu rosto estava tão perto do meu que eu ainda conseguia sentir sua respiração. — E se o quebra-cabeça estiver tentando nos dizer que meu tio não está morto?

Era *nisso* que ele estava pensando enquanto alguém atirava em nós? Quando estávamos na cozinha e Oren costurava minha ferida? Quando me beijou? Porque, se a única coisa na qual ele conseguiu pensar foi no enigma…

Você não é uma jogadora, menina. Você é a bailarina de vidro… ou a faca.

— Ouve o que você está dizendo — eu exigi. Meu peito estava apertado, mais apertado agora do que tinha estado na floresta, no meio de tudo. Nada na reação de Jameson deveria me surpreender, então por que estava doendo?

Por que eu estava deixando que doesse?

— Oren acabou de tirar uma lasca de madeira do meu peito — eu disse, minha voz baixa —, e, se as coisas tivessem sido um pouco diferentes, ele poderia estar tirando uma bala. — Eu dei a Jameson um segundo para responder, só um. *Nada.* — O que acontece com o dinheiro se eu morrer enquanto o testamento está sendo autenticado? — Alisa tinha me dito que a família Hawthorne não se beneficiaria, mas *eles* sabiam disso? — O que acontece se o atirador me assustar e eu for embora antes de um ano? — Eles sabiam que, se eu fosse embora, o dinheiro todo iria para a caridade? — Nem tudo é um jogo, Jameson.

Eu vi algo brilhar nos olhos dele. Ele os fechou, só por um instante, então abriu e se inclinou para a frente, seus lábios dolorosamente perto dos meus.

— Essa é a questão, Herdeira. Se Emily me ensinou alguma coisa, é que tudo é um jogo. Mesmo isso. *Especialmente* isso.

Capítulo 55

Jameson saiu e eu não fui atrás dele.

Thea está certa, Grayson sussurrou no fundo da minha mente. *Nossa família, nós destruímos tudo que tocamos.* Eu engoli as lágrimas. Eu tinha levado um tiro, me ferido e sido beijada – mas, com certeza, eu não tinha sido destruída.

— Eu sou mais forte que tudo isso.

Virei meu rosto para o espelho e me olhei bem nos olhos. Se fosse para escolher entre ficar assustada, ferida ou puta, eu sabia o que preferia.

Tentei ligar para Max mais uma vez e depois mandei uma mensagem. *Alguém tentou me matar e eu peguei Jameson Hawthorne.*

Se isso não arrancasse uma resposta, nada mais iria.

Voltei para o quarto. Embora eu tivesse me acalmado um pouco, eu ainda procurei ameaças e encontrei uma: Rebecca Laughlin, parada na porta. Seu rosto parecia mais pálido que o normal, seu cabelo mais vermelho que sangue. Ela parecia em choque.

Será porque ela viu Jameson e eu? Ou porque seus avós contaram a ela do atentado? Eu não poderia saber. Ela estava usando botas de trilha pesadas e calça cargo, ambas sujas de lama. Olhando para ela, tudo que eu conseguia pensar era que, se Emily tinha sido pelo menos metade tão bonita quanto a irmã, não me surpreendia que Jameson me olhasse e só pensasse no jogo do avô.

Tudo é um jogo. Mesmo isso. Especialmente *isso.*

— Minha avó me mandou ver como você está. — A voz de Rebecca era baixa e hesitante.

— Eu estou bem — respondi, e quase era verdade. Eu *precisava* estar bem.

— Minha avó disse que atiraram em você. — Rebecca ficou na porta, como se tivesse medo de se aproximar mais.

— Tentaram — eu esclareci.

— Fico feliz — Rebecca disse, e então pareceu constrangida. — Quero dizer, fico feliz que não acertaram. É bom, certo, terem atirado, mas não acertado? — Seus olhos se moveram nervosos de mim para as camas de solteiro, observando as colchas. — Emily te diria pra simplificar e dizer que atiraram em você. — Rebecca parecia mais segura de si mesma me dizendo o que Emily teria dito do que tentando ela mesma pensar em uma resposta apropriada. — Houve uma bala. Você foi ferida. Emily diria que você tinha o direito de fazer um certo drama.

Eu tinha o direito de olhar para todo mundo com suspeita. Eu tinha direito a uma falha de julgamento motivada pela adrenalina. E talvez eu tivesse o direito, só dessa vez, de insistir para ter respostas.

— Você e Emily dividiam esse quarto? — perguntei. Isso ficou óbvio quando eu observei melhor as duas camas.

Quando Rebecca e Emily vinham visitar os avós, elas ficavam aqui. — Roxo era sua cor favorita quando criança ou a dela?

— Dela — Rebecca disse. Ela deu de ombros de leve. — Ela costumava me dizer que minha cor favorita também era roxo.

Na foto delas que eu tinha visto, Emily estava olhando direto para a câmera, bem no meio; Rebecca estava no canto, desviando os olhos.

— Eu sinto que devia te alertar. — Rebecca não estava nem me encarando mais. Ela andou até uma das camas.

— Me alertar sobre o quê? — perguntei, e, em algum lugar no fundo da minha mente, registrei a lama nas botas dela e o fato de que ela estava na propriedade, mas não com os avós, quando atiraram em mim.

Só porque ela não parece uma ameaça, não quer dizer que não seja.

Mas, quando Rebecca começou a falar de novo, não era sobre os tiros.

— Eu devo dizer que minha irmã era maravilhosa. — Ela agiu como se isso não fosse uma mudança de assunto, como se Emily *fosse* sobre o que ela estava me alertando. — E ela era, quando ela queria ser. Seu sorriso era contagioso. Sua risada era mais ainda, e, quando ela dizia que algo era uma boa ideia, as pessoas acreditavam nela. Ela era boa comigo, na maior parte do tempo. — Rebecca encontrou meu olhar, de frente. — Mas ela não era tão boa assim com aqueles meninos.

Meninos – no plural.

— O que ela fez? — perguntei. Eu deveria estar mais focada em quem atirou em mim, mas parte de mim não conseguia ignorar a forma como Jameson tinha mencionado Emily um pouco antes de se afastar de mim.

— Em não gostava de escolher. — Rebecca parecia estar pesando as palavras com cuidado. — Ela queria *tudo* mais do que eu queria qualquer coisa. E na única vez que eu quis algo… — Ela sacudiu a cabeça e interrompeu a frase. — Meu trabalho era manter minha irmã feliz. Era algo que meus pais costumavam me dizer quando éramos pequenas, que Emily estava doente, e eu não, então eu deveria fazer o que fosse possível pra ela sorrir.

— E os meninos? — perguntei.

— Eles a faziam sorrir.

Eu li as entrelinhas do que Rebecca estava dizendo, do que ela vinha dizendo. *Em não gostava de escolher.*

— Ela namorou os dois? — Tentei entender. — Eles sabiam?

— Não de início — Rebecca sussurrou, como se parte dela achasse que Emily poderia nos ouvir conversando.

— O que aconteceu quando Grayson e Jameson descobriram que ela estava namorando os dois?

— Você só está perguntando isso porque não conhecia Emily — Rebecca disse. — Ela não queria escolher e nenhum dos dois queria perder a namorada. Ela transformou a coisa em uma competição. Um pequeno jogo.

E então ela morreu.

— Como Emily morreu? — eu perguntei, porque talvez nunca mais tivesse uma abertura como essa, nem com Rebecca, nem com os meninos.

Rebecca estava me olhando, mas eu tive a sensação de que ela não estava me vendo. Que ela estava em outro lugar.

— Grayson me disse que foi o coração dela — ela sussurrou.

Grayson. Eu não conseguia pensar em nada além disso. Foi só quando Rebecca saiu do quarto que eu percebi que ela não tinha me falado sobre o que exatamente *deveria* me alertar.

Capítulo 56

Só depois de mais três horas que Oren e sua equipe me liberaram para voltar para a Casa Hawthorne. Eu fui em um dos jipes com *três* guarda-costas.

Oren foi o único que falou.

— Em parte por causa da extensa rede de câmeras de segurança da Casa Hawthorne, minha equipe conseguiu rastrear e verificar a localização e os álibis de todos os membros da família Hawthorne, além da srta. Thea Calligaris.

Eles têm álibis. Grayson tem um álibi. Eu senti uma onda de alívio, mas, um momento depois, meu peito se apertou.

— E Constantine? — perguntei. — Tecnicamente, ele não é um Hawthorne.

— Limpo — Oren respondeu. — Ele pessoalmente não empunhou aquela arma.

Pessoalmente. Ler as entrelinhas me abalou.

— Mas ele pode ter contratado alguém?

Qualquer um deles pode ter contratado alguém. As palavras de Grayson, dizendo que sempre haveria pessoas se matando para fazer favores para sua família, voltaram à minha mente.

— Eu conheço um investigador forense — Oren respondeu. — Ele trabalha com um hacker igualmente qualificado. Eles vão investigar as finanças e os registros telefônicos de todo mundo. Enquanto isso, minha equipe vai focar os funcionários.

Eu engoli em seco. Eu nem tinha conhecido a maior parte dos funcionários. Eu não sabia exatamente quantos eram, ou quem poderia ter tido a oportunidade, ou o motivo.

— Todos os funcionários? — perguntei. — Incluindo os Laughlin? — Eles tinham sido gentis comigo quando eu voltei para a sala, mas, naquele momento, eu não podia me dar ao luxo de confiar nos meus instintos ou nos de Oren.

— Limpos — Oren respondeu. — O sr. Laughlin estava na Casa durante o atentado e as câmeras de segurança confirmam isso. A sra. Laughlin estava no Chalé.

— E Rebecca? — perguntei. Ela tinha ido embora da propriedade logo depois de falar comigo.

Eu conseguia ver que Oren queria dizer que Rebecca não era uma ameaça, mas ele não fez isso.

— Vamos verificar tudo — ele prometeu. — Mas eu sei que as meninas Laughlin nunca aprenderam a atirar. O sr. Laughlin não podia nem ter uma arma no Chalé quando elas estavam lá.

— Quem mais estava na propriedade hoje? — perguntei.

— Manutenção da piscina, um técnico de som fazendo algumas atualizações no teatro, uma massagista e uma pessoa da limpeza.

Eu guardei essa lista na memória, então minha boca ficou seca.

— Quem da limpeza?

— Melissa Vincent.

O nome não me disse nada, mas então lembrei.

— Mellie?

Oren apertou os olhos.

— Você a conhece?

Eu pensei no momento em que ela tinha visto Nash em frente ao quarto de Libby.

— Algo que eu deveria saber? — Oren perguntou, sem ser realmente uma pergunta. Eu contei a ele o que Alisa tinha dito sobre Mellie e Nash, o que eu tinha visto no quarto de Libby, o que *Mellie* tinha visto. E então nós chegamos à Casa Hawthorne e eu vi Alisa.

— Ela é a única pessoa que eu liberei — Oren me garantiu. — Francamente, ela é a única que eu pretendo liberar no futuro próximo.

Eu provavelmente deveria ter achado isso mais tranquilizador do que de fato achei.

— Como ela está? — Alisa perguntou a Oren assim que saímos do jipe.

— Puta da vida — eu respondi, antes que Oren respondesse por mim. — Dolorida. Um pouco aterrorizada. — Vê-la, e ver Oren ao lado dela, rompeu a represa e uma torrente de acusações saiu de mim. — Vocês dois me disseram que eu ficaria bem! Vocês juraram que eu não estava em perigo. Vocês agiram como se eu estivesse sendo ridícula quando mencionei assassinato.

— Tecnicamente — minha advogada respondeu —, você especificou ser assassinada com um *machado*. E, tecnicamente — ela seguiu explicando, rangendo os dentes —, é possível que tenha havido uma negligência, legalmente falando.

— Que tipo de negligência? Você me disse que, se eu morresse, os Hawthorne não ganhariam um centavo.

— E eu mantenho essa afirmação — Alisa disse enfaticamente. — Contudo... — Ela claramente achava qualquer admissão de erro pouco agradável. — Eu também lhe disse que, se você morresse enquanto o testamento estivesse sendo autenticado, sua herança passaria para seu espólio. E normalmente é assim.

— Normalmente... — eu repeti. Se eu tinha aprendido uma coisa na última semana era que não havia nada de *normal* sobre Tobias Hawthorne ou seus herdeiros.

— Contudo — Alisa continuou, sua voz tensa —, no estado do Texas, é possível que o falecido acrescente uma cláusula no testamento que exige que os herdeiros sobrevivam determinado intervalo de tempo depois de sua morte para poderem herdar.

Eu li o testamento várias vezes.

— Eu tenho certeza de que me lembraria se houvesse algo no testamento dizendo quanto tempo eu deveria evitar *morrer* pra herdar. A única condição...

— Era que você deveria viver na Casa Hawthorne por um ano — Alisa completou. — O que, devemos admitir, seria uma condição difícil de cumprir se você estivesse morta.

Essa foi a negligência dela? O fato de que eu não poderia *viver* na Casa Hawthorne se eu *não estivesse viva*?

— Então, se eu morrer... — Eu engoli em seco, e então lubrifiquei a garganta. — O dinheiro vai para a caridade?

— Possivelmente. Mas também é possível que *seus* herdeiros questionem essa interpretação com base na intenção do sr. Hawthorne.

— Eu não tenho herdeiros — eu disse. — Eu nem tenho um testamento.

— Você não precisa de um testamento para ter herdeiros. — Alisa olhou para Oren. — A irmã dela está limpa?

— *Libby?* — Eu estava incrédula. Eles tinham *conhecido* a minha irmã?

— A irmã está limpa — Oren disse a Alisa. — Ela estava com Nash no horário do ocorrido.

Se ele tivesse explodido uma bomba, o efeito teria sido o mesmo de dizer *isso.*

Por fim, Alisa recuperou a compostura e se virou para mim:

— Legalmente, você não pode assinar um testamento antes de completar dezoito anos. O mesmo acontece com a burocracia que tem a ver com a curadoria da Fundação. E *essa* foi a outra negligência. Originalmente, eu estava focada apenas no testamento, mas, se você for incapaz ou não estiver disposta a cumprir seu papel como curadora, a curadoria passa — ela fez uma pausa pesada — para os meninos.

Se eu morresse, a Fundação – todo o dinheiro, todo o poder, todo o potencial – iria para os netos de Tobias Hawthorne. Cem milhões de dólares por ano para serem doados. Você podia comprar muitos favores com um dinheiro desses.

— Quem conhece bem os termos da Fundação? — Oren perguntou, completamente sério.

— Zara e Constantine, certamente — Alisa disse imediatamente.

— Grayson — eu acrescentei, com a voz embargada, minhas feridas latejando. Eu o conhecia bem o suficiente para saber que ele teria exigido ver ele mesmo os papéis da curadoria. *Ele não me machucaria.* Eu queria acreditar nisso. *Tudo que ele faz é me alertar.*

— Quando você consegue ter documentos que deixem o controle da Fundação para a irmã de Avery caso ela morra? — Oren perguntou. Se a questão era o controle da Fundação, isso me protegeria, mas colocaria Libby em perigo também.

— Alguém vai me perguntar o que eu quero fazer? — perguntei.

— Consigo ter esses documentos amanhã — Alisa disse a Oren, me ignorando. — Mas Avery legalmente não pode assiná-los até ter dezoito anos, e, mesmo assim, não está claro se ela estaria autorizada a tomar esse tipo de decisão antes de assumir o controle completo da Fundação quando completar vinte e um anos. Até lá…

Eu tinha um alvo na testa.

— O que seria necessário pra evocar a cláusula de segurança no testamento? — Oren mudou de tática. — *Existem* circunstâncias nas quais Avery poderia expulsar os Hawthorne da Casa, correto?

— Nós precisaríamos de evidências — Alisa respondeu. — Algo que ligue o indivíduo em questão a atos de assédio, intimidação ou violência, e, mesmo assim, Avery só poderia expulsar o responsável, não a família inteira.

— E ela não pode morar em outro lugar por enquanto?

— Não.

Oren não gostou disso, mas ele não perdeu tempo com comentários desnecessários.

— Você não vai a lugar nenhum sem mim — Oren me disse, sua voz como aço. — Nem na propriedade, nem na Casa. Lugar nenhum, você entendeu? Eu estava sempre perto. Agora eu vou ser uma barreira visível.

Ao meu lado, Alisa olhou com desconfiança para Oren.

— O que você sabe que eu não sei?

Depois de uma pausa, o guarda-costas respondeu:

— Minha equipe checou o arsenal. Nada está faltando. Provavelmente a arma com que atiraram em Avery não era uma arma dos Hawthorne, mas eu pedi para os meus homens as filmagens dos últimos dias de qualquer forma.

Eu estava ocupada demais com o fato de a Casa Hawthorne ter um *arsenal* para processar o restante da resposta.

— Alguém visitou o arsenal? — Alisa perguntou, sua voz quase calma demais.

— Duas pessoas. — Oren parecia querer parar ali, pelo meu bem, mas ele prosseguiu. — Jameson e Grayson. Ambos têm álibis, mas os dois examinaram rifles.

— A Casa Hawthorne tem um *arsenal?* — Foi tudo que eu consegui dizer.

— Estamos no Texas — Oren respondeu. — Toda a família cresceu atirando, e o sr. Hawthorne era um colecionador.

— Um colecionador de *armas* — eu esclareci.

Eu nem era fã de armas de fogo *antes* de quase ter levado um tiro.

— Se tivesse lido o fichário que deixei com você detalhando suas posses — Alisa me cortou —, saberia que o sr. Hawthorne tinha a maior coleção do mundo de armas do século XIX e início do século XX, rifles Winchester, muitos deles valendo mais de quatrocentos mil dólares.

A ideia de que alguém pagaria tanto dinheiro por um rifle era desconcertante, mas eu mal notei o preço porque estava ocupada demais pensando que havia um motivo para Jameson e Grayson terem visitado o arsenal e examinado rifles, um motivo que não tinha nada a ver com atirar em mim.

O nome do meio de Jameson era *Winchester.*

Capítulo 57

Embora já fosse tarde da noite, eu fiz Oren me levar até o arsenal. Enquanto eu o seguia por corredores e mais corredores, tudo que eu conseguia pensar era que uma pessoa poderia se esconder para sempre naquela casa.

E isso sem contar as passagens secretas.

Por fim, Oren parou em um longo corredor.

— É aqui.

Ele se colocou na frente de um espelho dourado e ornamentado. Enquanto eu observava, ele passou sua mão pela lateral da moldura. Eu ouvi um *clique*, e então o espelho se moveu na direção do corredor, como uma porta se abrindo, revelando uma porta de aço.

Oren deu um passo à frente e eu vi uma linha vermelha passar pelo rosto dele.

— Reconhecimento facial — ele informou. — É só uma medida adicional de segurança. A melhor forma de impedir que intrusos abram um cofre é eles nem saberem que ele existe.

Por isso o espelho. Ele empurrou a porta.

— Todo o arsenal é revestido de aço reforçado — ele disse enquanto entrávamos.

Quando eu ouvi a palavra *arsenal*, eu imaginei a cena de um filme, com uma quantidade obscena de cartuchos pretos estilo Rambo pendurados nas paredes. O que eu vi parecia mais um Country Club. As paredes ostentavam armários de uma madeira cor de cereja e uma mesa de entalhe intrincado e tampo de mármore ocupava o centro da sala.

— *Esse* é o arsenal?

Havia um tapete no chão. Um tapete caro e felpudo que poderia estar em uma sala de jantar.

— Não é o que você esperava? — Oren fechou a porta atrás de nós. Ela fez um clique, e então ele fechou outras três trancas rapidamente. — Há salas seguras por toda a casa. Essa é uma delas, e também serve como abrigo contra tornados. Eu vou te mostrar onde ficam as outras, por precaução.

Por precaução, caso alguém tente me matar. Em vez de pensar nisso, eu me concentrei no motivo para ter ido até lá.

— Onde estão os Winchester? — perguntei.

— Há pelo menos trinta rifles Winchester na coleção. — Oren apontou com a cabeça para uma das paredes. — Algum motivo particular pra querer vê-los?

Um dia antes eu talvez tivesse guardado segredo, mas Jameson não tinha me contado que ele tinha procurado, e possivelmente encontrado, a pista que correspondia ao seu próprio nome do meio. Eu não devia isso a ele.

— Eu estou procurando algo — eu disse a Oren. — Uma mensagem de Tobias Hawthorne, uma pista. Um entalhe, provavelmente um número ou símbolo.

O entalhe na árvore em Black Wood não era nenhum dos dois. No meio do beijo, Jameson parecia convencido de que o nome de Toby era a próxima pista – mas eu não estava tão certa. A letra não combinava com o entalhe da ponte. Era irregular e infantil. E se Toby tivesse gravado isso ele mesmo, quando era criança? E se a verdadeira pista ainda estivesse no bosque?

Eu não posso voltar lá. Não enquanto não soubermos quem atirou em mim. Oren podia examinar uma sala e me dizer que era segura. Ele não podia fazer isso com toda uma floresta.

Ignorando a lembrança dos tiros – e de tudo que veio depois –, eu abri um dos armários.

— Alguma ideia de onde seu antigo chefe poderia esconder uma mensagem? — perguntei, focando intensamente as armas. — Em qual arma? Em que parte dela?

— O sr. Hawthorne raramente me contava sobre suas coisas. Nem sempre sabia como a mente dele funcionava, mas eu o respeitava e esse respeito era mútuo. — Oren tirou um pano de uma gaveta e o abriu sobre o tampo de mármore da mesa. Então ele foi até o armário que eu tinha aberto e pegou um dos rifles.

— Nenhum deles está carregado — ele disse, sério. — Mas trate-os como se estivessem. Sempre.

Ele colocou a arma em cima do pano e então passou os dedos pelo cano de leve.

— Esse era um dos favoritos dele. Ele atirava muito bem.

Eu tive a impressão de que havia uma história por trás desse comentário – uma que ele provavelmente nunca me contaria.

Oren deu um passo para trás e eu entendi isso como um sinal para que eu me aproximasse. Tudo em mim queria se afastar do rifle. As balas que tinham sido disparadas contra mim ainda estavam frescas na minha memória. Minhas feridas ainda latejavam, mas eu me forcei a examinar cada parte da arma, procurando por algo, qualquer coisa, que pudesse ser uma pista. Então olhei para Oren e perguntei:

— Onde entram as balas?

Eu encontrei o que estava procurando na quarta arma. Para carregar um rifle Winchester, é preciso puxar uma alavanca no cabo. Embaixo dessa alavanca, na quarta arma que examinei, havia duas letras: *U. M.* A forma como tinham sido gravadas no metal fazia as letras parecerem iniciais, mas eu as li como um número, para combinar com o que tínhamos achado na ponte.

Não o infinito. Mas um oito. E agora: um.

Oito. Um.

Capítulo 58

Oren me escoltou de volta para minha ala. Eu pensei em bater à porta de Libby, mas era tarde, tarde demais, e não é como se eu pudesse aparecer lá e dizer *estão planejando assassinato, durma bem!*

Oren examinou meu quarto e então se posicionou em frente à minha porta, com as pernas abertas na largura dos ombros e as mãos ao lado do corpo. Ele precisava dormir em algum momento, mas, quando a porta se fechou entre nós, eu soube que não seria naquela noite.

Eu peguei meu celular do bolso e o encarei. Nada de Max. Ela era noturna e tinha a vantagem de duas horas de fuso. Com certeza ela não estava dormindo a essa hora. Eu mandei uma DM em todas as suas redes sociais com a mesma mensagem que já tinha mandado antes.

Por favor, responda, eu pensei, desesperada. *Por favor, Max.*

— Nada. — Eu não queria ter falado em voz alta. Tentando não me sentir completamente sozinha, eu fui para o banheiro, coloquei meu celular na bancada e tirei a roupa. Nua, eu me olhei no espelho. Exceto pelo meu rosto e o curativo em cima dos pontos, minha pele parecia intocada. Tirei o curativo. A ferida era vermelha e raivosa, os pontos regulares e pequenos. Eu olhei para eles.

Alguém – com quase toda certeza alguém da família Hawthorne – me queria morta. *Eu poderia estar morta neste momento.* Eu visualizei seus rostos, um por um. Jameson estava comigo quando os tiros foram disparados. Nash disse desde o início que não queria o dinheiro. Xander não tinha sido nada além de receptivo. Mas Grayson…

Se você for esperta, deve ficar longe de Jameson. Longe do jogo. De mim. Ele tinha me avisado. Ele tinha me falado que sua família destruía tudo que tocava. Quando eu perguntei a Rebecca como Emily tinha morrido, não foi o nome de Jameson que ela mencionou.

Grayson me disse que foi o coração dela.

Eu liguei o chuveiro o mais quente que podia e entrei, virando meu peito para longe do jato e deixando que a água quente batesse nas minhas costas. Doeu, mas tudo que eu queria era tirar essa noite de mim. O que tinha acontecido na floresta Black Wood. O que tinha acontecido com Jameson. *Tudo isso.*

Eu desabei. Chorar no chuveiro não contava.

Depois de um minuto ou dois, eu me controlei e desliguei a água, bem a tempo de ouvir meu celular tocando. Molhada e pingando, eu me atirei sobre ele.

— Alô?

— É melhor você não estar mentindo sobre a tentativa de assassinato. Ou o amasso.

Meu corpo amoleceu de alívio.

— Max.

Ela deve ter notado pelo meu tom que eu não estava mentindo.

— Que *torra*, Avery? Que *baralhos* está acontecendo aí?

Eu contei a ela, tudo, cada detalhe, cada momento, tudo que eu estava tentando não sentir.

— Você precisa sair daí. — Pela primeira vez na vida, Max estava completamente séria.

— O quê? — Eu estremeci e peguei uma toalha.

— Alguém tentou te matar — Max disse com uma paciência exagerada —, então você precisa sair da assassinatolândia. Tipo agora.

— Eu não posso ir embora — eu disse. — Eu preciso morar aqui por um ano ou perco tudo.

— Então sua vida volta para o que era uma semana atrás. Isso é tão ruim?

— Sim — eu disse, incrédula. — Eu estava vivendo no meu carro, Max, sem nenhuma garantia de futuro.

— Palavra-chave: *vivendo*.

Eu enrolei a toalha em volta de mim.

— Você está dizendo que abriria mão de bilhões?

— Bom, minha outra sugestão envolve matar preventivamente toda a família Hawthorne, mas eu fiquei com medo de que você achasse isso um eufemismo.

— Max!

— Ei, não fui eu que peguei Jameson Hawthorne.

Eu queria explicar a ela exatamente como eu tinha deixado isso acontecer, mas tudo que saiu da minha boca foi:

— Onde você estava?

— Oi?

— Eu te liguei, logo depois que aconteceu, logo antes da coisa com Jameson. Eu precisava de você, Max.

Houve um silêncio longo e pesado do outro lado da linha.

— Eu estou bem — ela disse. — Tudo aqui está ótimo. Obrigada por perguntar.

— Perguntar o quê?

— *Exatamente*. — Max baixou a voz. — Você sequer notou que eu não estou ligando do meu celular? Estou com o telefone do meu irmão. Eu estou presa. Totalmente presa, por sua causa.

Da última vez que conversamos, eu sabia que algo não estava certo.

— O que você quer dizer por minha causa?

— Você realmente quer saber?

Que tipo de pergunta era essa?

— Claro que sim.

— Porque você não perguntou de mim desde que tudo isso aconteceu. — Ela expirou longamente. — Vamos ser sinceras, Ave, você mal perguntava de mim antes.

Meu estômago apertou.

— Isso não é verdade.

— Sua mãe morreu e você precisava de mim. E, com toda a coisa de Libby e aquele *esgoto do baralho*, você realmente precisava de mim. Aí você herdou bilhões e bilhões de dólares, então, claro, você precisava de mim! E eu estava feliz de te apoiar, Avery, mas você sabe o nome do meu namorado?

Eu revirei minha mente, tentando me lembrar.

— Jared?

— Errado — Max disse depois de um momento. — A resposta certa é que eu não tenho mais um namorado porque peguei *Jaxon* mexendo no meu celular, tentando mandar pra si mesmo *prints* das nossas conversas. Um repórter ofereceu dinheiro por eles. — A pausa dela foi dolorida dessa vez. — Você quer saber quanto?

Meu coração afundou.

— Sinto muito. Max.

— Eu também — Max disse, amarga. — Mas eu lamento especialmente por ter deixado ele tirar fotos minhas. Fotos *íntimas.* Porque, quando eu terminei com ele, ele mandou essas fotos para os meus pais. — Max era como eu. Ela só chorava no chuveiro. Mas a voz dela estava tremendo agora. — Eu nem sequer tenho permissão pra namorar, Avery. O que você acha que aconteceu?

Eu nem conseguia imaginar.

— Do que você precisa? — perguntei a ela.

— Eu preciso da minha vida de volta. — Ela ficou quieta por um momento. — Você sabe qual é a pior parte? Eu nem posso ficar com raiva de você porque *alguém tentou atirar em você.* — A voz dela ficou muito baixa. — E você precisa de mim.

Isso doeu, porque era verdade. Eu precisava dela. Eu sempre tinha precisado dela mais do que ela precisava de mim porque ela era minha amiga, singular, e eu era uma de muitas para ela.

— Me desculpa, Max.

Ela fez um som despreocupado.

— É, bom, da próxima vez que alguém tentar atirar em você, você vai ter que me comprar algo bem legal pra compensar. Tipo a Austrália.

— Você quer que eu pague uma viagem à Austrália pra você? — perguntei, pensando que isso provavelmente podia ser providenciado.

— Não! — A resposta dela foi animada. — Eu quero que você me compre a Austrália. Você tem dinheiro pra isso.

Eu desdenhei.

— Eu não acho que está à venda.

— Então eu acho que sua única escolha é *evitar levar um tiro.*

— Eu vou tomar cuidado — prometi. — Quem quer que tenha tentado me matar não vai ter outra chance.

— Bom. — Max ficou em silêncio alguns segundos. — Ave, eu preciso ir. E eu não sei quando vou conseguir pegar outro celular. Ou entrar na internet. Ou *qualquer coisa.*

Culpa minha. Eu tentei me dizer que isso não era adeus, não para sempre.

— Te amo, Max.

— Também te amo, *pata.*

Depois que desligamos, eu fiquei sentada ali, de toalha, sentindo que algo dentro de mim tinha sido arrancado. Depois de um tempo, voltei para o quarto e vesti um pijama. Eu estava na cama, pensando em tudo que Max havia dito, me perguntando se eu era uma pessoa essencialmente egoísta ou carente, quando eu ouvi um som que parecia alguém arranhando as paredes.

Eu parei de respirar e escutei. Ali estava o som de novo. *A passagem secreta.*

— Jameson? — chamei. Ele era o único que tinha usado essa passagem para o meu quarto, ou pelo menos o único que eu sabia. — Jameson, isso não tem graça.

Não houve resposta, mas, quando eu me levantei e andei na direção da lareira e fiquei muito quieta, eu poderia jurar que ouvi alguém respirando do outro lado da parede. Eu agarrei o castiçal, preparada para puxá-lo e encarar quem ou o que estivesse do outro lado, mas então meu bom senso — e minha promessa para Max — funcionou, e, em vez disso, eu abri a porta para o corredor.

— Oren? Tem uma coisa que você precisa saber.

Oren vasculhou a passagem secreta e desativou sua entrada para o meu quarto. Ele também "sugeriu" que eu passasse a noite no quarto de Libby, que não tinha acesso por passagens secretas.

Não era exatamente uma sugestão.

Minha irmã estava dormindo quando eu bati à porta. Ela acordou, mas não exatamente. Eu me enfiei na cama com ela, e ela não perguntou por que eu estava ali. Depois da minha conversa com Max, eu tinha uma boa certeza de que não queria contar nada para ela. A vida toda de Libby tinha sido virada de ponta-cabeça por minha causa. Duas vezes. Primeiro quando minha mãe morreu, e agora tudo isso. Libby já tinha me dado tudo. Ela tinha os próprios problemas para lidar. Não precisava dos meus.

Embaixo das cobertas, eu abracei forte um travesseiro e rolei na direção de Libby. Eu precisava ficar perto dela, mesmo que eu não soubesse a razão. Os olhos de Libby se abriram de leve e ela se aconchegou perto de mim. Eu me forcei a não pensar em mais nada – nem na floresta, nem nos Hawthorne, nada. Eu deixei a escuridão me tomar e dormi.

Eu sonhei que estava de volta ao restaurante. Eu era pequena, cinco ou seis anos, e feliz.

Eu coloco dois sachês de açúcar em pé na mesa e junto suas pontas, formando um triângulo que consegue ficar em pé sozinho. "Pronto", eu digo. Faço a mesma coisa com o próximo par de sachês, então coloco um quinto sobre eles, horizontalmente, conectando os dois triângulos que construí.

— Avery Kylie Grambs! — Minha mãe aparece na ponta da mesa, sorrindo. — O que eu te disse sobre construir castelos de açúcar?

Eu sorrio largamente para ela.

— Só vale a pena se você conseguir chegar a cinco andares!

Acordei assustada. Eu me virei, esperando ver Libby, mas seu lado da cama estava vazio. A luz da manhã estava entrando pela janela. Fui até o banheiro de Libby, mas ela não estava lá também. Eu estava me preparando para voltar para o meu quarto – e meu banheiro – quando vi algo na bancada. O celular de Libby. Ela tinha mensagens, dezenas delas, todas de Drake. Havia apenas três, as mais recentes, que foram possíveis de ler sem a senha.

Eu te amo.

Você sabe que eu te amo, Libby-amor.

Eu sei que você me ama.

Capítulo 59

Oren me encontrou no corredor no segundo em que saí da suíte de Libby. Se ele tinha passado a noite toda acordado, não aparentava.

— Fizemos um boletim de ocorrência relatando o que aconteceu ontem — ele relatou. — Discretamente. Os detetives do caso estão coordenando com a minha equipe. Nós todos concordamos que seria bom pra nós, pelo menos por enquanto, que a família Hawthorne não percebesse que *há* uma investigação. Jameson e Rebecca foram comunicados da importância da discrição. Na medida do possível, eu gostaria que você continuasse sua vida como se nada tivesse acontecido.

Fingir que eu não tinha tido um encontro com a morte na noite passada. Fingir que estava tudo bem.

— Você viu a Libby? — perguntei.

Libby não está bem.

— Ela desceu para o café da manhã uma meia hora atrás. — O tom de Oren não revelava nada.

Eu pensei nas mensagens que vi e meu estômago apertou.

— Ela parecia bem?

— Sem danos. Todos os membros no lugar.

Não era isso que eu estava perguntando, mas, dadas as circunstâncias, talvez devesse ser.

— Se ela está lá embaixo ao alcance dos Hawthorne, ela está segura?

— A equipe de segurança dela está ciente da situação. Neste momento eles não acreditam que ela esteja em risco.

Libby não era a herdeira. Ela não era o alvo. Eu era.

Eu me vesti e desci. Escolhi uma blusa de gola alta para esconder meus pontos e cobri o arranhão na bochecha com maquiagem o melhor que pude.

Na sala de jantar, uma seleção de doces tinha sido servida em um aparador. Libby estava enrolada em uma grande poltrona no canto da sala. Nash estava sentado na cadeira ao lado dela, com as pernas esticadas e cruzadas na altura do tornozelo de suas botas de caubói. Vigiando.

Entre mim e eles estavam quatro membros da família Hawthorne. *Todos com motivos para me querer morta,* pensei quando passei por eles. Zara e Constantine estavam sentados a uma ponta da mesa de jantar. Ela estava lendo o jornal. Ele estava lendo em um tablet. Nenhum dos dois prestou a menor atenção em mim. Nan e Xander estavam na outra ponta da mesa.

Eu senti um movimento atrás de mim e me virei rapidamente.

— Alguém está assustada esta manhã — Thea declarou, passando um braço pelo meu e me levando na direção do aparador. Oren nos seguiu como uma sombra. — Você anda ocupada — Thea murmurou no meu ouvido.

Eu sabia que ela me vigiava e que provavelmente a tinham mandado ficar por perto e relatar o que visse. *Quão perto ela estava noite passada? O que ela sabe?* Com base no que Oren tinha falado, Thea não tinha pessoalmente atirado em mim, mas o momento de sua mudança para a Casa Hawthorne não parecia ser uma coincidência.

Zara tinha trazido a sobrinha por um motivo.

— Não banque a inocente — Thea me aconselhou, pegando um croissant e o levando à boca. — Rebecca me ligou.

Eu engoli a vontade de olhar para Oren. Ele tinha dado a entender que Rebecca ficaria de boca fechada sobre os tiros. Sobre o que mais ele estava errado?

— Você e Jameson — Thea continuou, como se estivesse passando sermão em uma criança. — No antigo quarto de Emily, ainda por cima. Um pouco deselegante, não acha?

Ela não sabe do ataque. Essa percepção me tomou de repente. *Rebecca deve ter visto Jameson sair do banheiro. Ela deve ter escutado. Deve ter entendido que nós...*

— As pessoas estão sendo deselegantes sem mim? — Xander perguntou, se enfiando entre Thea e eu e soltando o braço dela do meu. — Que falta de educação.

Eu não queria suspeitar dele, mas, a essa altura, o estresse de suspeitar ou não suspeitar ia me matar antes que qualquer um o fizesse.

— Rebecca passou a noite no Chalé — Thea disse a Xander, apreciando as palavras. — Ela finalmente quebrou seu ano de silêncio e me mandou uma mensagem contando *tudo*. — Thea parecia estar dando uma cartada final, mas eu não tinha certeza, exatamente, de qual carta era essa.

Rebecca?

— Bex me mandou mensagem também — Xander disse a Thea. Então ele me lançou um olhar como quem pede desculpas. — A notícia se espalha rápido quando um Hawthorne fica com alguém.

Rebecca pode ter calado a boca sobre o atentado, mas ela colocou um outdoor sobre o beijo.

O beijo não significou nada. O beijo não é o problema aqui.

— Você aí. Menina! — Nan apontou imperiosamente sua bengala para mim e então para uma bandeja de doces. — Não faça uma velha se levantar.

Se alguma outra pessoa tivesse falado comigo assim, eu teria ignorado, mas Nan era ao mesmo tempo velhíssima e aterrorizante, então eu fui pegar a bandeja. Eu me lembrei tarde demais de que estava ferida. A dor me atingiu como um raio e eu prendi a respiração.

Nan me encarou, só por um momento, então cutucou Xander com sua bengala.

— Ajude-a, seu traste.

Xander pegou a bandeja. Eu deixei meu braço cair ao lado do meu corpo. *Quem me viu tremer?* Eu tentei não encarar nenhum deles. *Quem já sabia que eu estava ferida?*

— Você está machucada. — Xander colocou seu corpo entre Thea e eu.

— Eu estou bem — respondi.

— Você decididamente não está.

Eu não sabia quando Grayson tinha entrado na sala, mas agora ele estava bem do meu lado.

— Um momento, srta. Grambs? — O olhar dele era intenso. — No corredor.

Capítulo 60

Provavelmente eu não devia ir a lugar nenhum com Grayson Hawthorne, mas eu sabia que Oren estaria por perto e eu queria algo de Grayson. Eu queria olhá-lo nos olhos. Eu queria saber se ele tinha feito isso comigo – ou se fazia ideia de quem tinha feito.

— Você está ferida. — Grayson não falou como se estivesse perguntando. — Você vai me contar o que aconteceu.

— Ah, eu vou, é? — Olhei feio para ele.

— Por favor. — Grayson parecia achar essa palavra dolorosa ou de mau gosto, ou os dois.

Eu não devia nada a ele. Oren tinha me pedido para não mencionar os tiros. Da última vez que eu tinha falado com Grayson, ele tinha me dado um aviso tenso. Ele ficaria com a Fundação se eu morresse.

— Atiraram em mim. — Eu soltei a verdade porque, por motivos que eu não saberia explicar, precisava ver a reação dele. — Tentaram — esclareci depois de um momento.

Todos os músculos do maxilar de Grayson se contraíram. *Ele não sabia.* Antes que eu pudesse sentir um pingo de alívio, Grayson se dirigiu a Oren.

— Quando? — ele disparou.

— Noite passada — Oren respondeu, brusco.

— E onde você estava? — Grayson exigiu saber.

— Não tão perto quanto estarei de agora em diante — Oren prometeu, encarando-o de cima.

— Lembram de mim? — Eu ergui a mão e paguei por isso. — Assunto da conversa e indivíduo capaz?

Grayson deve ter notado a dor que o movimento me causou, porque ele se virou e usou suas mãos para suavemente baixar a minha.

— Você vai deixar Oren fazer seu trabalho — ele ordenou em voz baixa.

Eu não foquei o tom dele, ou seu toque.

— E de quem você acha que ele está me protegendo? — Eu olhei de forma incisiva para a sala de jantar. Eu esperei que Grayson estourasse comigo por ousar suspeitar de qualquer pessoa que ele amava ou que ele repetisse mais uma vez que escolheria qualquer um deles em vez de mim.

Em vez disso, Grayson se dirigiu novamente a Oren.

— Se algo acontecer com ela, eu vou te responsabilizar pessoalmente.

— Senhor Responsabilidade Pessoal — Jameson disse, anunciando sua presença e caminhando na direção do irmão. — Encantador.

Grayson rangeu os dentes, ao mesmo tempo que se deu conta:

— Vocês dois estavam na floresta Black Wood ontem à noite. — Ele encarou o irmão. — Quem quer que tenha atirado nela poderia ter acertado você.

— E que confusão seria — Jameson respondeu, cercando o irmão — se alguma coisa tivesse acontecido comigo.

A tensão entre eles era palpável. Explosiva. Já dava para ver como isso ia acabar: Grayson chamando Jameson de inconsequente, Jameson se arriscando ainda mais para provar seu ponto de vista. Quanto tempo levaria para Jameson falar de mim? *O beijo.*

— Espero não estar interrompendo — Nash se juntou à festa. Ele deu um sorriso desleixado e perigoso para os irmãos. — Jamie, você não vai faltar à aula hoje. Você tem cinco minutos pra vestir seu uniforme e entrar na minha caminhonete ou vou passar a levar você amarrado. — Ele esperou que Jameson se afastasse, e então se virou. — Gray, nossa mãe pediu uma audiência.

Tendo lidado com os irmãos, o mais velho dos Hawthorne voltou sua atenção para mim.

— Imagino que você não precise de uma carona para a Country Day.

— Ela não precisa — Oren respondeu, braços cruzados sobre o peito. Nash notou sua postura e seu tom, mas antes que ele pudesse responder, eu me intrometi.

— Eu não vou para a escola hoje. — Isso era novidade para Oren, mas ele não fez objeção.

Nash, por outro lado, me deu exatamente o mesmo olhar que tinha dado a Jameson quando falou que ia amarrá-lo.

— Sua irmã sabe que você vai matar aula numa bela tarde de sexta-feira?

— Minha irmã não é problema seu — eu disse a ele, mas pensar em Libby me lembrou das mensagens de Drake. Havia coisas piores do que a ideia de Libby se envolvendo com um Hawthorne. *Presumindo que Nash não quer me ver morta.*

— Todo mundo que mora ou trabalha nessa casa é problema meu — Nash afirmou. — Não importa quantas vezes eu vá embora, ou quanto tempo eu passe fora, as pessoas ainda precisam ser cuidadas. Então... — Ele me deu o mesmo sorriso tranquilo. — Sua irmã sabe que você vai matar aula?

— Eu vou falar com ela — eu respondi, tentando ver além do caubói, o que estava por baixo dele.

Nash devolveu meu olhar examinador.

— Faça isso, querida.

Capítulo 61

Eu disse a Libby que ia ficar em casa. Eu tentei achar as palavras para perguntar sobre Drake, mas não consegui. *E se Drake não estiver só mandando mensagens?* Essa ideia serpenteou para minha consciência. *E se ela tiver se encontrado com ele? E se ele a tiver convencido a ajudá-lo a entrar escondido na propriedade?*

Afastei essa linha de pensamento. Não tinha como "entrar escondido" na propriedade. A segurança era firme e Oren teria me dito se Drake estivesse no terreno ontem à noite. Ele teria sido o principal suspeito – ou algo perto disso.

Se eu morrer, existe pelo menos uma chance de que tudo vá para meus parentes mais próximos. Isso significa Libby – e nosso pai.

— Você está doente? — Libby perguntou, colocando o dorso da sua mão na minha testa. Ela estava usando suas novas botas roxas e um vestido preto de mangas compridas e rendadas. Ela parecia estar a caminho de algum lugar.

De ver Drake? O pavor se acomodou no fundo do meu estômago. *Ou Nash?*

— Dia da saúde mental — eu consegui dizer. Libby aceitou isso e declarou que seria Dia das Irmãs. Se ela tinha planos, ela não pensou duas vezes para cancelá-los por mim.

— Quer ir ao spa? — Libby perguntou, empolgada. — Eu fiz uma massagem ontem e foi de morrer.

Eu quase morri ontem. Eu não disse isso e não contei a ela que a massagista não viria hoje – ou tão cedo. Em vez disso, eu ofereci a única distração que eu conseguia pensar que também me distrairia de todos os segredos que eu estava guardando dela.

— Que tal me ajudar a achar uma Davenport?

Segundo a busca on-line que Libby e eu fizemos, o termo *Davenport* era usado para se referir a dois tipos diferentes de mobília: um sofá e uma escrivaninha. O sofá era um termo genérico, tipo gilete para uma lâmina de barbear ou ducha para qualquer tipo de chuveiro, mas uma escrivaninha Davenport se referia a um tipo específico de mesa, famosa por suas gavetas e seus compartimentos secretos, com um tampo que podia ser erguido para revelar outro compartimento.

Tudo que eu sabia sobre Tobias Hawthorne me dizia que nós provavelmente não estávamos procurando um sofá.

— Isso pode demorar um pouco — Libby comentou. — Você tem ideia do tamanho desse lugar?

Eu tinha visto as salas de música, o ginásio, a pista de boliche, o showroom de carros dos carros de Tobias Hawthorne, o *solário*... E isso não era nem um quarto do que havia para ver.

— É enorme...

— Monumental — disse Libby, empolgada. — E, como eu sou péssima publicidade, não tive nada pra fazer na última semana *além* de explorar. — Esse comentário sobre publicidade tinha que ter vindo de Alisa, e eu me perguntei quantas conversas elas tiveram sem a minha presença. — Tem um salão de baile de verdade — Libby continuou. — E dois auditórios, um para filmes e um com camarotes e um palco.

— Eu vi esse — lembrei. — E a pista de boliche.

Os olhos contornados de preto de Libby se arregalaram.

— Você jogou?

O fascínio dela era contagioso.

— Eu joguei.

Libby sacudiu a cabeça.

— Nunca vai deixar de ser bizarro que essa casa tem uma *pista de boliche*.

— Tem também um lugar pra treinar golfe — Oren acrescentou atrás de mim. — E uma quadra de raquetebol.

Se Libby notou o quão perto ele estava de nós, ela não demonstrou:

— Como vamos encontrar uma simples escrivaninha?

Eu olhei para Oren. Já que ele estava aqui, ele podia ser útil.

— Eu vi um escritório na nossa ala. Tobias Hawthorne tinha outros?

A escrivaninha no outro escritório de Tobias Hawthorne também não era uma Davenport. Havia três salas anexas a ele: um salão para fumar, um salão de bilhar e.... Oren dava explicações quando necessário. A terceira sala era pequena, sem janelas. No meio dela havia o que parecia ser um enorme casulo branco.

— Tanque de privação sensorial — Oren me disse. — De vez em quando, o sr. Hawthorne gostava de se desligar do mundo.

* * *

Libby e eu acabamos fazendo a busca por setores, da mesma forma que Jameson e eu tínhamos procurado em Black Wood. Ala por ala e sala por sala, nós seguimos pelos corredores da Casa Hawthorne com Oren sempre alguns passos atrás de nós.

— E agora... *o spa.* — Libby abriu a porta. Ela parecia animada. Era isso ou ela estava disfarçando algo.

Afastei esse pensamento e examinei o spa. Claramente não era o lugar certo para encontrar a escrivaninha, mas isso não me impediu de olhar em detalhes. A sala tinha o formato de L. Na parte comprida do L, o chão era de madeira; na parte curta, era de pedra. No meio da seção de pedra, havia uma pequena piscina quadrada embutida no chão da qual subia um vapor. Atrás dela, havia um boxe de vidro do tamanho de um quarto pequeno, com as torneiras presas ao teto em vez de na parede.

— Jacuzzi. Sauna — alguém falou atrás de nós. Eu me virei e vi Skye Hawthorne. Ela estava usando um roupão comprido preto dessa vez. Ela andou até a parte maior do cômodo, tirou o roupão e se deitou em uma cama de veludo cinza. — Cama de massagem — ela disse, bocejando e vagamente coberta com um lençol. — Eu chamei um massagista.

— A Casa Hawthorne está fechada pra visitantes no momento — Oren disse, completamente indiferente à encenação dela.

— Bom, então... — Skye fechou os olhos. — Você vai precisar abrir o portão para o Magnus.

Magnus. Eu me perguntei se era ele que estava na casa ontem. Se ele tinha atirado em mim, a pedido dela.

— A Casa Hawthorne está fechada pra visitantes — Oren repetiu. — É uma questão de segurança. Até segunda ordem, meus homens têm instruções pra permitir apenas que funcionários essenciais passem pelos portões.

Skye bocejou como um gato.

— Eu te garanto, John Oren, essa massagem é *essencial*.

Uma fileira de velas queimava em uma prateleira. A luz passava pelas cortinas transparentes e uma música baixa e agradável tocava.

— Que questão de segurança? — Libby perguntou de repente. — Aconteceu alguma coisa?

Eu olhei para Oren de uma forma que eu esperava que fosse impedi-lo de responder a essa pergunta, mas a verdade é que fiz meu pedido na direção errada.

— Segundo meu Grayson — Skye disse a Libby —, aconteceu algo feio em Black Wood.

Capítulo 62

Libby esperou até que estivéssemos no corredor para perguntar.

— O que aconteceu na floresta?

Eu amaldiçoei Grayson por contar para a mãe dele, e eu mesma por contar a Grayson.

— Por que você precisa de segurança extra? — Libby inquiriu. Depois de um segundo e meio, ela se virou para Oren. — Por que ela precisa de segurança extra?

— Houve um incidente ontem — Oren respondeu — com uma bala e uma árvore.

— Uma bala? — Libby repetiu. — Tipo, de uma arma?

— Eu estou bem.

Libby me ignorou.

— Que tipo de incidente com uma bala e uma árvore? — ela perguntou a Oren, seu rabo de cavalo azul balançando, indignado.

Meu chefe de segurança não podia, ou não queria, esconder mais do que já tinha escondido.

— Não está claro se os tiros foram pra assustar Avery ou se ela era realmente o alvo. O atirador errou, mas ela se feriu com os detritos.

— *Libby* — eu disse, com ênfase —, *eu estou bem.*

— *Tiros*, no plural? — Libby nem parecia ter me ouvido.

Oren pigarreou.

— Eu vou deixar vocês sozinhas por um instante.

Ele se afastou um pouco ao longo do corredor. Ainda estava à vista, ainda perto o bastante para nos ouvir, mas longe o suficiente para fingir que não conseguia.

Covarde.

— Alguém atirou em você e você não me contou? — Libby não ficava brava com frequência, mas, quando ficava, era épico. — Talvez Nash esteja certo. Maldito! Eu disse que você no geral cuidava de você mesma. Ele disse que nunca viu um adolescente bilionário que não precisasse de um puxão de orelhas ocasional.

— Oren e Alisa estão cuidando da situação — respondi. — Eu não queria te preocupar.

Libby colocou a mão em meu rosto e seus olhos notaram o arranhão que eu tinha escondido.

— E quem está cuidando de você?

Era impossível não lembrar de Max dizendo "e você precisava de mim" de novo e de novo. Eu olhei para baixo.

— Você já tem coisa suficiente pra se preocupar.

— Do que você está falando? — Libby perguntou. Eu a ouvi inspirar rapidamente e soltar o ar. — Isso é por causa de Drake?

Pronto. Ela disse o nome. Agora as comportas estavam oficialmente abertas e não tinha como controlar.

— Ele tem mandado mensagens pra você.

— Eu não respondo — Libby disse, na defensiva.

— Mas você também não bloqueou ele.

Ela não tinha uma resposta para isso.

— Você poderia ter bloqueado ele — eu disse, com a voz embargada. — Ou pedido um telefone novo pra Alisa. Você pode denunciá-lo por ter violado a ordem de restrição.

— Eu não pedi uma ordem de restrição! — Libby pareceu se arrepender dessas palavras no segundo em que as disse. Ela engoliu em seco. — E eu não quero um celular novo. Todos os meus amigos têm esse número. O *papai* tem esse número.

Eu a encarei.

— Papai? — Eu não via Ricky Grambs havia mais de dois anos. Minha assistente social tinha entrado em contato com ele, mas ele não tinha feito uma mísera ligação para mim. Ele nem tinha ido ao funeral da minha mãe. — Ele te ligou?

— Ele só... queria saber se estávamos bem, sabe?

Eu sabia que ele provavelmente tinha visto as notícias. Eu sabia que ele não tinha o *meu* telefone novo. Eu sabia que ele tinha bilhões de motivos para me querer agora, quando antes ele nunca tinha se importado o suficiente para estar presente para qualquer uma de nós.

— Ele quer dinheiro — eu disse a Libby, minha voz sem expressão. — Assim como Drake. Assim como a sua mãe.

Mencionar a mãe dela foi golpe baixo.

— Quem Oren acha que atirou em você? — Libby estava se esforçando para ficar calma.

Eu tentei o mesmo.

— Os tiros foram disparados de dentro da propriedade — eu disse, repetindo o que tinham me falado. — Quem quer que tenha atirado em mim tinha acesso.

— É por isso que Oren está reforçando a segurança — Libby disse, as engrenagens de seu cérebro girando atrás de seus olhos maquiados. — Só funcionários essenciais. — Seus lábios escuros se tornaram uma linha fina. — Você devia ter me contado.

Eu pensei nas coisas que ela não tinha me contado.

— Me diga que você não se encontrou com Drake. Que ele não veio aqui. Que você não o deixaria entrar na propriedade.

— Claro que não. — Libby ficou em silêncio. Eu não tinha certeza se ela estava tentando não gritar comigo ou não chorar. — Eu vou embora. — A voz dela estava firme… e feroz. — Mas, só pra constar, *irmãzinha*, você ainda é menor de idade e eu ainda sou sua guardiã legal. Da próxima vez que tentarem atirar em você, eu com toda certeza preciso saber.

Capítulo 63

Eu sabia que Oren tinha ouvido todas as palavras da minha briga com Libby, mas eu também tinha uma boa certeza de que ele não ia comentar nada.

— Eu ainda estou procurando a Davenport — eu disse, tensa.

Se eu precisava de distração antes, agora ela era obrigatória. Sem Libby para explorar comigo, eu não conseguia me forçar a ir de sala em sala. *Nós já fomos ao escritório do velho. Onde mais alguém manteria uma escrivaninha Davenport?*

Eu me concentrei nessa questão, e não na minha briga com Libby. Não no que eu tinha dito... mas no que ela não tinha.

— Eu fiquei sabendo — eu disse a Oren depois de pensar um pouco — que a Casa Hawthorne tem várias bibliotecas. — Eu exalei lentamente. — Você tem alguma ideia de onde elas ficam?

Duas horas e quatro bibliotecas depois, eu estava parada no meio da número cinco. Ficava no segundo andar. O teto era inclinado. As paredes eram forradas de estantes embutidas, cada prateleira com a altura exata para uma fileira de livros de bolso. Os livros nas prateleiras estavam gastos e cobriam cada centímetro das paredes, exceto por uma grande janela de vitrais no lado leste. A luz passava por ela, salpicando cores no chão de madeira.

Nenhuma Davenport. Isso estava começando a parecer inútil. Essa trilha não tinha sido criada para mim. O quebra-cabeça de Tobias Hawthorne não tinha sido desenhado pensando em mim.

Eu preciso de Jameson.

Eu cortei esse pensamento pela raiz, saí da biblioteca e voltei para baixo. Eu tinha contado pelo menos cinco escadas diferentes na casa. Essa era espiral, e, conforme eu descia, ouvi o som de um piano ao longe. Eu o segui e Oren me seguiu até chegarmos à entrada de um cômodo amplo e aberto. A parede dos fundos era cheia de arcos. Embaixo de cada arco ficava uma enorme janela.

Todas as janelas estavam abertas.

As paredes eram forradas de pinturas, e, posicionado entre elas, estava o maior piano de cauda que eu já tinha visto. Nan estava sentada no banco do piano com os olhos fechados. Eu pensei que a velha senhora estava tocando, até eu chegar mais perto e perceber que o piano tocava sozinho.

Meus sapatos fizeram barulho quando me aproximei, e ela abriu os olhos com o susto.

— Desculpa — eu disse. — Eu…

— Quieta — Nan ordenou. Seus olhos se fecharam de novo. A música continuou em um crescendo, e então… silêncio. — Você sabia que pode ouvir concertos nessa coisa? — Nan abriu os olhos e pegou sua bengala. Não com pouco esforço, ela se levantou. — Em algum lugar do mundo, um mestre toca, e aqui, apertando um botão, as teclas se movem.

Os olhos dela se demoraram no piano, uma expressão quase nostálgica no seu rosto.

— Você toca? — perguntei.

Nan resmungou.

— Eu tocava quando era mais nova. Ganhei um pouco de atenção demais por isso e meu marido quebrou meus dedos para acabar com a história.

A forma como ela disse, como se não fosse nada demais, era quase tão chocante quanto o que ela tinha acabado de dizer.

— Isso é horrível — eu disse, furiosa.

Nan olhou para o piano e então para sua mão magra e encurvada. Ela ergueu o queixo e olhou pelas enormes janelas.

— Ele teve um acidente trágico não muito depois disso.

Do jeito que Nan falou, ficou parecendo que ela mesma tinha provocado esse "acidente". *Ela matou o marido?*

— Nan, você está assustando a menina. — Uma voz que veio da entrada advertiu.

Nan fungou.

— Se ela se assusta fácil assim, não vai durar nada aqui.

Com isso, Nan saiu da sala.

O mais velho dos Hawthorne voltou sua atenção para mim.

— Você avisou à sua irmã que está brincando de delinquente hoje?

A menção a Libby me fez lembrar de nossa discussão. *Ela está falando com meu pai. Ela não queria uma ordem de restrição contra Drake. Ela não quer bloqueá-lo.* Eu me perguntei quanto disso tudo Nash sabia.

— Libby sabe onde estou — respondi com firmeza.

Ele me olhou feio.

— Isso não é fácil pra ela, menina. Você está no olho do furacão, onde há a calmaria. Ela está apanhando dele, por todos os lados.

Eu não chamaria levar um tiro de "calmaria".

— Quais são suas intenções com a minha irmã?

Ele claramente achou minha pergunta engraçada.

— Quais são suas intenções com Jameson?

Não tinha *ninguém* naquela casa que não soubesse desse beijo?

— Você estava certo a respeito do jogo do seu avô.

Ele tinha tentado me avisar. Ele me disse exatamente por que Jameson estava me mantendo por perto.

— Costumo estar sempre certo. — Nash passou os polegares pelo passador do cinto. — Quanto mais perto do fim você chegar, pior fica.

A coisa lógica a se fazer seria parar de jogar. Recuar. Mas eu queria respostas e uma parte de mim – a parte que tinha crescido com uma mãe que transformava tudo em um desafio, a parte que tinha jogado seu primeiro jogo de xadrez aos seis anos – queria *ganhar.*

— Por acaso você sabe onde seu avô pode ter enfiado uma escrivaninha Davenport?

Ele riu.

— Você não aprende do jeito fácil, não é, menina?

Eu dei de ombros.

Nash pensou um pouco e então inclinou a cabeça para o lado.

— Checou as bibliotecas?

— A biblioteca circular, a de ônix, a que tem o vitral, a com os globos, o labirinto… — Eu olhei para o meu guarda-costas. — Foram todas?

Oren assentiu.

Nash inclinou a cabeça de lado.

— Não exatamente.

Capítulo 64

Nash me fez subir dois lances de escada, descer três corredores e passar por uma porta que tinha sido lacrada.

— O que é isso? — perguntei.

Ele diminuiu o passo por um momento.

— Essa era a ala do meu tio. O velho mandou fechar quando Toby morreu.

Porque isso é normal, pensei. *Tão normal quanto deserdar toda a sua família por vinte anos e nunca falar sobre o assunto.*

Nash acelerou de novo e finalmente nós chegamos a uma porta de aço que parecia ser de um cofre, protegida por uma fechadura de combinação numérica e uma alavanca com cinco travas. Nash virou casualmente o botão – esquerda, direita, esquerda –, rápido demais para que eu pudesse ver os números. Depois de um clique alto, ele girou a alavanca. A porta de aço se abriu para um corredor.

Que tipo de biblioteca precisa desse tipo de segurança...

Meu cérebro estava terminando de pensar nisso quando Nash passou pela porta e eu percebi que o que estava ali não era só uma sala. Era uma ala inteira.

— O velho começou a construir essa parte da casa quando eu nasci — Nash informou. O corredor à nossa volta estava forrado de fechaduras, teclados de segurança, trancas e chaves, tudo pendurado na parede como quadros. — Os Hawthorne aprendem cedo a arrombar uma fechadura — Nash me disse enquanto avançávamos pelo corredor.

Eu olhei para um quarto à esquerda e ali havia um pequeno avião, não um brinquedo, mas um avião para uma pessoa *de verdade*.

— *Isso* era seu quarto de brinquedos? — perguntei enquanto espiava as portas que ocupavam o resto do corredor, imaginando que surpresas havia em cada cômodo.

— Skye tinha dezessete anos quando eu nasci. — Nash deu de ombros. — Ela tentou brincar de mãe. Não deu certo. O velho tentou compensar.

Construindo para você... isso.

— Vamos lá. — Nash me levou até o fim do corredor e abriu outra porta.

— Fliperama — ele disse, mas era uma explicação completamente desnecessária. Havia uma mesa de pebolim, um bar, três máquinas de pinball e uma parede inteira de consoles.

Eu fui até uma das mesas de pinball, apertei um botão e ela ligou.

Eu olhei de volta para Nash.

— Eu posso esperar — ele disse.

Eu deveria manter o foco. Ele estava me levando para a última biblioteca – e possivelmente onde estava a Davenport e a última pista. Mas um jogo não ia matar ninguém. Eu puxei a alavanca e lancei a bola.

Quando o jogo terminou, mesmo com minha pontuação bem abaixo do recorde, a máquina pediu minhas iniciais e, quando eu as inseri, uma mensagem familiar apareceu na tela.

BEM-VINDA À CASA HAWTHORNE, AVERY KYLIE GRAMBS!

Era a mesma mensagem que eu tinha recebido na pista de boliche e, assim como daquela vez, senti o fantasma de Tobias Hawthorne me rondando. *Mesmo que você achasse que tinha manipulado nosso avô, eu te garanto que foi ele que manipulou você.*

Nash foi para trás do bar.

— A geladeira está cheia de bebidas açucaradas. Qual é o seu vício?

Eu me aproximei e vi que ele não estava brincando quando disse *cheia*. Garrafas de vidro lotavam cada prateleira, com refrigerantes de todos os sabores imagináveis.

— Algodão doce? — fiz uma careta. — Pera? *Bacon e jalapeño?*

— Eu tinha seis anos quando Gray nasceu — Nash disse, como se isso fosse uma explicação. — O velho inaugurou esse quarto no dia em que meu novo irmãozinho veio pra casa. — Ele abriu uma garrafa com um líquido verde suspeito e deu um gole. — Eu tinha sete anos quando veio Jamie e oito e meio quando Xander nasceu. — Ele fez uma pausa, como se estivesse avaliando meu valor como público. — Tia Zara e seu primeiro marido estavam com dificuldades pra engravidar. Skye sumia por alguns meses e voltava grávida. Lavou, está novo.

Talvez essa tivesse sido a coisa mais perturbadora que eu já tinha ouvido.

— Quer um? — Nash perguntou, apontando a geladeira com a cabeça.

Eu queria cerca de dez, mas me contentei com o sabor cookies e creme. Eu olhei para Oren, minha sombra silenciosa esse tempo todo. Ele não deu nenhum indício de que eu deveria evitar beber, então eu abri a tampa e dei um gole.

— E a biblioteca?

— Estamos quase lá. — Nash caminhou para a próxima sala e entrou. — A sala de jogos — ele disse.

No centro do cômodo, estavam quatro mesas. Uma mesa retangular, uma quadrada, uma oval e uma redonda. As mesas eram pretas. O resto da sala – paredes, chão e estantes – era branco. As estantes ocupavam três das quatro paredes da sala.

Não são estantes de livros, percebi. Elas guardavam jogos. Centenas, talvez milhares, de jogos de tabuleiro. Incapaz de resistir, eu fui até a estante mais próxima e passei meus dedos pelas caixas. Eu nunca nem tinha ouvido falar da maioria dos jogos.

— Meu avô — Nash disse baixinho — curtia colecionar coisas.

Eu fiquei em choque. Quantas tardes minha mãe e eu tínhamos passado jogando jogos de tabuleiro que comprávamos usados em vendas de garagem? Nossa tradição para os dias de chuva era abrir três ou quatro tabuleiros e transformá-los em um único superjogo. Mas *isso?* Havia jogos do mundo inteiro. Metade deles não tinha caixas escritas em inglês. Eu imaginei os quatro irmãos Hawthorne sentados em volta de uma dessas mesas. Sorrindo. Falando besteira. Trapaceando um com o outro. Brigando por controle, literalmente, talvez.

Afastei esse pensamento. Eu estava ali para encontrar a Davenport, a próxima pista. *Esse* era o jogo atual, não os jogos dessas caixas.

— E a biblioteca? — perguntei a Nash, tirando meus olhos das caixas.

Ele apontou com a cabeça para o fim da sala, a única parede que não estava coberta de estantes com jogos de tabuleiro. Não havia porta. Em vez disso, havia o que parecia ser uma barra de pole dance e, ao lado, uma espécie de rampa. Um escorregador?

— Onde fica a biblioteca?

Nash parou ao lado da barra e inclinou a cabeça na direção do teto.

— Lá em cima.

Capítulo 65

Oren subiu primeiro e então voltou – pela barra, não pelo escorregador.

— Tudo o.k. Mas, se você tentar escalar, talvez abra um ponto do seu ferimento.

O fato de Oren mencionar meu ferimento na frente de Nash me disse algo. Ou ele queria ver a reação de Nash Hawthorne ou confiava nele.

— Que ferimento? — Nash perguntou, mordendo a isca.

— Alguém tentou atirar em Avery — Oren disse com cuidado. — Você não saberia algo sobre isso, não é, Nash?

— Se eu soubesse — Nash respondeu, com a voz baixa e letal —, já teria sido resolvido.

— Nash! — Oren reprovou, olhando para ele de um jeito que provavelmente significava *fique fora disso.* Mas, pelo que eu tinha notado, "ficar fora disso" não era da natureza dos Hawthorne.

— Preciso ir agora — Nash disse casualmente. — Eu tenho umas perguntas pra fazer ao meu pessoal.

Seu pessoal, incluindo Mellie.

Observei Nash sair pela porta e então me virei para Oren.

— Você sabia que ele ia falar com os funcionários.

— Eu sei que eles vão falar com ele — Oren corrigiu. — E, além disso, você acabou com o elemento surpresa logo de manhã.

Eu contei a Grayson. Ele contou para a mãe. Libby já saiba.

— Desculpa por isso — pedi, e então olhei para o quarto de cima. — Vou subir.

— Eu não vi uma escrivaninha lá — Oren me disse.

Eu andei até a barra e a agarrei.

— Vou subir de qualquer forma. — Eu comecei a me puxar para cima, mas a dor me impediu. Oren estava certo. Eu não conseguiria escalar. Eu me afastei da barra e olhei para a esquerda.

Se eu não conseguiria ir pela barra, teria que ser pelo escorregador.

A última biblioteca da Casa Hawthorne era pequena. O teto formava uma pirâmide. As estantes eram simples e só chegavam à minha cintura. Estavam cheias de livros infantis. Gastos e amados, alguns tão familiares que me davam vontade de me sentar e ler.

Mas não fiz isso porque, parada ali, eu senti uma brisa. Não vinha da janela, que estava fechada. Parecia vir das estantes na parede do fundo, mas *não era bem assim.* Quando me aproximei, descobri que estava vindo de um espaço entre duas estantes.

Tem alguma coisa ali. Meu coração parou. Começando pela estante da direita, eu prendi meus dedos em volta da prateleira de cima e puxei. Eu não precisei puxar com força. A estante tinha uma dobradiça. Quando eu puxei, ela virou para fora, revelando uma pequena abertura.

Essa foi a primeira passagem secreta que eu descobri sozinha. Isso era estranhamente excitante, como estar na beira do Grand Canyon ou segurar um quadro inestimável nas mãos. Com o coração acelerado, eu passei pela abertura e encontrei uma escada.

Armadilhas atrás de armadilhas e charadas atrás de charadas.

Alegre, eu desci as escadas. Quando me afastei da luz de cima, precisei pegar meu celular e ligar a lanterna para poder ver aonde estava indo. *Eu devia chamar Oren.* Eu sabia disso, mas estava indo mais rápido agora – descendo os degraus, virando, girando, até que cheguei ao fundo.

Ali, segurando a própria lanterna, estava Grayson Hawthorne.

Ele se virou na minha direção. Meu coração estava fora de controle, mas eu não recuei. Olhei além de Grayson e vi o único móvel que havia no cômodo.

Uma Davenport.

— Srta. Grambs — Grayson me cumprimentou e se dirigiu para a escrivaninha.

— Você já encontrou? — perguntei. — A pista Davenport?

— Eu estava esperando.

Eu não conseguia entender o tom de voz dele.

— Esperando o quê?

Grayson levantou o olhar da escrivaninha e o brilho de seus olhos prateados encontraram os meus no escuro.

— Jameson, eu acho.

Já fazia horas que Jameson tinha ido para a escola, horas desde que eu tinha visto Grayson pela última vez. Quanto tempo ele ficou ali esperando?

— Não é a cara de Jameson deixar passar o óbvio. O que quer que seja esse jogo, nós somos o foco. Nós quatro. Nossos nomes eram as pistas. Claro que encontraríamos algo aqui.

— Aqui embaixo? — perguntei.

— Na nossa ala — Grayson respondeu. — Nós crescemos aqui, Jameson, Xander e eu. Nash também, eu acho, mas ele era mais velho.

Eu me lembro de Xander me contando que Jameson e Grayson costumavam se juntar para vencer Nash e depois se viravam um contra o outro no fim do jogo.

— Nash sabe dos tiros. Eu contei pra ele.

Grayson me olhou de um jeito que eu não consegui bem discernir.

— O que foi? — perguntei.

Grayson sacudiu a cabeça.

— Agora ele vai querer te salvar.

— E isso é ruim?

Outro olhar, e mais emoção, bem mascarada.

— Você vai me mostrar onde se feriu? — Grayson perguntou, sua voz não exatamente tensa, mas com *algo estranho*.

Ele provavelmente só quer saber quão feio foi, eu disse a mim mesma, mas ainda assim o pedido me atingiu como um choque elétrico. Meus membros pareciam insuportavelmente pesados. Eu tinha uma consciência aguda de cada respiração que dava. O espaço era pequeno. Nós estávamos perto um do outro, perto da escrivaninha.

Eu tinha aprendido minha lição com Jameson, mas isso parecia diferente. Como se Grayson quisesse ser quem ia me salvar. Como se ele *precisasse* ser.

Eu ergui minha mão para a gola da blusa. Eu a puxei para baixo, abaixo da minha clavícula, expondo minha ferida.

Grayson colocou a mão no meu ombro.

— Sinto muito que isso tenha acontecido com você.

— Você sabe quem atirou em mim? — Eu precisava perguntar, porque ele tinha pedido desculpas e Grayson Hawthorne não era do tipo que pedia desculpas. *Se ele soubesse...*

— Não — Grayson jurou.

Eu acreditei nele, ou pelo menos eu queria acreditar.

— Se eu sair da Casa Hawthorne em menos de um ano, o dinheiro vai para a caridade. Se eu morrer, vai para a caridade ou meus herdeiros. — Fiz uma pausa. — Se eu morrer, a Fundação fica pra vocês quatro.

Ele precisava saber o que isso poderia significar.

— Meu avô devia ter deixado a Fundação pra nós desde o início. — Grayson virou a cabeça, tirando o olhar da minha pele. — Ou para Zara. Nós fomos criados pra fazer a diferença, e você...

— Eu não sou ninguém — completei, sentindo dor ao dizer essas palavras.

Grayson sacudiu a cabeça.

— Eu não sei o que você é. — Mesmo na luz mínima das nossas lanternas, eu conseguia ver o peito dele subindo e descendo com cada respiração.

— Você acha que Jameson está certo? Que esse quebra-cabeça do seu avô termina com as respostas pra tudo isso?

— Termina com *alguma coisa*. Os jogos do velho são sempre assim. — Grayson fez uma pausa. — Quantos números você tem?

— Dois — respondi.

— Eu também. Faltam esse e o de Xander.

Eu franzi a testa.

— Xander?

— Blackwood. É o nome do meio de Xander. O West Brook era a pista de Nash. Os Winchester eram a pista de Jameson.

Eu olhei de volta para a escrivaninha.

— E a Davenport é a sua.

Ele fechou os olhos.

— Depois de você, Herdeira.

Ele usar o apelido de Jameson para mim parecia significar alguma coisa, mas eu não tinha certeza do quê. Voltei a minha atenção para a tarefa que tínhamos. A escrivaninha era de madeira cor de bronze. Quatro gavetas ficavam perpendiculares ao tampo. Eu testei uma por vez. Vazias. Eu passei minha mão pela parte de dentro das gavetas, procurando por algo fora do normal. Nada.

Sentindo a presença de Grayson ao meu lado, sabendo que eu estava sendo observada e julgada, examinei o tampo da escrivaninha, erguendo-o para revelar o compartimento embaixo. Também estava vazio. Como fiz com as gavetas, passei meus dedos pelo fundo e os lados do compartimento. Tinha uma irregularidade no lado direito. No olho, eu estimei que a borda deveria ter uns três centímetros, talvez quatro.

Largo o suficiente para um compartimento secreto.

Sem saber muito bem como abri-lo, voltei minha mão ao lugar em que tinha sentido a irregularidade. Talvez fosse só uma emenda, onde dois pedaços de madeira se encontravam. *Ou talvez...* Eu pressionei a madeira com força e ela saltou para fora. Eu fechei meus dedos em volta do bloco que tinha se soltado e o puxei para fora da escrivaninha, revelando uma pequena abertura. Lá dentro estava um chaveiro sem chave.

O chaveiro era de plástico, na forma do número um.

Capítulo 66

Oito. Um. Um.

Naquela noite eu dormi mais uma vez no quarto de Libby. Mas ela, não. Eu pedi a Oren para confirmar com a equipe de segurança dela se ela estava bem e na propriedade.

Ela estava, mas ele não me disse onde.

Nada de Libby. Nada de Max. Eu estava sozinha – mais sozinha do que já estava quando cheguei à Casa. *Nada de Jameson.* Eu não o via desde que ele tinha saído de manhã. *Nada de Grayson.* Ele não tinha ficado muito tempo comigo depois que achei a pista.

Um. Um. Oito. Era tudo em que eu conseguia me concentrar. Três números, o que confirmava que a árvore de Toby na floresta era só uma árvore. Se havia um quarto número, ele ainda estava lá. Com base no chaveiro, a pista em Black Wood poderia aparecer em forma de qualquer coisa, não só de entalhe.

Tarde da noite e já quase dormindo, eu ouvi algo parecido com passos. *Atrás de mim? Embaixo?* O vento assobiava do lado de fora da minha janela. Tiros me espreitavam na memória. Eu não fazia ideia do que estava se esgueirando pelas paredes.

Eu só adormeci perto do amanhecer. E então sonhei com dormir.

— Eu tenho um segredo — minha mãe diz, sentando-se alegremente na cama e me acordando. — Quer tentar adivinhar, minha filha que tem quinze anos agora?

— Eu não vou jogar — resmungo, puxando os cobertores por cima da cabeça. — Eu nunca acerto.

— Eu vou te dar uma dica — minha mãe insiste. — Porque é seu aniversário. — Ela puxa os cobertores e se deita ao meu lado, apoiando a cabeça no meu travesseiro. O sorriso dela é contagioso.

Eu finalmente cedo e sorrio também.

— Certo. Me dê uma dica.

— Eu tenho um segredo... sobre o dia em que você nasceu.

Acordei com minha advogada abrindo as persianas e uma dor de cabeça.

— Bom dia, flor do dia — Alisa disse, com a força e segurança de uma pessoa defendendo um caso no tribunal.

— Vai embora. — Imitando minha versão mais nova, eu puxei os cobertores acima da cabeça.

— Desculpa — Alisa disse, sem soar nem um pouco arrependida. — Mas você realmente precisa se levantar agora.

— Eu não preciso fazer nada — resmunguei. — Eu sou uma bilionária.

Isso funcionou tão bem quanto eu esperava.

— Se você se lembra — Alisa respondeu, com a voz agradável —, na tentativa de fazer um controle de danos depois da sua coletiva de imprensa espontânea dessa semana, eu planejei sua estreia na sociedade texana para esse fim de semana. Há um evento de caridade para você ir hoje à noite.

— Eu mal dormi noite passada — eu apelei por sua piedade. — Alguém tentou atirar em mim!

— Vamos lhe dar vitamina C e um analgésico. — Alisa não tinha misericórdia. — Vamos sair em meia hora para comprar um vestido. Você tem treinamento de imprensa à uma da tarde e cabelo e maquiagem às quatro.

— Talvez a gente deva reagendar — eu disse. — Devido a alguém querer me matar.

— Oren autorizou sairmos da propriedade. — Alisa me olhou feio. — Você tem vinte e nove minutos para ficar pronta. — Ela espiou meu cabelo. — Cuide bem da sua aparência. Vejo você no carro.

Capítulo 67

Oren me escoltou até o SUV. Alisa e dois seguranças estavam esperando dentro do carro – e não eram os únicos.

— Eu sei que você jamais planejaria fazer compras sem mim — Thea disse como saudação. — Onde existir uma butique de alta costura, lá eu estarei.

Eu olhei para Oren, esperando que ele a expulsasse do carro. Ele não o fez.

— Além disso — Thea me disse em um sussurro altivo enquanto colocava o cinto de segurança —, nós precisamos falar sobre Rebecca.

O SUV tinha três fileiras de assentos. Oren e um segundo guarda-costas se sentaram na frente. Alisa e um terceiro se sentaram atrás. Thea e eu estávamos no meio.

— O que você fez com Rebecca? — Thea perguntou bem baixinho, quebrando o silêncio quando considerou que os outros ocupantes do carro não estavam ouvindo.

— Eu não fiz nada com Rebecca.

— Eu vou levar em consideração que você não caiu na armadilha de Jameson Hawthorne com o *propósito* de desenterrar memórias de Jameson e Emily. — Thea claramente achava que estava sendo magnânima. — Mas é aí que minha generosidade termina. Rebecca é dolorosamente linda, mas aquela menina chora feio. Eu sei como ela fica depois de passar a noite toda chorando. Qualquer que seja o problema dela, isso não é só por causa de Jameson. O que aconteceu no chalé?

Tentei compreender do que ela estava falando: *Rebecca sabe dos tiros. Ela estava proibida de contar para qualquer um. Por que ela choraria?*

— Falando em Jameson — Thea mudou de tática. — Ele está claramente arrasado e só posso presumir que te devo essa.

Ele está arrasado? Senti algo se acender no meu peito – um *e se* –, mas afastei.

— Por que você odeia tanto esse cara? — eu perguntei a Thea.

— Por que você não odeia?

— Pra começar, por que você está aqui? — Franzi a testa. — Não estou falando desse carro — eu corrigi, antes que ela mencionasse butiques —, mas da Casa Hawthorne. O que Zara e seu tio pediram que você fizesse?

Por que ficar tão perto de mim? O que eles queriam?

— O que te faz pensar que eles me pediram pra fazer alguma coisa? — Era óbvio, pelo tom de Thea e seus gestos, que ela tinha nascido em uma posição privilegiada e nunca a perdeu.

Existe uma primeira vez para tudo, pensei. Mas, antes que pudesse expor meu caso, o carro encostou em frente a uma loja e os *paparazzi* nos circularam em uma multidão ensurdecedora e claustrofóbica.

Eu me afundei na cadeira.

— Eu tenho um shopping inteiro no meu armário. — Eu dei um olhar sofrido para Alisa. — Se eu vestisse algo que já tenho, nós não precisaríamos lidar com *isso*.

— É por *isso* — Alisa disse quando Oren saiu do carro e o rugido dos repórteres aumentou — que viemos.

Eu estava ali para ser vista, para controlar a narrativa.

— Dê um belo sorriso — Thea murmurou no meu ouvido.

A butique que Alisa havia escolhido para esse passeio cuidadosamente coreografado era o tipo de loja que só tem um de cada vestido. Eles tinham fechado a loja toda para mim.

— Verde. — Thea puxou um vestido de festa da arara. — Esmeralda, pra combinar com seus olhos.

— Meus olhos são cor de mel — retruquei. Eu dei as costas para o vestido que ela estava segurando e me dirigi para a vendedora. — Você tem algo menos decotado?

— Você prefere cortes mais fechados? — O tom da vendedora era tão cuidadosamente neutro que eu tinha certeza de que ela estava me julgando.

— Algo que cubra minhas clavículas — eu disse, e então olhei para Alisa: *E meus pontos.*

— Você ouviu a srta. Grambs — Alisa disse com firmeza. — E Thea está certa, traga algo verde.

Capítulo 68

Por fim, encontramos um vestido. Os *paparazzi* tiraram suas fotos enquanto Oren enfiava todas nós de volta no SUV. Quando demos a partida, ele olhou pelo retrovisor.

— Colocaram os cintos?

Eu já tinha afivelado o meu. Ao meu lado, Thea colocou o dela.

— Já pensou em cabelo e maquiagem? — ela perguntou.

— O tempo todo — eu respondi em um segundo. — Não tenho pensado em nada além disso. Uma garota precisa ter suas prioridades.

Thea sorriu.

— E eu aqui pensando que todas as suas prioridades tinham o sobrenome Hawthorne.

— Isso não é verdade — contestei.

Mas será que não era mesmo? Quanto tempo eu tinha passado pensando neles? Quanto eu queria que Jameson estivesse falando a verdade quando me disse que eu era especial? Com quanta clareza eu ainda sentia Grayson examinando minha ferida?

— Seu guarda-costas não queria que eu viesse junto — Thea murmurou quando pegamos uma estrada sinuosa. — Sua advogada também não. Eu insisti, e você sabe por quê?

— Não tenho ideia.

— Isso não tem nada a ver com meu tio ou com Zara. — Thea brincava com as pontas de seu cabelo escuro. — Eu só estou fazendo o que Emily ia querer que eu fizesse. Lembre-se disso, o.k.?

Sem aviso, o carro dançou na pista. Meu corpo entrou em modo de pânico: lute ou fuja, mas essas opções não eram possíveis, pois eu estava presa no banco. Eu virei minha cabeça na direção de Oren, que estava dirigindo – e notei que o guarda no banco do carona estava com a arma na mão, vigilante, pronto para agir.

Algo está errado. Nós não devíamos ter vindo. Eu não devia ter confiado, nem por um momento, que estava segura. *Alisa insistiu nisso. Ela me queria na rua.*

— Segurem firme — Oren gritou.

— O que está acontecendo? — perguntei. As palavras ficaram presas na minha garganta e saíram como um sussurro. Eu vi um lampejo de movimento do lado de fora da minha janela: um carro, vindo na nossa direção, em alta velocidade. Eu gritei.

Meu subconsciente estava me mandando *correr.*

Oren deu outra guinada, o suficiente para evitar um impacto de verdade, mas eu ouvi o som do metal arranhando outro metal.

Alguém está tentando nos tirar da pista. Oren pisou no acelerador. Eu mal consegui ouvir o som das sirenes, sirenes de polícia, com a cacofonia de pânico na minha cabeça.

Isso não pode estar acontecendo. Por favor, não deixe isso acontecer.

Por favor, não.

Oren passou para a pista esquerda, na frente do carro que tinha nos atingido. Ele virou o SUV, passando por cima do canteiro, e nos colocou na direção oposta.

Eu tentei gritar, mas não consegui soltar um grito alto ou agudo. Eu estava chorando e não conseguia parar.

Ouvi mais sirenes. Eu me virei para olhar pela janela de trás do carro, esperando o pior, me preparando para um impacto, mas o que vi foi o carro que tinha nos atingido girando. Em segundos, o veículo estava cercado de viaturas.

— Estamos bem — eu sussurrei. Mas não acreditava nisso. Meu corpo estava me dizendo que eu nunca ficaria bem de novo.

Oren desacelerou, mas não parou e não virou o carro.

— O que foi isso? — perguntei, minha voz alta o suficiente, em tonalidade e volume, para conseguir quebrar vidros.

— Isso — Oren respondeu calmamente — foi alguém mordendo a isca.

A isca? Fulminei Alisa com o olhar.

— Do que ele está falando?

No calor do momento, eu tinha pensado que tudo o que estava acontecendo era culpa de Alisa. Eu tinha duvidado dela, mas a resposta de Oren me sugeriu que talvez eu devesse culpar os dois.

— É por *isso* — Alisa disse, sua calma característica abalada, mas não destruída — que viemos. — Foi a mesma coisa que ela tinha dito quando vimos os *paparazzi* fora da loja.

Os paparazzi. *Garantindo que seríamos vistos. A necessidade absoluta de vir comprar um vestido, apesar de tudo que aconteceu.*

Por causa *de tudo que aconteceu.*

— Você me usou de *isca?* — Eu não era de gritar, mas era o que estava fazendo.

Ao meu lado, Thea recuperou sua voz e mais um pouco.

— Que raios está acontecendo aqui?

Oren saiu da estrada e freou em um sinal vermelho.

— Sim — ele me disse, pedindo desculpas —, nós *te* usamos e *nos* usamos como isca. — Ele olhou na direção de Thea e respondeu à pergunta dela. — Avery sofreu uma tentativa de assassinato dois dias atrás. Nossos amigos da delegacia concordaram em fazer isso do meu jeito.

— O seu jeito poderia ter nos matado! — Eu não conseguia fazer meu coração parar de saltar. Eu mal conseguia respirar.

— Nós tínhamos reforços — Oren me garantiu. — Meu pessoal e também a polícia. Eu não vou te dizer que você não estava em perigo, mas, a situação sendo a que era, perigo não era uma possibilidade que poderia ser eliminada. Não havia uma boa opção. Você precisa continuar morando naquela casa. Em vez de esperar por outro ataque, Alisa e eu criamos o que parecia ser uma excelente oportunidade. Agora talvez tenhamos algumas respostas.

Primeiro, eles me disseram que os Hawthorne não eram uma ameaça. Então eles me usaram para revelar a ameaça.

— Vocês podiam ter me contado — eu falei, áspera.

— Era melhor — Alisa me disse — que você não soubesse. Que *ninguém* soubesse.

Melhor para quem? Antes que eu pudesse dizer isso, Oren recebeu uma ligação.

— Rebecca sabe do que aconteceu com você? — Thea perguntou ao meu lado. — É por isso que ela estava tão chateada?

— Oren — Alisa disse, ignorando Thea e eu. — Eles apreenderam o motorista?

— Sim. — Oren fez uma pausa e eu o peguei me olhando pelo retrovisor, seus olhos amolecendo de uma forma que fez meu estômago revirar. — Avery, é o namorado da sua irmã.

Drake.

— Ex-namorado — eu corrigi, minha voz falhando.

Oren não respondeu à minha correção.

— Eles encontraram um rifle no porta-malas que, pelo menos à primeira vista, condiz com as balas utilizadas. A polícia vai querer falar com a sua irmã.

— O quê? — retruquei, enquanto meu coração ainda socava sem descanso minhas costelas. — Pra quê? — Em algum nível, eu sabia, eu sabia a resposta dessa pergunta, mas eu não conseguia aceitar.

Eu não aceitaria.

— Se Drake é o atirador, alguém o colocou dentro da propriedade — Alisa disse, sua voz estranhamente gentil.

Não foi Libby, eu pensei.

— Libby não faria…

— Avery — Alisa pôs uma mão no meu ombro —, se algo acontecer com você, mesmo sem um testamento, sua irmã e seu pai são seus herdeiros.

Capítulo 69

Estes eram os fatos: Drake tinha tentado jogar o carro onde eu estava para fora da pista. Ele tinha uma arma que provavelmente combinava com as balas que Oren tinha recuperado. Ele tinha antecedentes criminais.

A polícia tomou meu depoimento. Eles fizeram perguntas sobre os tiros. Sobre Drake. Sobre Libby. Quando acabou, eu fui escoltada de volta para a Casa Hawthorne.

A porta da frente se abriu antes que Alisa e eu chegássemos à entrada.

Nash saiu exaltado da casa e diminuiu o passo quando nos viu.

— Você pode me dizer por que só agora eu estou sendo informado de que a polícia arrastou Libby daqui? — ele perguntou a Alisa.

Eu nunca tinha ouvido um sotaque sulista soar daquele jeito.

Alisa ergueu o queixo.

— Se ela não está sendo presa, ela não tem a obrigação de ir com eles.

— Ela não sabe disso! — Nash esbravejou. Então ele baixou a voz e a olhou nos olhos. — Se quisesse protegê-la, você a teria protegido.

Essa frase tinha tantas camadas para revelar, mas eu não consegui começar a identificá-las, não com meu cérebro focado em outras coisas. *Libby. A polícia está com Libby.*

— O meu trabalho não é proteger toda história triste que aparece. — Alisa revidou.

Eu sabia que ela não estava falando *só* de Libby, mas isso não importava.

— Ela não é uma história triste — rosnei. — Ela é minha irmã!

— E, muito provavelmente, cúmplice de uma tentativa de assassinato.

Alisa estendeu a mão para tocar o meu ombro. Eu recuei.

Libby nunca me machucaria. Libby nunca deixaria ninguém me machucar.

Eu acreditava nisso, mas não conseguia dizer isso. Por que eu não conseguia me expressar?

— Aquele canalha tem mandado mensagens pra ela — Nash disse ao meu lado. — Eu estou tentando convencê-la a bloquear o cara, mas ela se sente tão culpada...

— Culpada pelo quê? — Alisa insistiu. — Por que ela se sente culpada? Se ela não tem nada a esconder da polícia, por que você está tão preocupado com um depoimento?

Os olhos de Nash lampejaram.

— Você vai realmente ficar aí e agir como se nós dois não tivéssemos sido criados pra tratar a frase "nunca fale com as autoridades sem um advogado presente" como um mandamento?

Eu pensei em Libby sozinha numa cela. Ela provavelmente nem estava em uma cela, mas eu não conseguia afastar essa imagem.

— Mande alguém até lá — eu pedi a Alisa, trêmula. — Do escritório. — Ela abriu a boca para protestar e eu a cortei. — *Faça isso.*

Eu ainda não estava com o dinheiro, mas em algum momento ia estar. Ela trabalhava para mim.

— Considere feito — Alisa disse.

— E me deixem sozinha — esbravejei. Ela e Oren tinham me deixado no escuro. Eles tinham se movido em volta de mim como uma peça de xadrez em um tabuleiro. — *Todos* vocês — eu disse, me dirigindo para Oren.

Eu precisava ficar sozinha. Eu precisava fazer tudo que pudesse para evitar que eles plantassem uma única semente de dúvida, porque, se eu não podia confiar em Libby...

Então eu não tinha ninguém.

Nash pigarreou:

— Você quer contar pra ela sobre a consultora de *media training* esperando na sala, Li-Li, ou quer que eu faça isso?

Capítulo 70

Eu concordei em encontrar a caríssima consultora contratada por Alisa. Não porque eu tinha alguma intenção de ir ao baile de caridade à noite, mas porque era uma forma de garantir que todas as outras pessoas me deixassem sozinha.

— Hoje vamos trabalhar três pontos, Avery. — A consultora, uma elegante mulher negra com um sotaque britânico chique, tinha se apresentado como Landon. Eu não tinha ideia se isso era seu nome ou sobrenome. — Depois do ataque desta manhã, vai haver mais interesse na sua história e na de sua irmã do que nunca.

Libby não me machucaria, eu pensei, desesperada. *Ela não permitiria que Drake me machucasse.* E então pensei: *Ela não bloqueou o número dele.*

— As três coisas que vamos praticar hoje são o que dizer, como dizer e como identificar coisas que você não deve dizer e se esquivar. — Landon era elegante, precisa e mais estilosa que qualquer um dos meus consultores de estilo. — Agora, obviamente, vai haver algum interesse no infeliz incidente que ocorreu hoje de manhã, mas sua equipe legal prefere que você diga o mínimo possível sobre esse assunto.

Esse assunto é o segundo atentado à minha vida em três dias. *Libby não está envolvida. Não pode estar.*

— Repita comigo — Landon me instruiu. — *Eu estou grata por estar viva e estou grata por estar aqui esta noite.*

Eu bloqueei os pensamentos que me perseguiam o máximo que pude.

— Eu estou grata por estar viva — eu repeti, com frieza — e estou grata por estar aqui esta noite.

Landon me olhou feio.

— Como você acha que soou?

— Puta da vida? — chutei.

Landon me ofereceu gentilmente um conselho.

— Tente soar menos puta da vida. — Ela esperou um momento e então examinou a forma como eu estava sentada. — Endireite os ombros. Relaxe os músculos. Sua postura é a primeira coisa que o cérebro do público vai captar. Se parecer que você está tentando se dobrar sobre si mesma, se você se diminuir, isso passa uma mensagem.

Revirando os olhos, eu tentei me sentar mais reta e deixei minhas mãos caírem ao lado do corpo.

— Eu estou grata por estar viva e estou grata por estar aqui esta noite.

— Não. — Landon sacudiu a cabeça. — Você quer soar mais como uma pessoa de verdade.

— Eu sou uma pessoa de verdade.

— Não para o resto do mundo. Não ainda. Neste momento você é um espetáculo. — Não havia nada cruel no tom de Landon. — Finja que você está em casa. Na sua zona de conforto.

Qual era minha zona de conforto? Conversar com Max, que estava desaparecida pelo futuro próximo? Me aninhar na cama com Libby?

— Pense em alguém em que você confia.

Isso doeu tanto que eu me senti vazia por dentro e, ao mesmo tempo, com vontade de vomitar. Eu engoli em seco.

— Eu estou grata por estar viva e estou grata por estar aqui esta noite.

— Soa forçado, Avery.

Eu rangi os dentes.

— *É* forçado.

— Precisa ser? — Landon me deixou marinar essa pergunta por um tempo. — Nenhuma parte de você está grata por ter recebido essa oportunidade? De viver nessa casa? De saber que, não importa o que aconteça, você e as pessoas que ama estarão sempre amparadas?

Dinheiro era previsibilidade. Era segurança. Era saber que você podia errar sem estragar a sua vida. *Se Libby realmente deixou Drake entrar na propriedade, se foi ele quem atirou em mim, ela não tinha como saber que isso ia acontecer.*

— Você não está grata por estar viva, depois de tudo que aconteceu? Você *queria* morrer hoje?

Não. Eu queria viver. Viver de verdade.

— Eu estou grata por estar aqui — eu disse, sentindo as palavras um pouco mais dessa vez — e estou grata por estar viva.

— Melhor, mas dessa vez… deixe que doa.

— Como assim?

— Mostre a eles que você é vulnerável.

Eu franzi o nariz.

— Mostre a eles que você é só uma garota comum. Igual a eles. Essa é a chave da minha profissão. Quão real, quão vulnerável você pode parecer sem se permitir realmente ser vulnerável?

Vulnerável não era a história que eu tinha escolhido contar quando escolheram meu guarda-roupa. Eu deveria ter um algo a mais. Mas garotas com lâminas afiadas também tinham sentimentos.

— Eu estou grata por estar viva — eu disse — e estou grata por estar aqui esta noite.

— Bom. — Landon assentiu de leve. — Agora vamos jogar um joguinho. Eu vou lhe fazer perguntas e você vai fazer a única coisa que eu absolutamente preciso que você domine antes de lhe deixar sair daqui para a festa de gala de hoje à noite.

— E o que é? — perguntei.

— Você *não vai* responder às perguntas. — A expressão de Landon era intensa. — Nem com palavras, nem com seu rosto. De jeito nenhum, a menos e até que você receba uma pergunta que pode, de alguma forma, responder com a mensagem-chave que já praticamos.

— Gratidão — eu disse. — *Et cetera, et cetera.* — Eu dei de ombros. — Não parece difícil.

— Avery, é verdade que sua mãe foi amante de Tobias Hawthorne por muitos anos?

Ela quase me pegou. Eu quase cuspi a palavra *não.* Mas, de alguma forma, eu me controlei.

— Você planejou o ataque de hoje?

Hein?

— Observe seu rosto — ela me disse, e então perguntou, sem hesitar: — Como é seu relacionamento com a família Hawthorne?

Eu fiquei sentada, passiva, não me permitindo sequer pensar o nome deles.

— O que você vai fazer com o dinheiro? O que você diria para as pessoas que a chamam de golpista e ladra? Você se feriu hoje?

Essa última pergunta me deu uma abertura.

— Eu estou bem — eu disse. — Eu estou grata por estar viva e estou grata por estar aqui esta noite.

Eu esperava ganhar um parabéns, mas não ganhei nenhum.

— É verdade que sua irmã namora o homem que tentou matar você? Ela está envolvida no atentado à sua vida?

Eu não sabia se tinha sido a forma como ela enfiou a pergunta, logo depois da minha resposta anterior, ou o quão perto da verdade a pergunta chegou, mas eu não aguentei.

— Não. — As palavras escapuliram da minha boca. — Minha irmã não teve *nada* a ver com isso.

Landon me olhou feio.

— A partir do início — ela disse, firme. — Vamos tentar de novo.

Capítulo 71

Depois da minha sessão com Landon, ela me deixou no meu quarto, onde meus consultores de estilo já estavam esperando. Eu podia ter decidido não ir ao baile, mas Landon me fez reconsiderar: que tipo de mensagem isso passaria?

Que eu estava com medo? Que eu estava me escondendo... ou escondendo algo? Que Libby era culpada?

Ela não é. Eu repetia isso o tempo todo para mim mesma.

Eu estava fazendo o cabelo e a maquiagem quando Libby entrou no meu quarto. Os músculos do meu estômago se apertaram, meu coração saltou para a garganta. O rosto dela estava marcado de maquiagem escorrida. Ela tinha chorado.

Ela não fez nada errado. Não fez. Libby hesitou por três ou quatro segundos, e então se atirou em cima de mim, me prendendo no maior e mais apertado abraço da minha vida.

— Me desculpa. Me desculpa, de verdade.

Por um segundo – exatamente um – meu sangue gelou.

— Eu devia ter bloqueado ele — Libby continuou. — Mas, se serve de consolo, eu acabei de colocar meu celular no liquidificador. E liguei o liquidificador.

Ela não estava pedindo desculpas por ajudar e conspirar com Drake. Ela estava pedindo desculpas por não ter bloqueado o número dele. Por ter brigado comigo quando eu quis que ela fizesse isso.

Eu abaixei a cabeça e um par de mãos imediatamente ergueu meu queixo de volta para que os *stylists* pudessem continuar seu trabalho.

— Diga alguma coisa — Libby pediu.

Eu queria dizer a ela que acreditava nela, mas só dizer essas palavras já parecia desleal, como um reconhecimento de que eu cheguei a desconfiar dela.

— Você vai precisar de um celular novo — eu disse.

Libby deu uma risadinha estrangulada.

— E também de um liquidificador novo. — Ela limpou os olhos com o dorso da mão direita.

— Sem lágrimas! — o homem me maquiando ordenou. Ele disse isso para mim, não para Libby, mas ela se recompôs também. — Você quer ficar como na foto que recebemos, certo? — O homem me perguntou, agressivamente colocando mousse no meu cabelo.

— Claro — respondi. — Que seja. — Se Alisa tinha dado uma foto a eles, essa era uma decisão a menos para mim, uma coisa a menos para pensar.

Como a atual pergunta de um bilhão de dólares: se Drake atirou em mim e não foi Libby que deixou ele entrar na propriedade – quem foi?

Uma hora depois, eu estava encarando o espelho. Os cabeleireiros tinham trançado meu cabelo, mas não era só uma trança. Eles tinham dividido meu cabelo no meio e cada metade em terços. Cada terço tinha sido seccionado e uma metade se enrolava na outra, dando ao cabelo uma aparência espiralada, como uma corda. Elásticos minúsculos e transparentes e uma quantidade insalubre de spray de cabelo seguraram isso no lugar quando eles começaram a fazer uma trança embutida em cada lado do meu cabelo. Eu não tenho certeza do que aconteceu em seguida, além de que doeu para caramba e exigiu as quatro mãos dos cabeleireiros e uma de Libby, mas a última trança se enrolava em volta da minha cabeça, emoldurando meu rosto de um dos lados. As tranças eram multicoloridas e realçavam as luzes e as mechas loiras no meu cabelo castanho acinzentado. O efeito era hipnotizante, diferente de qualquer coisa que eu já tinha visto.

A maquiagem era menos dramática – natural, *fresh* e discreta, exceto nos olhos. Eu não tenho ideia de que bruxaria eles fizeram, mas meus olhos contornados de preto pareciam ter o dobro do tamanho normal e estavam *verdes* – verdes de verdade, com faíscas que pareciam mais douradas do que marrom.

— E a *pièce de résistance*... — Um dos *stylists* passou um colar em volta do meu pescoço. — Ouro branco e três esmeraldas.

As pedras tinham o tamanho da unha do meu dedão.

— Você está linda — Libby disse.

Eu não parecia em nada comigo mesma. Eu parecia alguém que pertencia a um baile desses e, ainda assim, eu quase desisti do baile. A única coisa que me impediu de jogar a toalha foi Libby.

Se havia algum momento em que eu precisava controlar a narrativa, era agora.

Capítulo 72

Oren me encontrou no topo da escada.

— A polícia conseguiu alguma coisa com Drake? — perguntei. — Ele assumiu ter atirado? Com quem ele está conspirando?

— Respire fundo — Oren me disse. — Drake fez mais do que se incriminou, mas ele está tentando pintar Libby como a arquiteta. Mas a história não faz sentido. Não temos nenhuma imagem dele entrando na propriedade, e haveria, se, como ele afirma, Libby tivesse aberto o portão pra ele. Nossa melhor hipótese no momento é que ele entrou pelos túneis.

— Os túneis? — repeti.

— São como as passagens secretas na casa, mas eles passam por baixo da propriedade. Eu sei de duas entradas e as duas são vigiadas.

Eu ouvi o que Oren não tinha dito.

— Existem duas que você conhece, mas essa é a Casa Hawthorne. Pode haver mais.

* * *

Eu deveria me sentir como uma princesa de contos de fadas a caminho do baile, mas minha carruagem era um SUV idêntico ao que Drake tinha atacado hoje de manhã. Nada dizia *conto de fadas* como uma tentativa de assassinato.

Quem conhece a localização dos túneis? Era a pergunta do momento. Se havia túneis que o chefe de segurança da Casa Hawthorne sequer conhecia, eu duvidava muito que Drake os tivesse encontrado sozinhos. Libby também não saberia deles.

Então quem? Alguém muito, muito familiarizado com a Casa Hawthorne. *Drake foi procurado por essa pessoa? Por quê?* Essa última pergunta era menos misteriosa. Afinal, por que cometer assassinato você mesmo quando existe outra pessoa por aí disposta a fazer isso por você? Tudo que era preciso saber era que Drake existia, que ele já tinha sido violento outras vezes e que ele tinha todas as razões do mundo para me odiar.

Dentro da Casa Hawthorne, nada disso era segredo.

Talvez o cúmplice dele tenha atiçado sua ganância contando que, se algo acontecesse comigo, Libby seria minha herdeira.

Eles arranjaram um cara com antecedentes para fazer o trabalho sujo e pagar a pena. Eu estava sentada no meu SUV blindado usando um vestido de cinco mil dólares e um colar que provavelmente poderia pagar pelo menos um ano de faculdade e me perguntava se a prisão de Drake significava que o perigo havia passado – ou se quem tinha lhe dado acesso ao túnel tinha outros planos para mim.

— A Fundação comprou duas mesas para o evento de hoje — Alisa me disse do banco da frente. — Zara detestou ter que abrir mão de qualquer lugar, mas, como tecnicamente a Fundação é *sua*, ela não teve muita escolha.

Alisa estava agindo como se nada tivesse acontecido. Como se eu tivesse todos os motivos para confiar nela quando eu sentia que os motivos para não fazê-lo estavam se acumulando.

— Então eu vou me sentar com eles — eu disse, sem expressão. — Os Hawthorne.

Um dos quais – *pelo menos* um – talvez ainda me quisesse morta.

— É bom para você se tudo parecer amigável entre vocês. — Alisa precisava perceber o quanto isso soava ridículo, considerando o contexto. — Se a família Hawthorne aceitá-la, isso vai ajudar a afastar algumas das teorias menos simpáticas quanto às razões de você ser a herdeira.

— E que tal a teoria pouco simpática de que um deles, pelo menos um, me quer morta? — perguntei.

Talvez fosse Zara, ou seu marido, ou Skye, ou até mesmo Nan, que meio que me contou que matou o marido.

— Ainda estamos em alerta — Oren garantiu. — Mas seria melhor pra nós se os Hawthorne não percebessem isso. Se a esperança do conspirador era culpar Drake e Libby, deixe que pensem que foram bem-sucedidos.

Da última vez, eu tinha acabado com o elemento surpresa. Dessa vez as coisas seriam diferentes.

Capítulo 73

— Avery, aqui, por favor!

— Algum comentário sobre a prisão de Drake Sanders?

— Você pode comentar sobre o futuro da Fundação Hawthorne?

— É verdade que sua mãe uma vez foi presa por prostituição?

Se não fosse pelas *sete* rodadas de treinamento que eu tinha feito antes, essa última teria me pegado. Eu teria respondido e minha resposta seria cheia de palavrões, no plural mesmo. Em vez disso, eu fiquei perto do carro e esperei.

E então a pergunta pela qual eu estava esperando veio.

— Com tudo que aconteceu, como você se sente?

Eu olhei diretamente para o repórter que fez a pergunta.

— Eu estou grata por estar viva — eu disse. — E eu estou grata por estar aqui esta noite.

O evento era em um museu de arte. Nós entramos pelo andar de cima e descemos por uma enorme escadaria de mármore até a sala de exposição. Quando eu estava na metade do caminho, todo mundo no salão estava ou me encarando ou não encarando de um jeito que era ainda pior.

No fim da escadaria, eu vi Grayson. Ele usava um smoking exatamente do mesmo jeito que usava um terno. Ele estava segurando uma taça com um líquido transparente dentro. No momento em que ele me viu, ele congelou, tão completa e subitamente que pareceu que alguém tinha congelado o tempo. Lembrei de nosso último encontro no cômodo escondido da biblioteca, na forma como ele tinha olhado para mim e, por alguma razão, achei que ele estava me olhando agora da mesma maneira.

Acho que eu o deixei sem fôlego.

Então ele derrubou a taça que tinha na mão. Ela atingiu o chão e quebrou, fazendo os cacos de cristal se espalharem por todos os lados.

O que aconteceu? O que eu fiz?

Alisa me cutucou para continuar andando. Eu terminei de descer as escadas e os garçons correram para limpar o chão.

Grayson me encarou.

— O que você está fazendo? — A voz dele era gutural.

— Não entendi — eu disse.

— Seu cabelo — ele gaguejou. Ele ergueu sua mão livre até minha trança, mas afastou os dedos antes que a tocassem, cerrando o punho. — O colar. O vestido…

— Qual é o problema com eles?

A única palavra que ele conseguiu dizer em resposta foi um nome.

Emily. Era sempre Emily. De alguma forma, eu fui até o banheiro sem fazer parecer muito que eu estava fugindo. Eu me esforcei para tirar meu celular da carteira de cetim preto que eu tinha ganhado, incerta do que eu planejava fazer com o celular quando o pegasse. Alguém parou do meu lado em frente ao espelho.

— Você está bonita — Thea disse, me olhando de lado. — Na verdade, você está *perfeita*.

Eu a encarei, começando a compreender.

— O que você fez, Thea?

Ela baixou os olhos para seu celular, apertou alguns botões e, logo depois, eu recebi uma mensagem. Eu nem sabia que ela tinha meu número.

Eu abri a mensagem para ver a foto anexada e todo o sangue deixou meu rosto. Nessa foto, Emily Laughlin não estava rindo. Ela estava sorrindo para a câmera, um sorrisinho maldoso, como se estivesse prestes a dar uma piscadela. Sua maquiagem era natural, mas seus olhos pareciam artificialmente grandes e seu cabelo…

Estava exatamente igual ao meu.

— O que você fez? — perguntei de novo, dessa vez mais uma acusação do que uma pergunta. Ela tinha se convidado para minha ida às compras. Foi ela que sugeriu que eu usasse verde, como Emily estava usando na foto.

Até mesmo meu colar era assustadoramente parecido com o dela.

Quando o cabeleireiro perguntou se eu queria seguir o exemplo da foto e pensei que a sugestão era de Alisa. Eu achei que era a foto de uma modelo. *Não de uma garota morta.*

— Por que você faria isso? — falei, corrigindo minha pergunta.

— É o que Emily ia querer. — Thea tirou um batom da bolsa. — Se serve de consolo — ela disse, depois que terminou de deixar seus lábios num vermelho-escuro reluzente —, eu não fiz isso com *você*.

Ela tinha feito com *eles*.

— Os Hawthorne não mataram Emily — eu disparei. — Rebecca disse que foi o coração dela.

Tecnicamente, ela tinha dito que *Grayson* tinha dito que foi o coração dela.

— Quanta certeza você tem de que a família Hawthorne não está tentando matar *você*? — Thea sorriu. Ela estava lá hoje de manhã. Ela tinha ficado abalada. E agora ela estava agindo como se tudo fosse uma piada.

— Tem uma coisa muito errada com você — eu disse.

Minha fúria não pareceu afetá-la.

— Eu te disse quando nos conhecemos que a família Hawthorne era perturbada e perversa. — Ela encarou o espelho um momento a mais. — Eu nunca disse que eu também não era.

Capítulo 74

Eu tirei o colar e fiquei segurando-o na frente do espelho. O cabelo era o maior problema. Tinha sido necessário duas pessoas para montá-lo. Eu precisaria de um ato de Deus para soltá-lo.

— Avery? — Alisa enfiou a cabeça para dentro do banheiro.

— Me ajuda — pedi.

— Com o quê?

— Meu cabelo.

Eu estendi a mão para trás e comecei a puxá-lo, e Alisa pegou minhas mãos e as segurou. Ela passou meus pulsos para sua mão direita e trancou a porta do banheiro com a esquerda.

— Eu não devia ter insistido — ela disse, sua voz baixa. — Foi coisa demais muito rápido, não foi?

— Você sabe com quem eu estou parecendo? — Eu enfiei o colar no rosto dela. Ela o pegou das minhas mãos.

Ela franziu a testa.

— Com quem você está parecendo? — Essa parecia uma pergunta honesta de uma pessoa que não gostava de fazer perguntas para as quais ela não sabia a resposta.

— Emily Laughlin. — Eu não pude evitar um olhar para o espelho. — Thea me vestiu igualzinho a ela.

Alisa precisou de um momento para processar a informação.

— Eu não sabia. — Ela fez uma pausa, considerando. — A imprensa não vai saber também. Emily era só uma menina comum.

Não havia nada de comum em Emily Laughlin. Eu não sabia quando eu tinha passado a acreditar nisso. No momento em que vi a foto dela? Minha conversa com Rebecca? A primeira vez que Jameson falou o nome dela ou a primeira vez que eu o mencionei para Grayson?

— Se você passar mais tempo nesse banheiro, as pessoas vão notar — Alisa me avisou. — Elas já notaram. Para o bem ou para o mal, você precisa ir lá fora.

Eu tinha ido ao baile porque, de alguma forma perturbada, tinha pensado que fazer uma cara feliz ia proteger Libby. Eu dificilmente estaria ali se minha própria irmã tivesse tentado me matar, estaria?

— Certo — concordei, rangendo os dentes. — Mas, se eu fizer isso por você, eu quero sua palavra de que você vai proteger minha irmã de todas as formas que puder. Eu não me importo com qual é seu lance com Nash ou qual é o dele com Libby. Você não trabalha só pra mim mais. Você trabalha pra ela também.

Alisa engoliu o que quer que ela realmente quisesse dizer. Tudo que saiu da boca dela foi:

— Você tem a minha palavra.

* * *

Eu só precisava sobreviver ao jantar. Uma dança ou duas. O leilão. Era fácil falar. Alisa me guiou até um par de mesas que a Fundação Hawthorne tinha reservado. Na mesa da esquerda, Nan era a rainha dos grisalhos. A mesa da direita estava meio que cheia de Hawthorne: Zara e Constantine, Nash, Grayson e Xander.

Eu me direcionei para a mesa de Nan, mas Alisa me impediu e gentilmente me guiou para o lugar bem ao lado de Grayson. Alisa se sentou na outra cadeira e deixou três lugares vazios – pelo menos um deles eu presumi que fosse para Jameson.

Ao meu lado, Grayson não disse nada. Eu perdi a luta para não observá-lo e o peguei olhando fixo para a frente, sem olhar para mim ou para qualquer outra pessoa na mesa.

— Eu não fiz de propósito — murmurei, tentando manter a expressão do meu rosto normal pelo bem do nosso público, tanto convidados quanto fotógrafos.

— Claro que não — Grayson respondeu, seu tom rígido, as palavras mecânicas.

— Eu tiraria a trança se pudesse — murmurei. — Mas não consigo sozinha.

A cabeça dele baixou de leve, seus olhos se fecharam por só um momento.

— Eu sei.

Eu fui tomada pela imagem mental de Grayson ajudando Emily a soltar o seu cabelo, os dedos dele liberando a trança pouco a pouco.

Meu braço esbarrou na taça de vinho de Alisa. Ela tentou pegá-la, mas não foi rápida o suficiente. O vinho manchando a toalha de mesa branca me fez perceber o que era óbvio desde o início, desde o momento em que o testamento tinha sido lido.

Eu não pertencia a esse mundo – não a uma festa como essa, não ao lado de Grayson Hawthorne. E nunca pertenceria.

Capítulo 75

Consegui chegar ao fim do jantar sem ninguém tentar me matar e Jameson não apareceu. Eu disse a Alisa que precisava de ar, mas não fui para a parte externa. Eu não conseguiria enfrentar a imprensa de novo tão cedo, então eu acabei em outra ala do museu, Oren como uma sombra atrás de mim.

A ala estava fechada. As luzes eram fracas e as salas de exposição estavam bloqueadas, mas o corredor estava aberto. Eu caminhei pelo longo corredor, os passos de Oren atrás dos meus. Em cima havia uma luz acesa e brilhante contrastando com os arredores. A corda que bloqueava essa sala de exposição tinha sido movida para o lado. Passar por ela pareceu com sair de um teatro escuro para o exterior com sol. A sala estava clara. Até mesmo as molduras dos quadros eram brancas. Havia só uma pessoa na sala, usando um smoking sem o paletó.

— Jameson — eu disse o nome dele, mas ele não virou. Ele estava parado em frente a uma pintura pequena, olhando com intensidade a mais ou menos um metro de distância.

Ele olhou para mim quando eu comecei a caminhar na direção dele, mas voltou a olhar para a pintura.

Você me viu, eu pensei. *Você viu a forma como arrumaram meu cabelo.* A sala estava quieta o suficiente para eu conseguir ouvir meu próprio coração batendo. *Diga alguma coisa.*

Ele apontou a pintura com a cabeça.

— Os *quatro irmãos,* de Cézanne — ele disse quando eu parei ao seu lado. — Um favorito da família Hawthorne, por motivos óbvios.

Eu me forcei a olhar para a pintura, não para ele. Havia quatro figuras na tela, seus rostos borrados. Eu conseguia distinguir as linhas dos seus músculos. Eu quase podia *vê-los* em movimento, mas o artista não estava atrás de realismo. Meus olhos focaram a etiqueta dourada abaixo da pintura.

Quatro Irmãos. Paul Cézanne. 1898. Emprestado da coleção de Tobias Hawthorne.

Jameson virou seu rosto para o meu.

— Eu sei que você encontrou a Davenport. — Ele arqueou a sobrancelha. — Você chegou antes de mim.

— Grayson também — eu disse.

A expressão de Jameson se fechou.

— Você estava certa. A árvore em Black Wood era só uma árvore. A pista que nós estamos procurando é um número. *Oito. Um. Um.* Só falta um.

— Não existe *nós* — eu disse. — Você sequer me vê como uma pessoa, Jameson? Eu sou apenas uma ferramenta?

— Talvez eu mereça isso. — Ele sustentou meu olhar por mais um momento e então olhou de volta para a pintura. — O velho costumava dizer que eu era hiperfocado. Eu não fui feito pra me importar com mais de uma coisa por vez.

Eu me perguntei se essa coisa era o jogo – ou *ela.*

— Pra mim chega, Jameson. — Minhas palavras ecoaram na sala branca. — Não dá mais. Seja isso o que for. — Eu me virei para ir embora.

— Eu não me importo que você esteja usando a trança de Emily. — Jameson sabia exatamente o que dizer para me fazer parar. — Eu não me importo — ele repetiu — porque *eu não me importo com Emily.* — Ele soltou uma respiração trêmula. — Eu terminei com ela naquela noite. Eu estava cansado de seus joguinhos, eu disse a ela que não aguentava mais e, algumas horas depois, ela estava morta.

Eu me virei para olhar para ele e seus olhos verdes, um pouco injetados, me encararam.

— Sinto muito — eu disse, me perguntando quantas vezes ele tinha voltado a essa última conversa.

— Venha comigo pra Black Wood — Jameson implorou. Ele estava certo. Ele tinha um hiperfoco. — Você não precisa me beijar. Você nem precisa gostar de mim, Herdeira, mas por favor, não me deixe fazer isso sozinho.

Ele parecia vulnerável, real de uma forma que nunca tinha parecido. *Você não precisa me beijar.* Ele falou isso como se quisesse que eu o beijasse.

— Espero não estar interrompendo.

Jameson e eu olhamos para a entrada ao mesmo tempo. Grayson estava ali e eu percebi que, do seu ponto de vista, tudo que ele teria visto de mim quando entrou na sala era a trança.

Por um momento, Grayson e Jameson se encararam.

— Você sabe onde eu vou estar, Herdeira — Jameson me disse. — Se alguma parte de você quiser me encontrar.

Ele passou por Grayson e saiu. Grayson acompanhou o irmão com os olhos por um longo tempo antes de se dirigir a mim.

— O que ele disse quando te viu?

Quando ele viu meu cabelo, você quer dizer. Eu engoli em seco.

— Ele me disse que tinha terminado com Emily na noite em que ela morreu.

Silêncio.

Eu me virei para olhar para Grayson.

Os olhos dele estavam fechados e cada músculo do seu corpo estava contraído.

— Jameson te disse que eu a matei?

Capítulo 76

Depois que Grayson foi embora, eu passei mais quinze minutos na galeria – sozinha –, encarando o quadro de Cézanne antes que Alisa mandasse alguém me buscar.

— Eu concordo — Xander disse, embora eu não tivesse falado nada para ele concordar. — Que festa horrível. A proporção de socialites pra *scones* é imperdoável.

Eu não estava no clima para piadas com *scones*. *Jameson diz que terminou com Emily. Grayson afirma que a matou. Thea está me usando para punir os dois.*

— Estou indo embora — eu disse a Xander.

— Você não pode ir embora ainda!

Eu olhei para ele.

— Por que não?

— Porque... — Xander sacudiu sua única sobrancelha. — Eles acabaram de abrir a pista de dança. Você quer dar à imprensa algo do que falar, não quer?

* * *

Uma dança. Era tudo que eu daria a Alisa – e aos fotógrafos – antes de dar o fora daquela festa.

— Finja que eu sou a pessoa mais fascinante que você já conheceu — Xander me aconselhou enquanto me acompanhava até a pista de dança para uma valsa.

Ele estendeu uma mão para mim e então curvou seu outro braço em volta das minhas costas.

— Aqui, vou te ajudar: todo ano, no meu aniversário, entre os sete e doze anos, meu avô me dava um dinheiro pra investir e eu gastei tudo em criptomoeda porque eu sou um gênio, e não porque eu achei que *criptomoeda* era algo que soava bem. — Ele me girou uma vez. — Eu vendi o que tinha antes do meu avô morrer por quase cem milhões de dólares.

Eu o encarei.

— Você o quê?

— Viu? — ele disse. — Fascinante. — Xander seguiu dançando, mas baixou os olhos. — Nem meus irmãos sabem disso.

— Em que seus irmãos investiram? — perguntei. Esse tempo todo, eu estava presumindo que eles tinham ficado sem *nada.* Nash tinha me contado da tradição de aniversário de Tobias Hawthorne, mas eu não tinha pensado duas vezes nos "investimentos" deles.

— Não tenho ideia — Xander disse, animado. — Não era um assunto que podíamos discutir.

Nós seguimos dançando e os fotógrafos aproveitaram a deixa. Xander colocou seu rosto bem perto do meu.

— A imprensa vai achar que estamos namorando — eu disse, enquanto minha mente ainda girava com essa revelação.

— Por acaso — Xander respondeu, altivo —, eu sou excelente em namoros falsos.

— Quem exatamente você fingiu namorar? — perguntei.

Xander olhou para Thea.

— Eu sou uma máquina de Rube Goldberg — ele disse em resposta —, eu faço coisas simples de formas complicadas. — Ele fez uma pausa. — Foi ideia de Emily que Thea e eu namorássemos. Em era, vamos dizer assim, *persistente*. Ela não sabia que Thea já estava com alguém.

— E você concordou com o teatro? — perguntei, incrédula.

— Eu repito: eu sou uma máquina de Rube Goldberg humana. — A voz dele suavizou. — E eu não fiz isso por Thea.

Então por quem? Eu precisei de um momento para juntar as peças. Xander tinha mencionado namoros falsos *duas* vezes antes: uma vez em relação a Thea e outra quando eu perguntei sobre Rebecca.

— Thea e Rebecca? — perguntei.

— Profundamente apaixonadas — Xander confirmou. *Thea me disse que ela era dolorosamente linda.* — A melhor amiga de Emily e a irmã mais nova. O que eu poderia fazer? Elas acharam que Emily não entenderia. Ela era possessiva com as pessoas que amava e eu sabia como era difícil pra Rebecca contrariá-la. Só dessa vez, Bex queria algo pra si.

Eu me perguntei se Xander gostava dela – se fingir namorar Thea era sua forma torcida à la Rube Goldberg de dizer isso.

— Thea e Rebecca estavam certas? Que Emily não entenderia?

— Mais que certas. — Xander fez uma pausa. — Em descobriu sobre elas naquela noite. Ela encarou como uma traição.

Naquela noite – a noite em que ela morreu.

A música terminou e Xander soltou minha mão, mantendo seu outro braço em volta da minha cintura.

— Sorria para os repórteres — ele murmurou. — Dê uma história pra eles. Olhe bem fundo nos meus olhos. Sinta o peso do meu charme. Pense nos seus doces favoritos.

Os cantos dos meus lábios viraram para cima e Xander Hawthorne me acompanhou para fora da pista de dança e até Alisa.

— Você pode ir embora agora — ela me disse, satisfeita. — Se quiser.

Nossa, sim.

— Você vem? — perguntei a Xander.

O convite pareceu surpreendê-lo.

— Não posso. — Ele fez uma pausa. — Eu resolvi Black Wood. — Isso conquistou toda a minha atenção. — Eu poderia vencer isso tudo. — Xander olhou para seus sapatos de festa. — Mas Jameson e Grayson precisam mais do que eu. Volte para a Casa Hawthorne. Quando você chegar lá, vai ter um helicóptero te esperando. Peça ao piloto para sobrevoar Black Wood.

Um helicóptero?

— Aonde você for — Xander me disse — eles irão atrás.

Eles, querendo dizer seus irmãos.

— Eu pensei que você queria ganhar — eu disse a Xander.

Ele engoliu em seco. Com força.

— Eu quero.

Capítulo 77

Eu acreditei mais ou menos em Xander quando ele me prometeu um helicóptero, mas ali estava ele, no gramado da frente da Casa Hawthorne, com a hélice parada. Oren não me deixou pisar nele até examiná-lo. Mesmo assim, ele insistiu em tomar o lugar do piloto. Eu subi atrás e descobri que Jameson já estava ali.

— Encomendou um helicóptero? — ele me perguntou, como se isso fosse uma coisa normal de se fazer.

Sentei ao lado dele e afivelei meu cinto.

— Estou surpresa que você me esperou pra decolar.

— Eu te disse, Herdeira. — Ele me deu um sorriso torto. — Eu não quero fazer isso sozinho.

Por um segundo, foi como se nós dois estivéssemos de volta na pista de corrida, acelerando para a linha de chegada, e então, do lado de fora do helicóptero, um vulto preto chamou minha atenção.

Um smoking. Quando Grayson embarcou, era impossível decifrar sua expressão.

Jameson te disse que eu a matei? O eco dessa pergunta na minha mente era ensurdecedor. Como se tivesse ouvido, Jameson se virou na direção de Grayson.

— O que você está fazendo aqui?

Xander me disse que, aonde eu fosse, os dois me seguiriam. *Jameson não me seguiu,* eu me lembrei, todos os nervos do meu corpo alertas. *Ele chegou aqui primeiro.*

— Posso? — Grayson me perguntou, apontando com a cabeça um lugar vazio. Eu conseguia sentir Jameson me encarando, desejando que eu dissesse não.

Eu assenti.

Grayson se sentou atrás de mim. Oren checou os cintos para ter certeza de que estávamos seguros, então ligou o motor. Em um minuto, o som das hélices era ensurdecedor. Meu coração saltou para a garganta quando levantamos voo.

Eu tinha gostado de estar num avião pela primeira vez, mas isso era diferente... era mais. O barulho, a vibração, a sensação mais forte de que quase nada me separava do ar – ou do chão. Meu coração batia forte, mas eu não conseguia ouvir. Eu não conseguia ouvir meus pensamentos, não pensava na tristeza na voz de Grayson quando ele fez aquela pergunta, não pensava na forma como Jameson tinha falado que eu não *precisava* beijá-lo ou gostar dele.

Tudo que eu conseguia pensar era em olhar para baixo.

Conforme voávamos acima de Black Wood, eu conseguia ver o emaranhado de árvores lá embaixo – denso demais para que a luz do sol penetrasse. Mas, quando meu olhar migrou para o centro da floresta, as árvores rarearam, se abrindo em uma clareira bem no centro. Jameson e eu estávamos nos aproximando da clareira quando Drake começou a atirar.

Eu tinha notado a grama, mas não havia *visto,* não da forma como estava vendo agora.

De cima, a clareira, o anel mais claro de árvores que a cercavam e a floresta externa mais densa formavam o que parecia um comprido e estreito O.

Ou um zero.

Quando o helicóptero pousou, eu me sentia prestes a explodir para fora da minha pele. Eu saltei para fora antes que a hélice tivesse parado completamente, cheia de adrenalina e risonha.

Oito. Um. Um. Zero.

Jameson saltou na minha direção.

— Nós conseguimos, Herdeira. — Ele ficou bem na minha frente, erguendo as mãos com as palmas para cima. Bêbada do barato do helicóptero, eu fiz o mesmo e os dedos dele se entrelaçaram com os meus. — Quatro nomes do meio. Quatro números.

Beijá-lo tinha sido um erro. Segurar as mãos dele agora era um erro, mas eu não me importava.

— Oito, um, um, zero — eu disse. — Foi nessa ordem que descobrimos os números, e é a ordem em que as pistas estão no testamento. — Westbrook, Davenport, Winchester e Blackwood, nessa ordem. — Uma combinação, talvez?

— Existe pelo menos uma dúzia de cofres na Casa — Jameson refletiu. — Mas existem outras possibilidades. Um endereço... coordenadas... e não há garantias de que a pista não está embaralhada. Pra resolver isso, nós talvez tenhamos que reordenar os números.

Um endereço. Coordenadas. Uma combinação. Eu fechei os olhos, só por um segundo, só por tempo suficiente para meu cérebro formular outra possibilidade.

— Uma data? — Todas as quatro pistas eram números com um único digito. Para uma combinação ou coordenadas, eu esperaria alguma pista com dois dígitos. Mas uma data...

O um ou o zero teriam que ir na frente. 1-1-0-8 seria 11/08.

— Onze de agosto — eu disse, e então passei pelo resto das possibilidades. 08/11. — Oito de novembro. — 18/01. — Dezoito de janeiro.

Então eu cheguei à última possibilidade, a última data.

Eu parei de respirar. Isso era uma coincidência grande demais para ser uma coincidência.

— Dezoito do dez. *Dezoito de outubro.* — Eu inspirei. Todos os nervos do meu corpo pareciam alerta. — É o meu aniversário.

Eu tenho um segredo, minha mãe tinha me dito no meu aniversário de quinze anos, dois anos atrás, dias antes de ela morrer, *sobre o dia em que você nasceu...*

— Não. — Jameson soltou minhas mãos.

— Sim — respondi. — Eu nasci em dezoito de outubro. E minha mãe...

— Isso não é por causa da sua mãe. — Jameson cerrou os punhos e deu um passo para trás.

— Jameson? — Eu não fazia ideia do que estava acontecendo. Se Tobias Hawthorne tinha me escolhido por causa de algo que havia acontecido no dia que eu nasci, isso era grande. *Enorme.* — Pode ser isso. Talvez ele tenha cruzado o caminho da minha mãe quando ela estava em trabalho de parto? Talvez ela tenha feito algo pra ele quando estava grávida de mim?

— Para.

A palavra estalou como um chicote. Jameson estava me olhando como se eu fosse uma aberração, como se eu estivesse louca, como se me ver pudesse revirar estômagos, incluindo e especialmente o dele.

— O que você...

— Os números não são uma data.

Sim, eu pensei com força. *Eles são.*

— Essa não pode ser a resposta — ele disse.

Eu dei um passo à frente, mas ele recuou. Eu senti um toque leve no meu braço. *Grayson.* Por mais leve que fosse o toque dele, eu tive a clara sensação de que ele estava me segurando.

Mas qual era a razão? O que eu tinha feito?

— Emily morreu — Grayson me disse, sua voz tensa — no dia dezoito de outubro, um ano atrás.

— Aquele *filho da puta* doente — Jameson xingou. — Tudo isso, as pistas, o testamento, ela, tudo isso por *isso?* Ele só achou uma pessoa aleatória que nasceu nesse dia pra passar uma mensagem? *Essa* mensagem?

— Jamie...

— Não fale comigo. — Jameson passou seu olhar de Grayson para mim. — Foda-se tudo isso. Cansei.

Ele saiu andando noite adentro.

— Aonde você vai? — gritei.

— Parabéns, Herdeira — Jameson respondeu, sua voz pingando qualquer coisa, menos felicitações. — Eu acho que você teve a sorte de nascer no dia certo. Mistério resolvido.

Capítulo 78

Tinha que haver mais no quebra-cabeça do que isso. *Tinha* que ter. Eu não podia ser só uma pessoa aleatória nascida no dia certo. *Não pode ser isso.* E minha mãe? E o segredo dela, o segredo que ela tinha mencionado no meu aniversário, um ano inteiro antes de Emily morrer? E a carta que Tobias Hawthorne tinha deixado para mim?

Sinto muito.

Pelo que Tobias Hawthorne tinha que se desculpar? *Ele não escolheu aleatoriamente uma pessoa com o aniversário no dia certo. Tem que ser mais do que isso.*

Mas eu ainda lembrava das palavras de Nash: *Você é a bailarina de vidro... ou a faca.*

— Sinto muito — Grayson disse ao meu lado. — Não é culpa de Jameson ele ser assim. Não é culpa de Jameson... — o invencível Grayson Hawthorne parecia estar com dificuldades para falar... — que o jogo termine assim.

Eu ainda estava com a roupa do baile. Meu cabelo ainda estava trançado como o de Emily.

— Eu deveria saber. — A voz de Grayson estava cheia de emoção. — Eu *sabia*. No dia que o testamento foi lido, eu sabia que tudo isso era por minha causa.

Eu pensei na forma como Grayson tinha aparecido no meu quarto de hotel na noite do dia em que o testamento foi lido. Ele estava com raiva, determinado a descobrir o que *eu* tinha feito.

— Do que você está falando? — Eu procurei respostas nos olhos e no rosto dele. — Como isso pode ser por sua causa? E não me diga que você matou Emily.

Ninguém, nem mesmo Thea, tinha chamado a morte de Emily de assassinato.

— Eu matei — Grayson insistiu, sua voz baixa e vibrando de intensidade. — Se não fosse por mim, ela não estaria onde estava. Ela não teria pulado.

Pulado. Minha garganta ficou seca.

— Onde vocês estavam? — perguntei baixinho. — E o que tudo isso tem a ver com o testamento do seu avô?

Grayson estremeceu.

— Talvez fosse pra eu ter te contado — ele disse depois de um longo momento. — Talvez essa seja a questão desde o começo. Talvez você seja desde o início igualmente um enigma... e uma penitência. — Ele baixou a cabeça.

Eu não sou sua penitência, Grayson Hawthorne. Eu não tive chance de dizer isso em voz alta antes que ele começasse a falar de novo, e, quando ele começou, seria necessária uma intervenção divina para fazê-lo parar.

— Nós a conhecíamos desde sempre. O sr. e a sra. Laughlin trabalham na Casa Hawthorne há décadas. A filha e as netas deles moravam na Califórnia. As meninas vinham visitar duas vezes por ano, uma vez com os pais no Natal, e outra no verão, por três semanas, sozinhas. Nós não as víamos muito no Natal, mas, nos verões, nós todos brincávamos juntos. Era um pouco como um acampamento de verão, na verdade. Você tem amigos de acampamento que vê uma vez por ano e não participam do seu dia a dia. Assim eram Emily e Rebecca. Elas eram tão diferentes de nós quatro. Skye dizia que era porque eram meninas, mas eu sempre achei que era porque eram duas irmãs, e Emily era a mais velha. Ela era uma força da natureza, e os pais dela estavam sempre tão preocupados que ela não se cansasse demais. Ela podia jogar cartas com a gente e outros jogos mais tranquilos dentro de casa... mas ela não podia ficar ao ar livre como nós ou correr. Ela nos fazia levar coisas pra ela. Virou uma pequena tradição. Emily nos mandava em uma caçada e quem achasse o que ela tinha pedido, quanto mais peculiar e difícil de encontrar melhor, ganhava.

— O que vocês ganhavam? — perguntei.

Grayson deu de ombros.

— Nós somos irmãos. Não precisamos ganhar nada em particular, só *ganhar.*

Isso fazia sentido.

— E então Emily conseguiu um transplante de coração — eu disse. Jameson tinha me contado essa parte. Ele disse que depois disso ela queria *viver.*

— Os pais dela continuaram protetores, mas Emily tinha passado tempo suficiente em gaiolas de vidro. Ela e Jameson tinham treze anos. Eu tinha catorze. Ela vinha toda animada no verão, o demônio em pessoa. Rebecca estava sempre atrás de nós, mandando tomar cuidado, mas Emily insistia que os médicos haviam dito que seu nível de atividade só era limitado pela sua disposição. Se ela *conseguisse* fazer, não havia motivo pelo qual ela não *deveria*. A família se mudou pra cá de vez quando Emily tinha dezesseis anos. Ela e Rebecca não ficavam na propriedade como durante as visitas, mas meu avô pagou pra que elas frequentassem a escola particular.

Eu vi para onde isso estava indo.

— Ela não era mais só uma amiga de acampamento.

— Ela era tudo — Grayson disse, e ele não disse isso exatamente como um elogio. — Emily tinha a escola inteira na palma da sua mão. Talvez isso tenha sido culpa nossa.

Andar com os Hawthorne mudava a forma como as pessoas olhavam pra você. A declaração de Thea me voltou à mente.

— Ou, talvez — Grayson continuou —, fosse só porque ela era *Em*. Inteligente demais, bonita demais, boa demais em conseguir o que queria. Ela não tinha medo.

— Ela queria você — eu disse. — E Jameson também. Ela não queria escolher.

— Ela transformou isso num jogo. — Grayson sacudiu a cabeça. — E nós jogamos. Eu gostaria de dizer que foi porque a amávamos, que foi por causa *dela*, mas eu nem sei o quanto disso é verdade. Nada é mais Hawthorne do que *ganhar*.

Emily sabia disso? Se aproveitou disso? Isso a feriu alguma vez?

— A questão é... — Grayson soluçou. — Ela não queria só a nós. Ela queria o que nós podíamos dar a ela.

— Dinheiro?

— Experiências — Grayson respondeu. — Emoção. Carros de corrida, motocicletas e lidar com cobras exóticas. Festas, clubes e lugares em que não deveríamos estar. Era uma onda, pra ela e pra nós. — Ele fez uma pausa. — Pra mim — ele corrigiu. — Eu não sei exatamente o que era pra Jamie.

Jameson terminou com ela na noite em que ela morreu.

— Uma noite eu recebi uma ligação de Emily, tarde já. Ela disse que tinha se cansado de Jameson, que tudo que ela queria era eu. — Grayson engoliu em seco. — Ela queria comemorar. Tem esse lugar chamado Portão do Diabo. É um penhasco que dá para o golfo, um dos lugares mais famosos do mundo pra praticar salto de penhasco. — Grayson baixou a cabeça. — Eu sabia que era uma ideia ruim.

Eu tentei formar uma frase, qualquer uma.

— Quão ruim?

Ele tinha a respiração pesada agora.

— Quando chegamos lá, eu fui pra um dos penhascos mais baixos. Emily foi lá para o topo, ignorando os sinais de perigo. Os avisos. Era tarde da noite. Nós não devíamos estar ali. Eu não sabia por que ela não queria esperar até de manhã, só soube depois, quando eu percebi que ela tinha mentido sobre me *escolher.*

Jameson tinha terminado com ela. Ela tinha ligado para Grayson e não queria *esperar.*

— Mergulhar do penhasco a matou?

— Não — Grayson disse. — Ela ficou bem. Nós estávamos bem. Eu fui pegar nossas toalhas, mas, quando eu voltei... Emily nem estava mais na água. Ela estava só deitada na areia. Morta. — Ele fechou os olhos. — O coração dela.

— Você não a matou — eu disse.

— A adrenalina a matou. Ou a altitude, a mudança de pressão. *Eu não sei.* Jameson não quis levá-la. Eu também não devia ter aceitado.

Ela tomou suas decisões. Ela tinha consciência. Não era seu trabalho impedi-la. Eu sabia instintivamente que não ia adiantar nada dizer essas coisas, mesmo sendo verdade.

— Sabe o que meu avô me disse depois do funeral de Emily? *Família em primeiro lugar.* Ele disse que o que tinha acontecido com Emily não teria acontecido se eu tivesse colocado a família em primeiro lugar. Se eu tivesse me recusado a participar, se eu tivesse escolhido meu irmão em vez dela. — As cordas vocais de Grayson se contraíram em sua garganta, como se ele quisesse dizer mais alguma coisa, mas não pudesse. Finalmente, saiu. — Tudo isso é por causa disso. Um-Oito-Um-Zero. Dezoito de outubro. O dia em que Emily morreu. Seu aniversário. É a forma do meu avô de confirmar o que eu já sabia, no fundo. Tudo isso, tudo, é por minha causa.

Capítulo 79

Quando Grayson foi embora, Oren me acompanhou de volta para casa.

— Quanto da conversa você ouviu? — perguntei.

Minha mente era um emaranhado de pensamentos e emoções que eu não sabia se estava pronta para lidar.

Oren me olhou.

— Quanto você quer que eu tenha ouvido?

Eu mordi minha boca por dentro.

— Você conhecia Tobias Hawthorne. Ele teria me escolhido pra ser sua herdeira só porque Emily Laughlin morreu no dia do meu aniversário? Ele decidiu deixar sua fortuna pra uma pessoa aleatória nascida em dezoito de outubro? Fez uma loteria?

— Não sei, Avery. — Oren sacudiu a cabeça. — A única pessoa que sabia o que Tobias Hawthorne estava pensando era o próprio Tobias Hawthorne.

* * *

Percorri o caminho pelos corredores da Casa Hawthorne até chegar à ala que eu compartilhava com a minha irmã. Eu não estava certa de que Grayson ou Jameson voltariam a falar comigo. Eu não sabia o que o futuro guardava, e a ideia de que eu tinha sido escolhida por uma razão completamente trivial parecia um soco no estômago.

Quantas pessoas no planeta faziam aniversário no mesmo dia que eu?

Parei no meio da escada, em frente ao retrato de Tobias Hawthorne que Xander tinha me mostrado havia poucos dias, mas que pareciam ter sido uma vida inteira atrás. Revirei minha mente, como fiz daquela vez, por qualquer lembrança, qualquer momento em que meu caminho tivesse cruzado o de bilionários. Eu olhei Tobias Hawthorne nos olhos – os olhos cinzentos de Grayson – e silenciosamente perguntei a ele *por quê*.

Por que eu?

Por que pedir desculpas?

Me veio a lembrança de minha mãe jogando Eu Tenho Um Segredo. *Alguma coisa aconteceu no dia em que eu nasci?*

Encarei o retrato, examinando cada ruga no rosto do velho, cada indício de personalidade na sua postura, até mesmo a cor pálida do fundo. *Nenhuma resposta.* Meus olhos então se fixaram na assinatura do artista.

Tobias Hawthorne X. X. VIII

Voltei a observar os olhos cinzentos do velho homem. *A única pessoa que sabia o que Tobias Hawthorne estava pensando era*

Tobias Hawthorne. Isso era um autorretrato. E as letras ao lado do nome?

— Numerais romanos — eu sussurrei.

— Avery? — Oren disse ao meu lado. — Tudo bem?

Em numerais romanos, X era dez, V era cinco e I era um.

— Dez. — Eu coloquei meu dedo embaixo do primeiro X, então o movi pelo resto das letras, lendo-as como uma unidade. — Dezoito.

Me lembrando do espelho que escondia o arsenal, eu coloquei a mão atrás da moldura do retrato. Eu não tinha certeza do que estava procurando até encontrar. Um botão. Uma trava. Eu o apertei e o retrato virou para fora.

Atrás dele, na parede, estava um teclado.

— Avery? — Oren disse de novo, mas eu já estava aproximando meus dedos do teclado.

E se os números não forem a resposta final? Essa hipótese me prendeu entre os dentes e não queria soltar. *E se eles levassem até a próxima pista?*

Tentei a combinação óbvia.

Um. Oito. Um. Zero.

Ouvi um bipe, e então o topo do degrau abaixo de mim começou a se erguer, revelando um compartimento. Eu me abaixei e enfiei a mão dentro dele. Só havia uma coisa no degrau oco: um pedaço de vidro colorido. Era roxo, em forma de octógono, com um pequeno buraco em cima, pelo qual uma fita transparente e brilhante tinha sido passada. Quase parecia um enfeite de Natal.

Quando eu ergui o vidro colorido pela fita, meus olhos perceberam algo embaixo do degrau. Gravado na madeira, estava o seguinte verso:

Topo da hora
Estou bem no alto
Saúde esse dia
Deixe a aurora de um salto
Um giro assim
e o que você vê?
Pegue dois de um só ato
E venha até mim

Capítulo 80

Eu não sabia o que fazer com o enfeite de vidro ou como interpretar as palavras que encontrei escritas embaixo da escada, mas, enquanto Libby me ajudava a soltar o cabelo, uma coisa ficou clara:

O jogo não tinha acabado.

Na manhã seguinte, com Oren atrás de mim, fui procurar Jameson e Grayson. Eu encontrei o primeiro no solário, sem camisa e em pé sob o sol.

— Vai embora — ele disse quando eu abri a porta, sem sequer ver quem era.

— Eu encontrei uma coisa. Eu não acho que a data é a resposta, pelo menos não é a resposta inteira.

Ele não respondeu.

— Jameson, você está me ouvindo? Eu *encontrei uma coisa.*

Pelo pouco tempo que eu o conhecia, ele era focado, obsessivo. O que eu tinha nas mãos deveria ter causado pelo menos uma fagulha de curiosidade, mas, quando ele se virou para me olhar, seus olhos estavam sem vida e tudo que ele disse foi:

— Jogue no lixo com os outros.

Eu olhei em volta e vi, em uma lixeira próxima, pelo menos meia dúzia de octógonos de vidro, idênticos ao que eu segurava, até com a mesma fita.

— Os números dez e dezoito estão em todo canto dessa maldita casa. — A voz de Jameson estava abafada, seus gestos contidos. — Eu os vi gravados numa tábua no chão do meu armário. Essa coisinha roxa estava embaixo.

Ele nem se deu ao trabalho de apontar a lixeira ou especificar a qual peça de vidro ele estava se referindo.

— E os outros? — perguntei.

— Quando eu comecei a procurar por números, não consegui parar, e, depois de ver — Jameson disse, sua voz baixa —, você não consegue desver. O velho achou que era tão esperto. Ele deve ter escondido centenas dessas coisas por toda a casa. Eu achei um candelabro com dezoito cristais no círculo externo e dez no meio... e um compartimento escondido embaixo. A fonte lá fora tem dezoito quedas de água e dez rosas entalhadas no tanque. As pinturas na sala de música... — Jameson baixou os olhos. — Todo lugar que olho, todo lugar aonde vou, um lembrete.

— Você não vê? — perguntei, com firmeza. — Seu avô não poderia ter feito tudo isso depois que Emily morreu. Vocês teriam notado...

— Operários em casa? — Jameson disse, completando minha frase. — O grande Tobias Hawthorne acrescentava um quarto ou uma ala a esse lugar todo ano, e, numa casa desse tamanho, algo sempre precisa ser substituído ou consertado.

Minha mãe estava sempre comprando novos quadros, novas fontes, novos candelabros. Nós não teríamos notado nada.

— Dezoito de outubro não é a resposta — eu insisti, desejando que ele me olhasse. — Você precisa ver isso. É uma pista, uma que ele não queria que nós perdêssemos.

Nós. Eu disse *nós*, e era verdade. Mas isso não importava.

— Dezoito de outubro é resposta suficiente — Jameson disse, virando as costas para mim. — Já disse, Avery. Não estou mais jogando.

Grayson foi mais difícil de achar. Enfim, eu tentei a cozinha e encontrei Nash em vez dele.

— Você viu Grayson? — perguntei.

A expressão de Nash era cuidadosa.

— Eu acho que ele não quer te ver, menina.

Na noite anterior, Grayson não tinha me culpado. Ele não tinha estourado. Mas, depois que me contou de Emily, ele saiu de perto.

Tinha me deixado sozinha.

— Preciso falar com ele — expliquei.

— Dá um tempo pra ele — Nash aconselhou. — Às vezes, é preciso abrir uma ferida antes que ela possa sarar.

Voltei para a escadaria da Ala Leste e novamente fiquei em frente ao retrato. Oren recebeu uma ligação e, provavelmente por achar que a ameaça à minha pessoa estava contida o suficiente e que, portanto, ele não precisava me seguir pela Casa Hawthorne o dia inteiro, pediu licença para sair para atendê-la.

Encarei Tobias Hawthorne.

Tinha parecido destino quando eu encontrei a pista em seu retrato, mas, depois de falar com Jameson, eu soube que encontrá-la não tinha sido um sinal, nem uma coincidência. A pista que eu tinha encontrado era uma de muitas. *Você não queria que eles perdessem essa,* eu falei em silêncio para o bilionário. Se ele realmente tinha feito tudo isso depois da morte de Emily, sua persistência parecia cruel. *Você queria ter certeza de que eles não esqueceriam o que aconteceu?*

Esse jogo perturbador é só um lembrete, um lembrete constante, de que a família deve estar em primeiro lugar?

E isso é tudo que eu sou?

Jameson tinha dito desde o início que eu era especial. Eu não tinha notado até agora o quanto eu queria acreditar que ele estava certo, que eu não era invisível, que eu não era um papel de parede. Eu queria acreditar que Tobias Hawthorne tinha visto algo em mim que tinha lhe dito que eu conseguiria encarar tudo isso, que eu conseguiria aguentar os olhares e os holofotes, a responsabilidade, as charadas, as ameaças – tudo. Eu queria ser importante.

Eu não queria ser a bailarina de vidro ou a faca. Eu queria provar, pelo menos para mim mesma, que eu era *alguma coisa.*

Jameson podia ter cansado do jogo, mas eu queria ganhar.

Capítulo 81

Topo da hora
Estou bem no alto
Saúde esse dia
Deixe a aurora de um salto
Um giro assim
e o que você vê?
Pegue dois de um só ato
E venha até mim

Eu me sentei nos degraus, encarando as palavras, então examinei verso por verso, girando o pedaço de vidro na minha mão. *Topo da hora,* eu imaginei um relógio na minha cabeça. *O que está no topo?*

— Doze.

Foi a primeira ideia que veio à minha cabeça. *O número no topo da hora é doze.* Como em um efeito dominó, esse primeiro pensamento causou uma reação em cadeia na minha mente. *Estou bem no alto...*

Alto o quê?

— Do sol, meio-dia.

Era um chute, mas as próximas duas linhas pareciam confirmar: bem no meio do dia, quando já não é mais de manhã e saudamos o que vem depois.

Eu passei para a segunda metade da charada e... não entendi nada.

Um giro assim
e o que você vê?
Pegue dois de um só ato
E venha até mim

Foquei no pedaço de vidro colorido. Eu deveria girá-lo? Nós precisávamos recolher *todas* as peças de alguma forma?

— Parece que você engoliu um esquilo. — Xander se jogou ao meu lado na escada.

Eu definitivamente *não* parecia como quem engoliu um esquilo, mas chutei que essa era a forma de Xander de perguntar se eu estava bem, então deixei para lá.

— Seus irmãos não querem nada comigo — eu falei, baixinho.

— Acho que a gentileza que fiz mandando todos vocês pra Black Wood juntos terminou em uma explosão. — Xander fez uma careta. — Sendo justo, a maior parte do que faço acaba explodindo.

Isso arrancou uma risada de mim. Eu mostrei o degrau para ele.

— Olha, o jogo não acabou... — eu disse enquanto ele lia a inscrição. — Encontrei isso noite passada, depois de Black Wood. — Eu ergui o vidro colorido. — O que você acha disso?

— Na verdade, *onde* — Xander respondeu, pensativo — eu já vi algo que parece com isso?

Capítulo 82

Eu não ia ao salão principal desde a leitura do testamento. Suas janelas com vitrais eram altas – algo como dois metros e meio de altura para só uns noventa centímetros de largura –, e a parte mais baixa ficava à altura da minha cabeça. O design era simples e geométrico. No ponto mais alto, havia dois octógonos do mesmo tamanho, tom, cor e corte que o que eu tinha nas mãos.

Eu inclinei meu pescoço para ver melhor. *Um giro assim...*

— O que você acha? — Xander perguntou.

Eu inclinei a cabeça para o lado.

— Acho que vamos precisar de uma escada.

Empoleirada no alto da escada, com Xander me segurando embaixo, eu pressionei minha mão contra um dos octógonos do vitral. De início nada aconteceu, mas, quando eu apertei do lado esquerdo, o octógono rodou setenta graus, e então algo o fez parar.

Isso conta como um giro?

Eu virei o segundo octógono. Pressionar à esquerda e à direita não deu em nada, mas apertar a parte de baixo, sim. O vidro girou cento e oitenta graus e mais um pouco antes de voltar para o lugar.

Eu desci da escada, incerta do que eu tinha conseguido.

— *Um giro assim* — eu recitei. — *E o que você vê?*

Nós demos um passo para trás para ver de longe. O sol brilhava através da janela, fazendo com que cores difusas iluminassem o chão do salão principal. Os dois octógonos que eu tinha girado, em contraste, projetavam feixes de luz roxa que se cruzavam em determinado ponto.

O que você vê?

Xander se abaixou no lugar em que os feixes se cruzavam no chão.

— Nada — ele disse, pressionando a tábua. — Achei que ela fosse saltar ou ceder…

Eu voltei para a charada. *E o que você vê?* Eu via a luz. Eu via a luz, eu via a luz refletida se cruzando… Como isso não deu em nada, eu voltei a analisar a charada desde o início.

— Meio-dia — lembrei. — A primeira parte da charada se refere ao fim da manhã. — As engrenagens do meu cérebro começaram a girar mais rápido. — O ângulo da luz refletida deve depender pelo menos um pouco do ângulo do sol. Talvez o *giro assim* só mostre o que você precisa ver ao meio-dia.

Xander ruminou isso por um tempo.

— Nós podemos esperar — ele disse. — Oooou… — Ele prolongou a palavra. — Podemos trapacear.

Nos espalhamos, pressionando as tábuas ao redor. Não faltava muito para o meio-dia. Os ângulos não mudariam tanto. Fui batendo com a palma da mão em cada tábua: *Firme. Firme. Firme.*

— Encontrou alguma coisa? — Xander perguntou.

Firme. Firme. Solta. A tábua embaixo da minha mão não chegou a balançar, mas era mais frouxa que as outras.

— Xander... aqui!

Ele se juntou a mim, colocou sua mão na tábua e pressionou. A tábua se ergueu. Xander a tirou e apareceu um pequeno botão de girar. Eu o girei, sem saber o que esperar. Quando notei, Xander e eu estávamos afundando. Todo o chão ao nosso redor estava afundando.

Quando parou, Xander e eu não estávamos mais no salão principal. Nós estávamos embaixo dele, e, bem na nossa frente, tinha uma escada. Eu ia me arriscar por um caminho desconhecido e apostava que essa era uma das entradas para os túneis que Oren não conhecia.

— Temos que descer de dois em dois degraus — eu disse a Xander. — São os próximos versos. *Pegue dois de um só ato e venha até mim...*

Capítulo 83

Não tenho ideia do que poderia acontecer se não tivéssemos descido as escadas de dois em dois degraus, mas fiquei feliz que não descobrimos.

— Você já esteve nos túneis? — perguntei a Xander quando chegamos lá embaixo sem incidentes.

Xander ficou em silêncio tempo suficiente para fazer a pergunta parecer significativa.

— Não.

Me concentrando, eu observei onde estava. Os túneis eram de metal, como um cano gigante ou um sistema de esgoto, mas eram surpreendentemente bem iluminados. *Será iluminação a gás?*, eu me perguntei. Eu tinha perdido toda noção de quão profundo estávamos. Na nossa frente, os túneis se abriam em três direções diferentes.

— Pra que lado vamos? — perguntei.

Solenemente, ele apontou para a frente.

Eu franzi a testa.

— Como você sabe?

— Porque — Xander respondeu, animado — foi o que ele disse. — Ele apontou para os meus pés. Eu olhei para baixo e soltei um gritinho.

Eu precisei de um momento para perceber que, na base da escada, assim como no salão principal, havia duas gárgulas. Porém, a gárgula da esquerda tinha uma mão – e um dedo – apontando o caminho.

Venha até mim.

Comecei a caminhar e Xander me seguiu. Eu me perguntei se ele tinha alguma ideia de para onde estávamos indo.

Venha até mim.

Lembrei de Xander me falando que, mesmo se eu achasse que tinha manipulado Tobias Hawthorne, era ele que tinha me manipulado.

Ele está morto, pensei. *Não está?* Essa ideia me atingiu com força. A imprensa certamente achava que Tobias Hawthorne tinha morrido. A família dele parecia acreditar nisso. Mas eles tinham realmente visto o corpo?

O que mais isso poderia significar? *Venha até mim.*

Cinco minutos depois, nós demos com uma parede. Não havia mais para onde ir, nada para ver, nenhuma rota diferente que poderíamos ter feito desde que tínhamos seguido por aquele caminho.

— Talvez a gárgula tenha *mentido* — Xander declarou, dando a impressão de ter gostado muito do que disse.

Eu empurrei a parede. *Nada.* Eu me virei.

— Nós deixamos passar algo?

— Talvez — Xander disse, pensativo — a gárgula tenha *mentido*!

Eu olhei de volta por onde tínhamos vindo. Eu andei pelo caminho devagar, observando cada detalhe do túnel. *Pouco a pouco.*

— Olhe! — eu disse a Xander. — Ali!

Era uma grade de metal presa ao chão do túnel. Eu me abaixei. Havia um nome gravado no metal, talvez a marca da grade, mas o tempo tinha apagado quase todas as letras. As únicas que sobraram foram M... I... e M.

— Venha até *mim* — sussurrei.

Abaixei, peguei a grade com os dedos e puxei. Nada. Tentei novamente, e ela saiu. Eu caí para trás, mas Xander me amparou.

Nós dois encaramos o buraco embaixo.

— É possível — Xander sussurrou — que a gárgula tenha falado a verdade. — Sem esperar por mim, ele se enfiou no buraco... e entrou. — Você vem?

Se Oren soubesse que eu estava fazendo isso, ele ia me matar. Eu desci e me vi em uma pequena sala. *Quão fundo estamos agora?* A sala tinha quatro paredes, três delas idênticas. A quarta era feita de concreto. Três letras estavam entalhadas no cimento.

A. K. G.

Minhas iniciais.

Eu andei na direção das letras, transtornada, e então vi uma luz vermelha passar por cima do meu rosto. Houve um bipe, e então a parede de concreto se abriu ao meio, como uma porta de elevador. Atrás dela havia uma porta.

— Reconhecimento facial — Xander disse. — Não importa qual de nós encontrasse esse lugar. Sem você, não passaríamos pela parede.

Pobre Jameson. Ele tinha feito todo aquele esforço para me manter por perto, então me largou antes que eu pudesse cumprir o meu papel. *A bailarina de vidro. A faca. A garota com o rosto que destranca a parede que revela a porta que...*

— Que o quê? — Eu dei um passo à frente para examinar a porta. Havia quatro telas *touch*, uma em cada canto da porta. Xander tocou uma para acendê-la e uma imagem de uma mão fluorescente surgiu.

— Oh-oh — Xander disse.

— Oh-oh o quê? — perguntei.

— Essa tem as iniciais de Jameson. — Xander passou para a próxima. — Grayson. Nash. — Na última, ele parou. — E a minha.

Ele espalmou sua mão na tela. Ela apitou e eu ouvi o que parecia ser uma tranca destravando.

Tentei a maçaneta.

— Ainda trancada.

— Quatro trancas. — Xander fez uma careta. — Quatro irmãos.

Meu rosto era necessário para chegar até ali. As mãos deles nos levariam mais longe.

Capítulo 84

Xander me deixou guardando a sala e disse que voltaria com os irmãos.

Fácil falar. Jameson tinha deixado sua opinião bem clara. Grayson não queria ser encontrado. Nash nunca tinha sido atraído pelo jogo do avô. *E se eles não vierem?* O que quer que estivesse atrás dessa porta era o que Tobias Hawthorne queria que achássemos. *Dezoito de outubro* não era a resposta, não completamente.

De todas as pessoas no mundo nascidas no mesmo dia, por que eu? E por que o bilionário me pedia desculpas?

São peças demais, pensei. *Não consigo encaixar... nada disso.* Preciso de ajuda.

Acima de mim, eu ouvi passos. Abruptamente o som parou.

— Xander? — chamei. Nenhuma resposta. — Xander, é você?

Mais passos, se aproximando. *Quem mais sabe desse túnel?* Eu estava tão focada em achar respostas e ir até o fim do desafio que quase tinha esquecido: alguém na Casa Hawthorne tinha dado o acesso dos túneis a Drake.

Esses túneis.

Encostei na parede. Eu conseguia ouvir alguém se movendo logo acima de mim. Os passos pararam. Uma figura apareceu, iluminada por trás e tampando minha única saída daquela sala. *Mulher. Pálida.*

— Rebecca?

Capítulo 85

— Avery! O que você está fazendo aí embaixo?

Rebecca soou absolutamente normal, mas tudo que eu conseguia pensar era que Rebecca Laughlin estava na propriedade na noite em que Drake atirou em mim. Ela não tinha um álibi, porque, quando eu cheguei ao Chalé Wayback, ela não estava lá, e seus avós não sabiam onde ela estava. Ela tinha dito algo sobre me *avisar.*

No dia seguinte, Rebecca parecia, segundo Thea, ter chorado. *Por quê?*

— Onde você estava — perguntei a ela, minha boca seca — na noite do atentado?

Rebecca fechou os olhos.

— Você não sabe como é... — ela disse baixinho. — Toda a minha vida girou em torno de uma pessoa, e então um dia essa pessoa simplesmente se foi.

Essa não era uma resposta para a minha pergunta. Eu pensei em Thea me dizendo que só estava fazendo o que Emily gostaria que fosse feito.

O que Emily gostaria que Rebecca fizesse comigo?

Xander precisava voltar o quanto antes.

— Foi culpa minha, sabe — Rebecca disse, ainda na parte superior da escada, os seus olhos ainda fechados. — Emily estava se arriscando muito. Eu contei aos nossos pais. Eles a puseram de castigo, a proibiram de ver os Hawthorne. Mas Em tinha seus truques. Ela convenceu nossos pais de que tinha cansado de aprontar. Eles não a liberaram para encontrar com os meninos, mas eles começaram a deixar que ela saísse com Thea de novo.

— Thea — eu repeti —, que você estava namorando em segredo.

As pálpebras de Rebecca se abriram de repente.

— Emily nos pegou juntas naquela tarde. Ela ficou... *com raiva.* Assim que ficou sozinha comigo, ela me disse que o que Thea e eu tínhamos não era amor, que, se Thea *realmente* me amasse, ela nunca teria fingido estar com Xander. Emily disse... — Rebecca estava tomada por suas lembranças. Totalmente. *Violentamente.* — Ela me disse que Thea a amava mais... e que ela ia provar. Ela pediu a Thea pra mentir sobre estarem juntas enquanto ela ia aos penhascos. Eu implorei a Thea que não fizesse isso, mas ela disse que, depois de tudo, nós devíamos isso a Em.

Emily teve permissão para sair na noite em que morreu porque os pais acharam que ela estava com Thea.

— A maior parte das coisas que Emily convencia os meninos a fazerem ela *podia* fazer, mas nem mesmo mergulhadores profissionais não pulam do topo do Portão do Diabo. Teria sido perigoso pra qualquer um, mas esse tanto de adrenalina, esse tanto de cortisol, a mudança de altura e pressão, com o problema de coração *dela*? — Rebecca estava falando tão baixo agora que eu não tinha certeza se ela lembrava que eu estava ouvindo. — Eu tentei contar aos meus pais o que ela estava fazendo, mas não funcionou. Eu tentei implorar a Thea, e ela escolheu Emily em vez de mim. Então eu decidi falar com Jameson. Era ele quem ia levá-la até o Portão do Diabo.

Rebecca abaixou a cabeça e seu cabelo vermelho-escuro cobriu seu rosto. Thea estava certa, Rebecca Laughlin era linda. Mas, naquele momento, algo parecia errado nela.

— Eu tinha uma gravação — ela disse baixo — de Emily falando. Ela costumava me contar tudo que os meninos faziam com ela, por ela e pra ela. Ela gostava de ter um placar. — Rebecca fez uma pausa e, quando voltou a falar, sua voz estava áspera. — Eu mostrei a gravação pra Jameson. Eu disse a mim mesma que estava fazendo isso pra proteger minha irmã, pra impedir que eles fossem aos penhascos. Mas a verdade é que ela tinha tirado Thea de mim.

Então você tirou algo dela, pensei.

— Jameson terminou com ela — eu disse. Isso ele tinha me contado.

— Se ele não tivesse feito isso — Rebecca respondeu —, talvez ela não tivesse precisado levar as coisas tão longe. Talvez ela tivesse cedido e pulado de uma altura mais baixa. Talvez tivesse ficado tudo bem. — A voz dela ficou ainda mais suave. — Se Emily não tivesse visto Thea e eu juntas naquela tarde, se ela não tivesse encarado nosso relacionamento como uma traição… talvez ela nem tivesse precisado pular.

Rebecca culpava a si mesma. Thea culpava os meninos. Grayson assumiu o peso de tudo isso para si mesmo. *E Jameson…*

— Sinto muito.

As desculpas de Rebecca me tiraram de meus pensamentos. O tom de voz indicou que ela não estava mais falando de Emily. Ela não estava falando de algo que tinha acontecido mais de um ano atrás.

— Sente pelo quê? — perguntei.

O que você está fazendo aqui embaixo, Rebecca?

— Não é que eu tenha algo contra você. Mas é o que Emily teria desejado.

Ela não está bem.

Eu precisava achar um jeito de sair dali. Eu precisava me afastar dela.

— Emily teria te odiado por roubar o dinheiro deles. Ela teria odiado a forma como eles olham pra você.

— Então você decidiu se livrar de mim — eu disse, ganhando tempo. — Por Emily.

Rebecca me encarou.

— Não.

— Você sabia dos túneis e, de alguma forma, contou a Drake...

— *Não!* — Rebecca insistiu. — Avery, eu não faria isso.

— Você mesma disse. Emily desejaria que eu sumisse.

— Eu *não* sou Emily. — As palavras eram guturais.

— Então por que você está pedindo desculpas? — perguntei.

Rebecca engoliu em seco.

— O sr. Hawthorne me contou dos túneis num verão, quando eu era pequena. Ele me mostrou todas as entradas, disse que eu merecia algo só meu. Um segredo. Eu venho aqui quando preciso fugir, às vezes, quando estou visitando meus avós, mas, desde que Emily morreu, as coisas estão bem ruins em casa, então às vezes eu entro por fora.

Eu esperei.

— E?

— Na noite do atentado, eu vi mais alguém nos túneis. Não disse nada porque Emily não ia querer que eu dissesse. Eu devia isso a ela, Avery. Depois do que eu fiz… eu *devia* isso a ela.

— O que você viu? — perguntei.

Ela não respondeu.

— Foi o Drake?

Rebecca me olhou nos olhos.

— Ele não estava sozinho.

— Quem estava com ele?

Eu esperei. *Nada.*

— Rebecca, quem mais estava no túnel com Drake?

Quem Emily ia querer que ela protegesse?

— Um dos meninos? — perguntei, sentindo o chão se abrir embaixo de mim.

— Não — Rebecca respondeu, por fim, sussurrando. — A mãe deles.

Capítulo 86

— Skye?

Eu estava tentando compreender. Ela nunca pareceu ser uma ameaça, não como Zara. Passivo-agressiva, claro, e mesquinha. Mas violenta?

Somos todos amigos aqui, não somos? Eu conseguia ouvi-la novamente. *Eu tenho uma política de mundo que rouba o que é meu por direito.*

Lembrei que ela me ofereceu uma taça de champanhe, insistindo que eu bebesse.

— Skye estava aqui embaixo com Drake na noite do atentado — eu disse, me fazendo confrontar as implicações do que isso tudo significava. — Ela deu a ele acesso à propriedade, provavelmente até mostrou onde era a floresta.

Mostrou onde eu estava.

— Eu devia ter contado a alguém — Rebecca murmurou. — Depois dos tiros, assim que eu entendi o que tinha visto... eu devia ter contado.

— Sim. — A palavra saiu afiada, e foi pronunciada por alguém que não era eu. — Devia ter contado. — Lá em cima, Grayson entrou no meu campo de visão.

Rebecca se virou para olhá-lo.

— Era sua mãe, Gray. Eu *não podia*...

— Você podia ter me contado — Grayson disse baixinho. — Eu teria cuidado disso, Bex.

Eu duvidava que os métodos de Grayson para *cuidar disso* envolvessem entregar a mãe para a polícia.

— Drake fez mais uma tentativa — eu disse, fuzilando Rebecca. — Você sabe disso, certo? Ele tentou nos jogar pra fora da estrada. Ele podia ter me matado... e também Alisa, Oren e *Thea*.

Rebecca soltou um som distorcido no segundo em que eu disse o nome de Thea.

— Rebecca — Grayson disse, sua voz baixa.

— Eu sei — Rebecca disse. — Mas Emily não ia querer...

— *Emily se foi*. — O tom de Grayson não era duro, mas suas palavras deixaram Rebecca sem fôlego. — Bex. — Ele a fez olhá-lo. — Rebecca. Eu vou cuidar disso, eu te prometo. Tudo vai ficar bem.

— Tudo *não* está bem — eu disse a Grayson.

— Pode ir agora — ele murmurou para Rebecca.

Ela saiu e nós ficamos sozinhos.

Grayson desceu para a sala escondida.

— Xander disse que você precisava de mim.

Ele tinha vindo. Talvez isso significasse mais se eu não tivesse acabado de ter aquela conversa com Rebecca.

— Sua mãe tentou me matar.

— Minha mãe — Grayson retrucou — é uma mulher complicada. Mas ela é da família.

E ele teria escolhido a família em vez de mim, todas as vezes.

— Se eu tivesse te pedido pra me deixar cuidar disso — ele continuou —, você teria deixado? Eu posso garantir que nenhum mal mais vai acontecer com você ou os seus.

Como exatamente ele podia garantir qualquer coisa não estava claro, mas não havia dúvidas de que ele acreditava que podia. *O mundo se curva à vontade de Grayson Hawthorne,* eu pensei no dia em que o conheci, quão seguro de si ele parecia, quão invencível.

— E se eu apostar isso com você? — Grayson insistiu, já que eu não respondi nada. — Você gosta de um desafio. Eu sei que gosta. — Ele deu um passo na minha direção. — Por favor, Avery. Me dê a chance de consertar isso.

Nada disso tinha conserto, mas ele só estava pedindo uma chance. *Eu não devo isso a ele. Eu não devo nada a ele. Mas...*

Talvez tenha sido a expressão no rosto dele. Ou saber que ele já tinha perdido tudo para mim. Talvez eu só quisesse que ele me visse e pensasse em algo além de dezoito de outubro.

— Me desafie, então — eu disse. — Qual é o jogo?

Os olhos cinzentos de Grayson encontraram os meus.

— Pense num número — ele me disse. — De um a dez. Se eu acertar, você me deixa cuidar da situação com a minha mãe do meu jeito. Senão...

— Eu a entrego para a polícia.

Grayson deu meio passo na minha direção.

— Pense num número.

As chances estavam ao meu favor. Ele só tinha dez por cento de chance de acertar. Eu tinha noventa por cento de chance de ele errar. Eu levei um tempo escolhendo. Havia alguns números muito óbvios. Sete, por exemplo. Eu podia escolher um extremo, um ou dez, mas pareciam chutes fáceis também. Oito estava na minha cabeça, pelos dias que passamos resolvendo a sequência numérica. Quatro era o número de irmãos Hawthorne.

Se eu quero que ele não acerte, eu preciso de algo inesperado. Sem rima, sem motivos.

Dois.

— Quer que eu anote o número?

— Onde? — Grayson perguntou baixo.

Eu engoli em seco.

— Como você sabe que eu não vou mentir se você acertar?

Grayson ficou quieto por alguns segundos, então falou:

— Eu confio em você.

Eu sabia com cada fibra do meu ser que Grayson Hawthorne não confiava fácil, ou com frequência.

— Vá em frente.

Ele passou pelo menos tanto tempo gerando seu palpite quanto eu tinha passado escolhendo meu número. Ele me olhou e eu podia senti-lo tentando desvendar meus pensamentos e impulsos, me resolver, como mais uma charada.

O que você vê quando olha para mim, Grayson Hawthorne?

Ele deu seu palpite.

— Dois.

Eu virei minha cabeça na direção do meu ombro, quebrando o contato visual. Eu poderia ter mentido. Eu poderia ter dito que ele estava errado. Mas não fiz isso.

— Bom chute.

Grayson soltou uma respiração curta, e então eu o senti gentilmente virando meu rosto na direção do dele.

— Avery. — Ele quase nunca usava meu primeiro nome. Ele gentilmente traçou meu queixo com os dedos. — Eu nunca mais vou deixar alguém te machucar. Você tem a minha palavra.

Ele achava que podia me proteger. Ele *queria* me proteger. Ele estava me tocando e tudo que eu queria era deixar. Deixar que ele me protegesse. Deixar que ele me tocasse. Deixar que ele...

Passos. O ruído em cima me fez dar um passo para longe dele, e, alguns momentos depois, Xander e Nash desceram para a sala.

Eu consegui olhar para eles, não para Grayson.

— E Jameson? — perguntei.

Xander pigarreou.

— Eu posso relatar que uma linguagem muito ofensiva foi usada quando eu pedi a presença dele.

Nash desdenhou.

— Ele vai acabar vindo.

Então nós esperamos por cinco minutos, depois dez.

— É melhor vocês irem destrancando as de vocês — Xander disse aos outros. — Suas mãos, por favor.

Grayson foi primeiro, depois Nash. Assim que as telas escanearam as mãos deles, nós ouvimos o som de fechaduras se abrindo, uma depois da outra.

— Três fechaduras já foram — Xander murmurou. — Falta uma.

Mais cinco minutos. Oito. *Ele não vem,* eu pensei.

— Jameson não vem — Grayson disse, como se tivesse pescado o pensamento da minha mente com tanta facilidade quanto tinha adivinhado meu número.

— Ele vem, sim — Nash repetiu.

— Eu não faço sempre o que me dizem?

Olhamos para cima e Jameson deu um pulo para dentro da sala. Ele aterrissou entre seus irmãos e eu, indo quase até o chão para absorver o choque. Ele se endireitou e então olhou nos olhos dos irmãos, um por vez. *Nash, Xander* e *Grayson*.

Depois olhou para mim.

— Você não sabe a hora de parar, não é, Herdeira? — Isso não parecia exatamente uma acusação.

— Sou mais forte do que pareço — respondi.

Ele me olhou por mais um momento e depois andou em direção à porta. Ele espalmou a mão na tela com suas iniciais. A última fechadura abriu e a porta destrancou. Ela se entreabriu – dois centímetros, talvez três. Eu esperei que Jameson fosse entrar, mas, em vez disso, ele voltou para a abertura e, agarrando as laterais com as mãos, subiu para o andar superior.

— Aonde você vai? — perguntei.

Depois de tudo que tinha sido necessário para chegar até esse ponto, ele não podia simplesmente ir embora.

— Para o inferno, quando chegar a hora — Jameson respondeu. — Por enquanto, provavelmente para a adega.

Não. Ele não podia simplesmente ir embora. Ele tinha me arrastado para dentro disso e agora ele devia ir até o fim. Eu saltei na abertura, para ir atrás dele. Mas minhas mãos escorregaram. Mãos fortes me agarraram por baixo – *Grayson*. Ele me empurrou para cima e eu consegui sair e ficar de pé.

— Não vá embora — pedi.

Ele já estava andando. Quando ouviu a minha voz, ele parou, mas não se virou.

— Eu não sei o que tem do outro lado daquela porta, Herdeira, mas sei que o velho montou essa armadilha pra mim.

— Só pra você? — contestei, com firmeza na voz. — É por isso que foi preciso dos quatro irmãos e do meu rosto pra chegar até aqui? — Claramente Tobias Hawthorne queria que *todos* nós estivéssemos aqui.

— Ele sabia que, qualquer jogo que ele deixasse, eu jogaria. Nash talvez dissesse *foda-se*, Grayson ia se afundar nas legalidades, Xander poderia estar pensando em mil e uma outras coisas, mas *eu ia jogar.* — Eu via sua respiração ofegando e seu *sofrimento.* — Então, sim, ele fez isso pra mim. O que quer que esteja do outro lado daquela porta... — Jameson soltou outra respiração trêmula. — Ele sabia. Ele sabia o que eu tinha feito e ele queria ter certeza de que eu nunca ia esquecer.

— O que ele sabia? — perguntei.

Grayson apareceu ao meu lado e repetiu minha pergunta.

— O que o velho sabia, Jamie?

Nash e Xander também subiram para o túnel, mas minha mente mal registrou a presença deles. Eu estava focada, completamente, intensamente, em Jameson e Grayson.

— *Sabia do que, Jamie?*

Jameson se virou para encarar o irmão.

— Do que aconteceu em dezoito de outubro.

— Aquilo foi culpa minha. — Grayson andou para a frente, pegando os ombros de Jameson com as mãos. — Eu que levei Emily pra lá. Eu sabia que era uma má ideia e não me importei. Eu só queria ganhar. Eu queria que ela *me* amasse.

— Mas eu segui vocês naquela noite. — A declaração de Jameson ficou no ar por vários segundos. — Eu vi vocês dois pularem, Gray.

De repente, era como se eu estivesse novamente com Jameson, caminhando até a ponte. Ele tinha me contado duas mentiras e uma verdade. *Eu vi Emily Laughlin morrer.*

— Você nos seguiu? — Grayson não conseguia compreender isso. — Por quê?

— Masoquismo? — Jameson deu de ombros. — Eu estava puto. — Ele fez uma pausa. — Quando você foi pegar as toalhas e eu...

— Jamie. — Grayson soltou as mãos. — O que você fez?

Grayson tinha me contado que foi buscar algumas toalhas e que, quando ele voltou, Emily estava deitada na areia. *Morta.*

— O *que você fez?*

— Ela me viu. — Jameson desviou seu olhar do irmão e olhou para mim. — Ela me viu e sorriu. Ela achou que tinha vencido. Ela achou que eu ainda era dela, mas eu dei a volta e fui embora. Ela chamou meu nome. Eu não parei. Eu a ouvi se engasgar. Ela estava fazendo um barulhinho, como se estivesse sem conseguir respirar.

Eu levei a mão à boca, horrorizada.

— Eu achei que ela estava brincando comigo. Eu ouvi batidas na água, mas não me virei. Eu estava a uns cem metros. Ela não estava mais me chamando. Eu olhei pra trás. — A voz de Jameson falhou. — Emily estava curvada, se arrastando pra fora da água. Eu achei que ela estava *fingindo.*

Ele achou que ela estava tentando manipulá-lo.

— Eu só fiquei ali — Jameson disse, sem expressão. — Eu não fiz nada pra ajudá-la.

Eu vi Emily Laughlin morrer. Eu achei que ia vomitar. Eu conseguia imaginar a cena: Jameson estático, tentando mostrar a ela que não era mais dela, tentando resistir.

— Ela desmaiou. Ela ficou imóvel e *continuou imóvel.* E então você voltou, Gray, e eu fui embora. — Jameson estremeceu. — Eu te odiei por levá-la àquele lugar, mas eu me odeio mais por tê-la deixado morrer. Eu só fiquei ali e *assisti*.

— Foi o coração dela — eu disse. — O que você poderia...

— Eu podia ter tentado reanimá-la. Eu podia ter *feito alguma coisa*. — Jameson engoliu em seco. — Mas não fiz. Eu não sei como o velho sabia, mas ele me encurralou alguns dias depois. Ele disse que sabia que eu tinha estado lá e perguntou se eu me sentia culpado. Ele queria que eu te contasse, Gray, mas eu me recusei. Eu disse que, se ele queria tanto que você soubesse que eu estava lá, ele mesmo podia te contar. Mas ele não contou. No lugar... ele fez isso.

A carta. A biblioteca. O testamento. O nome do meio deles. A data do meu nascimento e da morte de Emily. Os números espalhados por toda a propriedade. Os vitrais, a charada. A passagem pelo túnel. A grade marcada com M.I.M. A sala escondida. A parede que se move. A porta.

— Ele queria ter certeza — Jameson disse — de que eu nunca ia esquecer.

— Não — Xander soltou. Os outros se viraram para ele. — Não é isso — ele jurou. — Ele não estava ensinando uma lição. Ele queria nós quatro aqui, juntos. Aqui.

Nash colocou a mão no ombro de Xander.

— O velho podia ser um belo canalha, Xan.

— *Não é isso* — Xander disse de novo, sua voz mais intensa do que eu já tinha ouvido antes, como se ele não estivesse especulando. Como se ele *soubesse*.

Grayson, que não tinha dito uma palavra desde a confissão de Jameson, perguntou:

— O que exatamente você está dizendo, Alexander?

— Vocês dois pareciam fantasmas. Você era um robô, Gray. — Xander estava falando rápido agora, quase rápido demais para que o resto de nós acompanhasse. — Jamie era uma bomba-relógio. Vocês se odiavam.

— E odiávamos a nós mesmos — Grayson concordou, sua voz parecendo uma lixa.

— O velho sabia que estava doente — Xander admitiu. — Ele me disse, logo antes de morrer. Ele me pediu pra fazer uma coisa pra ele.

Nash apertou os olhos.

— E que coisa era essa?

Xander não respondeu. Grayson apertou os olhos.

— Você precisava garantir que nós íamos jogar.

— Era meu trabalho garantir que vocês fossem até o fim. — Xander olhou de Grayson para Jameson. — Os dois. Se um de vocês parasse de jogar, era meu trabalho atrair vocês de volta.

— Você sabia? — perguntei. — Esse tempo todo, você sabia pra onde as pistas levavam?

Xander era quem tinha me ajudado a achar o túnel. Ele tinha resolvido Black Wood. Mesmo bem no início...

Ele me disse que o avô não tinha um nome do meio.

— Você me ajudou — eu disse.

Ele tinha me *manipulado*. Me movido, como uma isca.

— Eu te disse que sou uma máquina de Rube Goldberg ambulante. — Xander baixou os olhos. — Eu te avisei. Meio que avisei. — Lembrei da vez que ele tinha me levado para ver a máquina que havia construído. Eu perguntei o que aquilo tinha a ver com Thea, e sua resposta tinha sido: *Quem disse que isso tem algo a ver com Thea?*

Eu encarei Xander – o mais novo, mais alto e facilmente o mais brilhante dos Hawthorne. *Aonde você for,* ele me disse no baile, *eles irão atrás.* Esse tempo todo, eu pensei que

Jameson estava me usando. Eu achava que ele estava por perto por um motivo.

Nunca me ocorreu que Xander tinha seus motivos também.

— Você sabe por que seu avô me escolheu? — eu exigi saber. — Você sabia a resposta esse tempo todo?

Xander ergueu as mãos na frente do corpo, como se ele achasse que eu ia estrangulá-lo.

— Eu só sei o que ele quis que eu soubesse. Eu não tenho ideia do que está do outro lado daquela porta. Eu só deveria trazer Jamie e Gray até aqui. *Juntos.*

— Nós quatro — Nash corrigiu. — Juntos.

Lembrei do que ele me disse na cozinha: *Às vezes você precisa abrir uma ferida antes que ela possa sarar.*

Era isso, então? Era esse o grande plano do velho? Me trazer aqui, colocá-los em ação, esperar que o jogo fizesse a verdade emergir?

— Não só nós quatro — Grayson replicou.

Então ele olhou para mim:

— Claramente esse jogo é pra cinco pessoas.

Capítulo 87

Descemos de volta para a sala, um por vez. Jameson espalmou sua mão na porta e a empurrou. A sala atrás dela estava vazia, exceto por uma pequena caixa de madeira. Na caixa, havia letras – letras douradas gravadas em peças douradas que pareciam ter saído do jogo de Scrabble mais caro do mundo.

As letras na caixa formavam meu nome: AVERY KYLIE GRAMBS.

Havia quatro peças em branco, uma antes do meu primeiro nome, uma depois do último e duas separando os nomes um do outro. Depois de tudo que tinha acontecido – a confissão de Jameson e então de Xander –, parecia errado que o peso de tudo isso caísse em mim.

Por que eu? Esse jogo podia ter sido criado para reaproximar Jameson e Grayson, para trazer segredos à tona, para sangrar o veneno antes que ele se tornasse gangrena – mas, de alguma forma, por algum motivo, ele terminava comigo.

— Parece que o rodeio é seu, menina. — Nash me disse, apontando para a caixa.

Engolindo em seco, eu me ajoelhei. Eu tentei abrir a caixa, mas estava trancada. Não havia um buraco de fechadura nem um teclado para tentar uma combinação numérica.

— As letras, Herdeira — Jameson sugeriu.

Ele não conseguia se controlar. Mesmo depois de tudo, ele não conseguia parar de jogar.

Eu toquei, hesitante, no *A* de *Avery*. Ele saiu da caixa. Uma por uma, eu puxei as outras letras e as peças em branco, e percebi que *esse* era o gatilho da fechadura. Eu encarei as peças, dezenove no total. *Meu nome.* Essa claramente não era a combinação que destrancava a caixa. *Então qual era?*

Grayson se abaixou ao meu lado. Ele organizou as letras, vogais primeiro e as consoantes em ordem alfabética.

— É um anagrama — Nash comentou. — Rearranje as letras.

Meu instinto era que meu nome era só meu nome, não um anagrama de nada, mas meu cérebro já estava vasculhando as possibilidades. *Avery* era fácil de transformar em outras palavras, duas delas só usando o espaço que estava na frente do nome para separá-lo. Eu coloquei as peças de volta no topo da caixa, encaixando-as no lugar até clicarem.

A very... Muito.

Eu coloquei outro espaço depois de *very*. Isso fez com que restassem duas peças em branco e todas as letras do meu nome do meio e sobrenome.

Kylie Grambs arranjado no método de Grayson era: A, E, I, B, G, K, L, M, R, S, Y.

Big. Balm. Bale. Eu comecei a formar palavras em inglês, vendo que opções cada uma me deixava, e então eu vi.

De uma vez, eu vi.

— Mas que brincadeira é essa — eu sussurrei.

— O quê? — Jameson estava cem por cento envolvido agora, quisesse ele ou não. Ele se ajoelhou ao lado de Grayson e de mim quando eu encaixei as letras uma por uma.

Avery Kylie Grambs – o nome que eu tinha ganhado no dia em que nasci, o nome que Tobias Hawthorne tinha programado na pista de boliche e na máquina de pinball e quem sabe em quais outros lugares da Casa, se tornava, reordenado, *a very risky gamble.* Uma aposta muito arriscada.

— Ele falava isso o tempo todo — Xander murmurou. — Que não importava o que ele tinha planejado, talvez não funcionasse. Que era...

— *Uma aposta muito arriscada* — Grayson completou, olhando para mim.

Meu nome? Eu estava tentando processar essas informações. *Primeiro meu aniversário, agora meu nome.* O que era isso? Essa era a razão? Como Tobias Hawthorne tinha me achado, para começo de conversa?

Eu coloquei a última peça em branco no lugar, e a tranca da caixa soltou. A tampa se abriu. Lá dentro havia cinco envelopes, um para cada um de nós.

Eu observei os meninos abrirem e lerem os deles. Nash xingou baixo. Grayson encarou o seu. Jameson deu uma risadinha. Xander enfiou o seu no bolso.

Então voltei minha atenção para o meu envelope. A última carta que Tobias Hawthorne tinha me mandado não tinha explicado nada. Ao abrir essa, eu esperava um esclarecimento. *Como você me encontrou? Por que você escreveu sinto muito na minha carta? Do que pediu desculpas?*

Não havia nenhum papel dentro do meu envelope, nenhuma carta. A única coisa dentro dele era um único sachê de açúcar.

Capítulo 88

Eu coloco dois sachês de açúcar na mesa e junto suas pontas, formando um triângulo que consegue ficar de pé sozinho. "Pronto", eu digo. Faço a mesma coisa com o próximo par de sachês, então coloco um quinto sobre eles, horizontalmente, conectando os dois triângulos que construí.

— Avery Kylie Grambs! — Minha mãe aparece na ponta da mesa, sorrindo. — O que eu te disse sobre construir castelos de açúcar?

Eu sorrio largamente para ela.

— Só vale a pena se você conseguir chegar a cinco andares!

No meu sonho, era onde a memória acabava, mas dessa vez, segurando o açúcar na mão, meu cérebro deu um passo a mais.

Um homem comendo na mesa atrás de mim olha para trás. Ele pergunta quantos anos eu tenho.

— Seis — eu digo.

— Eu tenho netos com a mesma idade que a sua — ele diz. — Me diga, Avery, você sabe soletrar seu nome? Seu nome inteiro, como sua mãe disse um minuto atrás?

Eu sei e é isso que eu faço.

— Eu o vi — murmurei. — Uma vez só, anos atrás, só por um momento, de passagem. — Tobias Hawthorne tinha escutado minha mãe dizendo meu nome completo e me pediu pra soletrá-lo.

— Ele amava anagramas mais que uísque — Nash disse. — E ele era um homem que *amava* um bom uísque.

Tobias Hawthorne tinha rearranjado mentalmente as letras do meu nome completo naquele momento? Isso tinha sido divertido? Lembrei que Grayson tinha contratado alguém para investigar minha vida. E a da minha mãe. Tobias Hawthorne tinha ficado curioso sobre a gente? Ele tinha feito o mesmo?

— Ele deve ter acompanhado sua vida — Grayson disse, com aspereza. — Uma menininha com um nome engraçado. — Ele olhou para Jameson. — Ele devia saber a data do aniversário dela.

— E, depois que Emily morreu… — Jameson estava olhando para mim agora, só para mim. — Ele pensou em você.

— E decidiu deixar toda a sua fortuna pra mim por causa do *meu nome*? Isso é loucura.

— Você mesma disse, Herdeira. Ele não nos deserdou *por* você. Nós não íamos ganhar o dinheiro de qualquer forma.

— Ia para a caridade — argumentei. — E você está me dizendo que por impulso ele mudou um testamento que já tinha fazia vinte anos? Isso é…

— Ele precisava de algo que chamasse nossa atenção — Grayson disse. — Algo tão inesperado, tão impactante que só poderia ser visto como…

— … um quebra-cabeça — Jameson completou. — Algo que não pudéssemos ignorar. Algo pra nos acordar. Algo pra nos trazer até aqui… nós quatro.

— Algo pra expurgar o veneno. — O tom de Nash era difícil de identificar.

Eles tinham conhecido o velho, eu não. O que eles estavam dizendo fazia sentido para *eles*. Aos olhos deles, isso não tinha sido um impulso. Tinha sido uma aposta muito arriscada. *Eu* tinha sido uma aposta muito arriscada. Tobias Hawthorne tinha apostado que minha presença na casa ia balançar as coisas, que velhos segredos seriam revelados, e que, de alguma forma, um último quebra-cabeça mudaria tudo. Que, se a morte de Emily os tinha afastado, eu podia reaproximá-los.

— Eu te disse, menina — Nash confirmou, ao meu lado. — Você não é uma jogadora. Você é a bailarina de vidro... ou a faca.

Capítulo 89

Oren me encontrou no instante em que eu pisei no salão principal. Encontrá-lo ali me fez pensar por que ele tinha saído de perto de mim. Tinha mesmo sido uma ligação ou Tobias Hawthorne tinha deixado instruções para que ele nos deixasse terminar o jogo sozinhos?

— Você sabe o que há lá embaixo? — perguntei ao meu chefe de segurança. Ele era mais leal ao velho do que a mim. *O que mais ele te pediu para fazer?*

— Além do túnel? — Oren respondeu. — Não. — Ele fez um estudo de mim e dos meninos. — Eu deveria?

Eu pensei no que tinha acontecido enquanto Xander tinha saído para buscar os irmãos. Em Rebecca e no que ela tinha me contado lá embaixo. Em Skye. Eu olhei para Grayson. Os olhos dele encontraram os meus. Havia uma pergunta, uma esperança, e mais alguma coisa que eu não saberia como nomear.

Tudo que eu disse a Oren foi:

— Não.

* * *

Naquela noite, eu me sentei na escrivaninha de Tobias Hawthorne, a que ficava na minha ala. Nas minhas mãos, estava a carta que ele tinha me deixado.

Querida Avery,
Sinto muito.
T. T. H.

Eu tinha me perguntado pelo que ele sentia muito, mas estava começando a achar que tinha invertido as coisas. Talvez ele não tivesse deixado o dinheiro como um pedido de desculpas. Talvez ele estivesse pedindo desculpas *por deixar o dinheiro*. *Por me usar.*

Ele me levou até ali por *eles.*

Dobrei a carta. Isso – tudo isso – não tinha nada a ver com a minha mãe. Qualquer segredo que ela estivesse guardando, era mais antigo que a morte de Emily. No fim das contas, toda essa cadeia de eventos que mudou minha vida, explodiu minha cabeça e tomou as manchetes não tinha nada a ver *comigo*. Eu era só uma menininha com um nome engraçado que nasceu no dia certo.

Eu tenho netos, eu conseguia ouvir Tobias me dizendo, *com a mesma idade que a sua.*

— Isso sempre foi por causa deles. — Eu disse em voz alta. — O que eu faço agora?

O jogo acabou. O quebra-cabeça estava resolvido. Eu tinha cumprido o meu propósito. E eu nunca tinha me sentido tão insignificante na vida.

Meus olhos foram atraídos pela bússola embutida na superfície da escrivaninha. Como da primeira vez que estive no escritório, eu girei a bússola e o tampo da mesa se ergueu, revelando o compartimento por baixo. Eu passei meu dedo de leve pelo T gravado na madeira.

E então eu olhei para minha carta, para a assinatura de Tobias Hawthorne. *T. T. H.*

Voltei a prestar atenção na mesa. Jameson tinha me dito uma vez que seu avô nunca havia comprado uma escrivaninha sem compartimentos secretos. Tendo jogado o jogo, tendo morado na Casa Hawthorne, eu não conseguia não ver as coisas diferente agora. Eu pressionei a tábua de madeira na qual o T estava gravado.

Nada.

Então eu coloquei meus dedos no T e empurrei. A madeira cedeu. *Click.* E então voltou para o lugar.

— T — eu disse em voz alta. E então fiz a mesma coisa de novo. Outro click. — T. — Eu encarei a tábua por um longo tempo antes de ver: um espaço entre a madeira e o tampo da escrivaninha, na base do T. Eu passei meus dedos por baixo e encontrei outra reentrância e, acima dela, uma tranca. Eu soltei a tranca e a tábua girou em sentido anti-horário.

Com o giro de noventa graus, eu não estava mais vendo um T. Agora eu via um H. Apertei as três barras do H ao mesmo tempo. Click. Um mecanismo de algum tipo foi acionado e a tábua desapareceu dentro da mesa, revelando outro compartimento por baixo.

T. T. H. Tobias Hawthorne tinha determinado que essa seria minha ala. Ele tinha assinado minha carta com as iniciais, não com seu nome. E essas iniciais tinham destrancado essa gaveta. Dentro dela, havia uma pasta, parecida com a que Grayson tinha me mostrado aquele dia na Fundação. Meu nome, meu nome completo, estava escrito na parte de cima.

Avery Kylie Grambs.

Agora que eu tinha visto o anagrama do meu nome, eu não conseguia desver. Incerta do que encontraria, e até do que eu estava esperando, eu puxei a pasta e a abri. A primeira coisa que vi foi uma cópia da minha certidão de nascimento. Tobias Hawthorne tinha grifado minha data de nascimento – e a assinatura do meu pai. A data fazia sentido. Mas a assinatura?

Eu tenho um segredo, minha mãe costumava dizer. *Sobre o dia em que você nasceu.*

Eu não tinha ideia do que pensar disso – de nada disso. Eu passei para a próxima página, e depois para a próxima, e a próxima. Elas estavam cheias de fotos, quatro ou cinco por ano, desde quando eu tinha seis anos.

Ele deve ter acompanhado sua vida, eu conseguia ouvir Grayson dizendo. *Uma menininha com um nome engraçado.*

O número de fotos aumentou significativamente depois do meu aniversário de dezesseis anos. *Depois que Emily morreu.* Havia tantas, como se Tobias Hawthorne tivesse mandado alguém para vigiar todos os meus movimentos. *Você não poderia arriscar tudo em uma estranha completa,* eu pensei. Tecnicamente, era exatamente isso que ele tinha feito, mas, olhando essas fotos, eu fui tomada pela sensação de que Tobias Hawthorne tinha feito a lição de casa.

Eu não era só um nome e uma data para ele.

Havia fotos minhas comandando jogos de pôquer no estacionamento e fotos de mim carregando copos demais no restaurante. Havia uma foto de mim com Libby em que estávamos rindo e uma em que eu estava colocando meu corpo entre ela e Drake. Havia uma foto minha jogando xadrez no parque e uma de mim e Harry na fila para o café da manhã em que você só podia ver a parte de trás das nossas cabeças. Havia até uma de mim no meu carro, segurando uma pilha de cartões-postais na mão.

Fui fotografada até quando estava sonhando.

Tobias Hawthorne não tinha me conhecido, mas ele sabia *sobre* mim. Eu posso ter sido uma aposta muito arriscada. Eu posso ter sido parte do quebra-cabeça, e não uma jogadora. Mas esse bilionário sabia que eu podia jogar. Ele não entrou nisso cegamente e torceu para que o melhor acontecesse. Ele tinha tramado e planejado, e eu tinha sido parte desse cálculo. Não apenas Avery Kylie Grambs, nascida no dia em que Emily Laughlin havia morrido – mas a menina das fotos.

Eu pensei no que Jameson tinha falado para mim na primeira noite em que ele chegou ao meu quarto pelas passagens que davam na lareira. Tobias Hawthorne tinha me deixado sua fortuna – tudo que ele tinha deixado para eles era *eu*.

Capítulo 90

Na manhã seguinte, bem cedo, Oren me informou que Skye Hawthorne estava deixando a Casa Hawthorne. Ela estava se mudando e Grayson tinha instruído a segurança a não permitir a presença dela na propriedade.

— Alguma ideia da razão? — Oren me deu um olhar que sugeria fortemente que ele sabia que eu sabia de alguma coisa.

Eu olhei para ele e menti.

— Não tenho ideia.

Encontrei Grayson na escada secreta, com a Davenport.

— Você expulsou sua mãe de casa?

Não era isso o que eu esperava que ele fosse fazer quando ganhou nossa pequena aposta. Para o bem ou para o mal, Skye era a mãe dele. *Família primeiro.*

— Minha mãe foi embora por vontade própria — Grayson disse numa voz uniforme. — Ela foi convencida de que essa era a melhor opção.

Melhor do que ser denunciada para a polícia.

— Você ganhou a aposta — eu disse a Grayson. — Você não precisava...

Ele se virou e deu um passo, ficando no mesmo degrau que eu.

— Eu precisava, sim.

Se eu fosse escolher entre você e qualquer um deles, ele tinha me dito, *a minha escolha seria eles, sempre e todas as vezes.*

Mas ele não fez isso.

— Grayson.

Eu estava bem perto dele. Na última vez que tínhamos estado juntos naqueles degraus, eu tinha, literalmente, mostrado minhas feridas. Desta vez, minhas mãos estavam subindo para o peito *dele.* Ele era arrogante e terrível e tinha passado a primeira semana depois que me conheceu determinado a transformar minha vida num inferno. Ele ainda estava meio apaixonado por Emily Laughlin. Mas, desde a primeira vez que eu o tinha visto, deixar de olhar para ele tinha sido quase impossível.

E, ao fim daquilo tudo, ele tinha me escolhido. *Em vez da família. Em vez da mãe dele.*

Hesitante, eu deixei que minha mão fosse do peito dele para seu maxilar. Por um segundo, ele permitiu que eu o tocasse, e então virou a cabeça.

— Eu sempre vou te proteger — ele disse, o maxilar tenso, seus olhos sombrios. — Você merece se sentir segura na própria casa. E vou te ajudar com a Fundação. Eu vou te ensinar o que você precisa saber pra viver essa vida como se tivesse nascido pra ela. Mas isso... nós... — Ele engoliu em seco. — Não pode acontecer, Avery. Eu vi como Jameson olha pra você.

Ele não disse que não deixaria outra garota entrar no meio deles. Mas não precisava.

Capítulo 91

Fui para a escola e, quando voltei para casa, liguei para Max, sabendo que ela provavelmente ainda estava sem celular. Minha ligação caiu na caixa postal.

— Aqui é Maxine Liu. Eu fui sequestrada pelo equivalente tecnológico de um convento virtual. Tenham um dia abençoado, seus canalhas podres.

Eu tentei o celular do irmão dela e a ligação também caiu na caixa postal.

— Você ligou pra Isaac Liu. — Max tinha tomado conta da caixa postal *dele* também. — Ele é um irmão mais novo totalmente tolerável e, se você deixar uma mensagem, ele provavelmente vai te ligar de volta. Avery, pare de tentar ser assassinada. Você me deve a Austrália!

Eu não deixei recado – mas eu planejei ver com Alisa o que seria necessário para mandar toda a família Liu de primeira classe para a Austrália. Eu não podia viajar até que meu tempo na Casa Hawthorne tivesse acabado, mas Max podia.

Eu devia isso a ela.

Me sentindo sem rumo, doendo com o que Grayson tinha falado e sem Max para me ajudar a processar, eu fui atrás de Libby. Nós realmente precisávamos arranjar um celular para ela, porque uma pessoa podia se perder naquela casa.

Eu não queria perder mais ninguém.

Poderia ter sido difícil encontrá-la, mas, quando eu cheguei perto da sala de música, ouvi o piano tocando. Eu segui a música e encontrei Libby sentada no banco do piano ao lado de Nan. As duas estavam sentadas de olhos fechados, escutando.

O olho roxo de Libby finalmente tinha sumido. Vê-la com Nan me fez pensar no trabalho que Libby tinha antes. Eu não podia pedir a ela para só ficar sentada na Casa Hawthorne o dia todo sem fazer nada.

Eu me perguntei o que Nash Hawthorne sugeriria. *Eu poderia pedir a ela para montar um plano de negócios. Talvez um food truck?*

Ou talvez ela também quisesse viajar. Até que o testamento fosse autenticado, eu estava limitada no que podia fazer – mas a boa gente da McNamara, Ortega e Jones tinha motivos para querer me agradar. Logo o dinheiro seria meu. Logo ele sairia do fundo.

Logo eu seria uma das mulheres mais ricas e poderosas do planeta.

A música do piano acabou e minha irmã e Nan ergueram os olhos e me viram. Libby encarnou na hora a mãe protetora:

— Você tem certeza de que está bem? Você não parece bem.

Eu pensei em Grayson. Em Jameson. No que eu tinha ido fazer ali.

— Estou bem — respondi, com a voz firme o suficiente para que eu quase acreditasse.

Ela não se deixou enganar.

— Eu vou fazer alguma coisa pra você comer — ela disse. — Você já comeu quiche? Eu nunca fiz quiche.

Eu não tinha muita vontade de provar um, mas cozinhar era a forma de Libby demonstrar amor. Ela foi para a cozinha. Eu ia segui-la, mas Nan me impediu.

— Fique aqui — ela ordenou.

Não havia nada que eu pudesse fazer exceto obedecer.

— Soube que minha neta está indo embora — Nan disse, rígida, depois de me deixar passando nervoso por um tempo.

Pensei em enrolar e não responder direito, mas ela tinha provado não ser do tipo que tem paciência para amenidades.

— Ela mandou me matar.

Nan desdenhou.

— Skye nunca gostou de sujar as mãos ela mesma. Na minha opinião, se você quer matar alguém, deve ter ao menos a decência de fazer isso com as próprias mãos, e fazer direito.

Essa provavelmente era a conversa mais estranha que eu já tinha tido na vida, e isso não era pouco.

— Não que as pessoas sejam decentes hoje em dia — Nan continuou. — Nenhum respeito. Nenhum respeito próprio. Nenhuma coragem. — Ela suspirou. — Se minha pobre Alice pudesse ver suas filhas agora...

Eu me perguntei como tinha sido para Skye e Zara crescer na Casa Hawthorne. Como tinha sido para Toby.

O que os deixou perturbados assim?

— Seu genro mudou o testamento depois que Toby morreu. — Eu estudei a expressão de Nan, me perguntando se ela sabia.

— Toby era um bom menino — Nan disse com aspereza. — Até não ser mais.

Eu não tinha certeza de como entender isso.

As mãos dela tocaram um medalhão em volta do seu pescoço.

— Ele era a criança mais doce, esperta. Igualzinho ao pai, costumavam dizer, mas, *ah*, aquele menino tinha uma dose de mim.

— O que aconteceu? — perguntei.

A expressão de Nan ficou sombria.

— Decepcionou a minha Alice. Decepcionou a todos nós, na verdade. — Seus dedos apertaram o medalhão, e sua mão estremeceu. Ela tensionou o maxilar e abriu o medalhão. — Olhe pra ele — ela me disse, mostrando uma foto. — Olhe pra esse menino doce. Ele tinha dezesseis anos nessa foto.

Eu me inclinei para ver melhor, me perguntando se Tobias Hawthorne Segundo se parecia com algum dos sobrinhos. O que eu vi me deixou sem fôlego.

Não.

— Esse é o Toby? — Eu não conseguia respirar. Não conseguia pensar.

— Ele era um bom menino — Nan resmungou.

Eu mal a escutei. Eu não conseguia desviar meus olhos da imagem. Eu não conseguia falar porque eu conhecia aquele homem. Ele estava mais jovem na foto, muito mais jovem, mas aquele rosto era inconfundível.

— Herdeira? — uma voz falou da porta. Eu olhei e vi Jameson parado na entrada. Ele parecia diferente dos últimos dias. Mais leve, de alguma forma. Vagamente menos raivoso. Capaz de oferecer um sorrisinho torto para mim.

— O que deixou você sem ar?

Eu olhei de volta para o medalhão e minha inspiração queimou meus pulmões.

— Toby — eu consegui dizer. — Eu o conheço.

— Você o quê? — Jameson andou na minha direção. Ao meu lado, Nan ficou muito quieta.

— Eu jogava xadrez com ele no parque — eu disse. — Toda manhã.

Harry.

— Isso é impossível — Nan disse, com a voz trêmula. — Toby está morto há vinte anos.

Vinte anos atrás, Tobias Hawthorne tinha deserdado sua família inteira. *O que é isso? Que raios está acontecendo aqui?*

— Você tem certeza, Herdeira? — Jameson estavam bem ao meu lado agora. *Eu vi como Jameson olha pra você,* Grayson tinha dito. — Você tem certeza absoluta?

Eu olhei para Jameson. Isso não parecia real. *Eu tenho um segredo,* eu ouvi minha mãe dizendo, *sobre o dia em que você nasceu...*

Eu peguei a mão de Jameson e apertei com força.

— Eu tenho certeza.

EPÍLOGO

Xander Hawthorne encarou a carta da mesma forma que tinha feito todos os dias durante a última semana. À primeira vista, ela dizia muito pouco.

Alexander,
Muito bem.
Tobias Hawthorne

Muito bem. Ele tinha levado seus irmãos ao fim do jogo. Ele tinha levado Avery até lá também. Ele tinha feito exatamente como tinha prometido – mas o velho tinha feito uma promessa para ele também.

Quando o jogo deles terminar, o seu vai começar.

Xander nunca tinha competido da mesma forma que os irmãos, mas como ele queria. Ele não estava mentindo quando disse a Avery que, só uma vez, ele queria ganhar. Quando eles chegaram à última sala, quando ela abriu a caixa, quando ele rasgou seu envelope, ele estava esperando… *alguma coisa.*

Uma charada.

Um quebra-cabeça.

Uma pista.

E tudo que ele tinha recebido eram essas palavras: *Muito bem.*

— Xander? — Rebecca disse suavemente ao lado dele. — O que estamos fazendo aqui?

— Suspirando de forma melodramática — Thea disse, impaciente. — Óbvio.

Ter conseguido levar as duas para o mesmo cômodo era um feito. Ele nem estava certo da razão pela qual tinha feito isso, além do fato de que ele precisava de uma testemunha. *Testemunhas.* Se Xander fosse honesto consigo mesmo, ele tinha levado Rebecca porque a queria ali, e tinha levado Thea, porque, senão...

Ele teria ficado sozinho com Rebecca.

— Existem vários tipos de tinta invisível — Xander disse a elas.

Nos últimos dias, ele tinha colocado um fósforo aceso no verso do papel, aquecendo a superfície. Ele comprou uma lâmpada ultravioleta. Ele tinha tentado todas as formas que conhecia para encontrar uma mensagem secreta na carta, exceto uma.

— Mas só existe um tipo — ele continuou dizendo, com a voz uniforme — que destrói a mensagem depois que ela for revelada.

Se ele estivesse errado, tinha acabado. Não haveria jogo, nem vitória. Xander não queria fazer aquilo sozinho.

— O que exatamente você acha que vai encontrar? — Thea perguntou a ele.

Xander olhou a carta uma última vez.

Alexander,
Muito bem.
Tobias Hawthorne.

Talvez a promessa do avô tenha sido uma mentira. Talvez, para Tobias Hawthorne, Xander tivesse sido algo em que ele pensaria depois. Mas ele precisava tentar. Ele olhou para a banheira ao seu lado e a encheu de água.

— Xander? — Rebecca perguntou de novo, e sua voz quase o desconcentrou.

— É agora ou nunca — Xander colocou animadamente sua carta sobre a água e então a empurrou para baixo.

A princípio, ele achou que tinha cometido um erro terrível. Ele achou que nada estava acontecendo. Então, lentamente, algumas palavras apareceram nos dois lados da assinatura do avô. *Tobias Hawthorne,* ele tinha assinado, *sem nome do meio*, e agora o motivo para essa omissão estava claro.

A tinta invisível escureceu na página. Do lado direito da assinatura havia apenas duas letras, formando um numeral romano: II. E à esquerda havia uma única palavra. *Encontre.*

Encontre Tobias Hawthorne II.

AGRADECIMENTOS

Escrever este livro foi um desafio e uma alegria, e eu sou muito grata às equipes (no plural!) incríveis que me apoiaram em cada passo desse processo. Eu trabalhei com duas editoras fantásticas neste projeto. Sou muito grata à Kieran Viola por reconhecer que *este* era absolutamente o próximo livro que eu precisava escrever e por me ajudar a trazer Avery, os irmãos Hawthorne e o mundo deles à vida. Lisa Yoskowitz então conduziu o livro até a publicação, e sua paixão e visão para este projeto, junto com seu conhecimento do mercado e sua graça, tornaram o processo um sonho. Qualquer autor teria sorte de trabalhar com qualquer uma dessas editoras; eu sou incrivelmente abençoada por ter trabalhado com as duas!

Enormes agradecimentos a toda a equipe da Little, Brown Books for Young Readers, especialmente Janelle DeLuise, Jackie Engel, Marisa Finkelstein, Shawn Foster, Bill Grace, Savannah Kennelly, Hannah Koerner, Christie Michel, Hannah Milton, Emilie Polster, Victoria Stapleton e Megan Tingley. Agradecimentos especiais para o meu relações-públicas

Alex Kelleher-Nagorski, cujo entusiasmo pelo projeto fez meu dia mais de uma vez; a Michelle Campbell, por seu contato incrível com bibliotecários e professores, e a Karina Granda, por seu trabalho na capa mais linda que eu já vi! Também estou fascinada e em dívida com a artista Katt Phatt, que criou a incrível arte da capa. Obrigada a Anthea Townsend, Phoebe Williams e toda a equipe da Penguin Random House UK por sua paixão e seu trabalho neste projeto, e à equipe da Disney-Hyperion, que viu o potencial deste livro em 2018, quando ele só era uma proposta de quatro páginas.

Elizabeth Harding é minha agente desde que eu estava na faculdade e eu não poderia pedir uma advogada mais sábia e incrível! A toda minha equipe na Curtis Brown – obrigada, obrigada, obrigada. Holly Frederick defendeu os direitos para a TV deste livro. Sarah Perillo fez um trabalho incrível com direitos estrangeiros (no meio de uma pandemia, ainda por cima!). Obrigada também a Nicole Eisenbraun, Sarah Gerton, Maddie Tavis e Jazmia Young. Sou muito grata a todas vocês!

Sou imensamente agradecida à família e aos amigos que me levaram ao fim da escrita deste projeto. Uma vez por semana, Rachel Vincent se sentou na minha frente, no Panera, para me incentivar, estava sempre disponível para trocar ideias e me fez sorrir mesmo quando eu estava tão estressada que queria chorar. Ally Carter está sempre ali para os altos e baixos da publicação. Meus colegas e alunos na Universidade de Oklahoma têm me apoiado de muitas formas. Obrigada a todos!

Finalmente, obrigada aos meus pais e marido, pelo apoio infinito, e aos meus filhos, por me deixarem dormir o suficiente para escrever este livro.

Este livro, composto na fonte Fairfield,
Foi impresso em papel Ivory Slim 65g/m² na Coan.
Tubarão, Brasil, abril de 2025.